I0831460

Franz Treller

Der Gefangene der Aimaràs

Salzwasser

Franz Treller

Der Gefangene der Aimaràs

1. Auflage | ISBN: 978-3-84608-062-7

Erscheinungsort: Paderborn, Deutschland

Erscheinungsjahr: 2015

Salzwasser Verlag GmbH, Paderborn.

Auf der Höhe der Anden

Der Orinoko, der gewaltige, breit und mächtig dahinströmende Fluss, kommt vom Äquator her. In seinem nördlichen Lauf bildet er viele Meilen weit die Grenze zwischen den Staaten Kolumbien und Venezuela; alsdann eilt er, in weitem Bogen nach Osten ausgreifend, dem Atlantischen Ozean zu. In seinem ganzen Lauf begrenzt er nach Osten und Süden die ungeheure Ebene, die der Spanier die Llanos nennt.

Die Llanos gleichen der Pampa des Südens und den Prärien des Nordens zwar in ihrer Bodengestaltung, nicht aber im Pflanzenwuchs, der durchweg tropischen Charakters ist; weit entfernt sind sie von der tristen Einförmigkeit jener endlosen Steppen. Saftige Weideflächen und wild wucherndes Buschwerk beleben das Land. In Hainen und Wäldern wachsen vielfältige Palmenarten; zahlreiche Wasseradern vervollständigen das abwechslungsreiche Bild.

Aus dieser endlosen Ebene steigen nach Westen die Gebirgszüge an, die in ihrer fast den ganzen amerikanischen Kontinent durchziehenden Kette sich nirgends höher erheben als im Nordwesten Südamerikas, nirgends geschlossener und gewaltiger auftreten.

Die klimatischen Verhältnisse des Landes sind höchst unterschiedlich. In der Ebene herrscht unter den sengenden Strahlen der Äquatorsonne tropische Hitze, in den Vorbergen der Andenkette ein gemäßigtes Klima. Die Spitzen der Bergriesen aber, die bis zu siebentausend Meter Höhe aufragen, deckt ewiges Eis trotz der spürbar werdenden vulkanischen Tätigkeit im Innern.

In der heißen Ebene, die durch zahlreiche, dem Gebirge entquollene Wasserläufe befruchtet wird, gedeiht die Agave; die Königspalme lässt ihre riesigen Blätter im Winde wehen. Hier hausen die mit ihren Pferden verwachsenen Llaneros, die in der Steppe ihre riesigen Herden weiden, ein wildes, raues, ausdauerndes Zentaurengeschlecht, das seine Freiheit über alles liebt.

In den Bergen wohnt ein zäher Stamm von Ackerbauern, der durch schwere, mühsame Arbeit sein Brot gewinnt, Mais, Weizen und Kartoffeln baut und seine Herden in den Bergen weiden lässt, die Montaneros.

Die Andentäler beherbergen ausgedehnte Kolonien von Ureinwohnern, die, für das Christentum gewonnen, friedlich ihren Acker bauen und sehr um die Wahrung ihrer Stammesreinheit besorgt sind.

Hoch oben im Gebirge schließlich leben in schwer zu ersteigenden Felstälern einzelne, niemals unterworfene Indianerstämme, die, unzugänglich aller europäischen Zivilisation, noch treu die Überlieferungen ihrer einst mächtigen Vorfahren bewahren und den Weißen als ihren Todfeind betrachten.

Solange die spanische Regierung in jenen Ländern mit eiserner Faust herrschte, verhielten sich diese zerstreuten Horden in ihrer weglosen Abgeschlossenheit ruhig. Als aber zu Beginn des neunzehnten Jahrhunderts der Unabhängigkeitskampf ausbrach und die Weißen, Nachkommen der eingewanderten Spanier, in jahrelangen blutigen Kämpfen mit der Macht des Mutterlandes rangen, um sich von dessen Herrschaft zu befreien und ihre staatliche Selbständigkeit zu erkämpfen, kam auch in diese abgelegenen Indianersiedlungen bewegtes Leben. Die Indios beteiligten sich an den Kämpfen der Parteien, wobei ihr Beitrag sich freilich in der Regel auf Raub, Mord und Plünderung beschränkte und es ihnen vollkommen gleichgültig war, ob sie Königliche oder Liberale niedermetzelten.

Die Unabhängigkeit von Spanien wurde errungen; der Boden des Landes aber war mit Blut getränkt und die Bewohner bis zur Grenze ihrer Leistungsfähigkeit erschöpft. Die Bruderkämpfe unter den Weißen hatten nicht dazu beigetragen, die von Natur wilden und grausamen Indios der Berge friedlicher zu stimmen. Umso weniger, als sie in ihren Felsschluchten praktisch unangreifbar waren und die Macht des Staates kaum zu fürchten hatten. Zumal die fortdauernden Parteikämpfe im Innern des Landes eine schlechte Voraussetzung für ein geschlossenes Auftreten bildeten.

Die friedlich gesinnten, halbzivilisierten Indianer der Vorberge fürchteten ihre wilden Stammesgenossen im Hochgebirge kaum weniger als die Weißen; tatsächlich machten die Letzteren auch zwischen beiden kaum einen Unterschied, wenn sie räuberisch in die Ebene einbrachen.

Zum Glück waren die ›Indios Bravos‹, wie die Bergindianer genannt wurden, zahlenmäßig nur mehr unbedeutend; eine ernsthafte Gefahr bildeten sie nicht. Nur von Zeit zu Zeit wagten es die Nachkommen des einst mächtigen Aimaràvolkes, aus ihren verborgenen Schlupfwinkeln hervorzubrechen, um einen Raubzug zu unternehmen, von dem sie sich alsdann mit der Beute unverzüglich in ihre Felsspalten zurückzogen. Die Aimaràs hausten in dem Gebirgsstock, der nach Kolumbien wie nach Ecuador hineinragt; der Zugang zu ihren Dörfern schien nahezu unmöglich.

Auf der Spitze eines rau zerklüfteten Felsens, hoch im Gebirge, stand ein Junge. Er hatte die Hand über die Augen gelegt und blickte sinnend nach Osten, über Berge, Hügel und Wälder hinweg, bis weit hinaus, wo sich im bläulichen Schimmer Erde und Himmel zu vereinen schienen. Der Anblick, der sich ihm bot, war von seltener Großartigkeit, von einer feierlichen Erhabenheit, wie ihn diese Erde nur an seltenen Plätzen dem Menschen gewährt; die tiefe, feierliche Stille ringsumher machte ihn noch eindringlicher.

Der Junge trug die Gewandung der hier oben hausenden Ureinwohner: eine bis zu den Knien reichende ärmellose Tunika von Vikunjawolle, die ein Ledergürtel zusammenhielt, und hohe, lederne Gamaschen. Antlitz und Arme waren von Sonne und Luft gebräunt; gleichwohl war unverkennbar, dass europäisches Blut in den Adern des Jungen floss. Das gut, ja edel geschnittene Gesicht mit den dunklen Augen wurde von lang herabwallendem schwarzen Haar umflossen; ein Streifen Leopardenhaut, um Stirn und Hinterhaupt geschlungen, hielt es zusammen.

Er stand bewegungslos, der Junge, den Blick in die Ferne gerichtet. Seine Lippen waren fest geschlossen, in den Augen brannte ein dunkles Feuer.

Plötzlich zuckte er zusammen; ein Überraschungslaut entfuhr seinem Munde. »Bei der Heiligen Jungfrau, sie bringen einen Weißen«, murmelte er. Er musste sehr gute Augen haben, denn der kleine Zug von Eingeborenen, der sich langsamen Schrittes näherte, war noch fern, und ein gewöhnliches Auge hätte kaum zu erkennen vermocht, dass sich ein Europäer unter den Indios befand. »Gott schütze ihn«, stammelte der Junge. Im gleichen Augenblick sank er lautlos zur Erde und war wie mit dem Gestein verschmolzen; sein wachsames Ohr hatte das schlürfende Geräusch eines leichten Schrittes wahrgenommen.

Zwischen dem Buschwerk, das den Felskegel deckte, erschien das braune Gesicht eines jungen Indianers. Er war ähnlich gekleidet wie der weiße Junge, doch zeichnete sich seine Tracht durch größeren Reichtum aus. Stirnband und Gürtel zeigten den Schmuck goldener und silberner Stickereien. Das Gesicht des jungen Indios war unschön; in seinen Augen war ein tückischer, lauernder Zug. Er betrachtete einen Augenblick den Weißen, der sich aufgerichtet hatte und seiner nicht achtete. Dann sagte er in den rauen Kehllauten der Aimaràsprache: »Sinnt der Blanco wieder, wie er uns entlaufen könnte?«

Der Weiße wandte langsam den Kopf und sah den Indio mit gelassener Ruhe an. »Ich weiß nicht, was du willst«, sagte er in der gleichen Sprache. »Ich bin längst ein Aimarà geworden, Guati.«

Um die Lippen des anderen spielte ein höhnisches Lächeln. »Du bist klug, Blanco«, versetzte er, »die Erfahrung hat dich gelehrt, dass es unmöglich ist zu entkommen.«

Der Weiße hielt dem lauernden Blick ruhig stand. »Warum rufst du zurück, was vor Sommern geschah?« sagte er. »Damals war ich ein Kind.«

»Weil ich weiß, dass du dich nach deiner verwünschten Rasse sehnst«, entgegnete der Indio. »Darum trifft man dich immer wieder auf den höchsten Gipfeln, nach Osten spähend.«

Der Blanco zuckte die Achseln. »Du irrst, Guati«, sagte er gleichmütig, »die Vergangenheit ist tot. Ich gehöre zu euch.«

Das Lauern in dem unschönen Antlitz verstärkte sich. »Es ist gut«, sagte der Indio nach einer Weile, »gut für dich, wenn du die Wahrheit sprichst, denn der Opferstein dürstet nach dem Blut eines Weißen.« Die Züge des Jünglings blieben bewegungslos.

»Im vergangenen Jahr dürstete er vergebens«, fuhr der Indio fort. »Die Unsichtbaren zürnten ihren Kindern.«

»Sie werden uns ihr Angesicht wieder enthüllen«, sagte der Weiße. Er sagte es, aber hinter seiner Stirn jagten sich die Gedanken; dort sah es anders aus. Ein schauriges Bild stand vor seiner Seele. Vor zwei Jahren war es gewesen, als die fanatisch an ihren abergläubischen Gebräuchen hängenden Wilden einen geraubten Spanier ihrem Götzen geopfert hatten. Zwar hatte man den Jungen damals während der grausigen Zeremonie entfernt und in eine abgelegene Schlucht gesandt, aber er hatte später den entstellten Leichnam des unglücklichen Mannes gesehen und den entsetzlichen Vorgang aus den Gesprächen der Indios kennengelernt. Im letzten Jahr war das Opfer in Ermangelung eines geeigneten Gefangenen unterblieben, nun aber – – er hatte einen Weißen unter den von einem Raubzug heimkehrenden Aimaràkriegern erblickt, und er wusste, was diesem bevorstand.

Man sah ihm dieses Wissen, man sah ihm seine Gedanken nicht an. Er gab an stoischer Haltung keinem der Indianer etwas nach, in deren Mitte er nun schon so lange leben musste.

Guati gab seine Bemühung, des weißen Jungen Seele zu erforschen, einstweilen auf. »Du sollst vor dem Kaziken erscheinen, Techpo«, sagte er, »ich bin ausgesandt, dich zu suchen.«

Augenblicklich erhob sich der Junge. Guati warf einen Blick über die Schluchten nach Osten hin, doch von dem Zug, der den gefangenen Weißen mit sich führte, war nichts mehr zu erblicken. »Komm«, sagte er kurz und begann den Fels hinabzusteigen. Der andere folgte ihm schweigend.

Sie hatten bald das von einem Bach durchrauschte Tal vor sich, in dem dieser Aimaràstamm hauste. Unregelmäßig zerstreut standen hier kleine Häuser, aus Adobeziegeln errichtet; sie waren von Gärten umgeben und von Bäumen umstanden. Maisfelder erstreckten sich dazwischen und kleine saftige Wiesen, auf denen Gebirgspferde und Maultiere weideten.

Von den Bewohnern war wenig zu sehen. Da und dort spielten Kinder, und einige Frauen waren in den Gärten beschäftigt. Vor manchen Häusern saß ein alter Indianer und starrte stumpfsinnig und teilnahmslos vor sich hin.

Guati und der weiße Junge schritten mitten durch das Dorf und näherten sich einer größeren Behausung. Hier war ein Pferd an die Hecke gebunden, das offenbar einen weiten Weg hinter sich hatte. Unter dem Vordach saßen zwei Indianer, der Kazike Tucumaxtli und ein jüngerer Mann. Techpo kannte ihn flüchtig; er gehörte einem unweit hausenden Stammesteil an. Offenbar war er soeben gekommen, um die Ankunft der Krieger mit ihrem Gefangenen zu melden.

Die beiden Jünglinge warteten schweigend, bis der Kazike Notiz von ihnen nehmen würde. Dieser, ein älterer Mann mit harten, brutalen Zügen, trug ein prächtig geschmücktes Gewand, in der Form ähnlich dem, das die beiden Jungen umhüllte. Es ließ die sehnigen Arme frei, deren Handgelenke goldene Spangen umschlossen.

Der junge Mann neben dem Kaziken sagte: »Ich wundere mich, dass du diesen spanischen Wolf noch immer an deinen Feuern nährst, statt ihn den Göttern zu opfern.« Er bediente sich bei diesen Worten eines Dialektes, von dem er wohl annahm, dass der weiße Junge ihn nicht verstehe. Der verstand ihn aber sehr wohl, doch verriet kein Zucken seines in eiserner Ruhe verharrenden Gesichtes eine innere Bewegung,

»Ich hoffe, noch viel Geld für ihn zu erhalten«, erwiderte der Kazike in der gleichen Mundart; »sein Leben ist für einige spanische Großen gefährlich; sie müssen es mir abkaufen; ich habe ihn nicht grundlos so lange bewahrt.«

»Warum willst du ihn aber in die Berge senden?«

»Er soll den Gefangenen nicht sehen«, versetzte der Kazike. Und seine Stimme zum Flüstern dämpfend, fuhr er fort: »Auch von der Opferung soll er nichts sehen; lösen die Seinen ihn eines Tages aus, darf er nichts von diesen Dingen erzählen können.«

»Und wenn er entweicht?«

»Er entweicht nicht mehr. Er ist ein Aimarà geworden und spricht kaum noch die Sprache der Weißen. Außerdem weiß er, dass es aus diesen Bergen kein Entrinnen gibt; er hat es einmal versucht.«

»Der Wolf wird größer und gefährlicher.«

»Er ist gezähmt, sei unbesorgt. Er ist trotz seiner Jugend ein geschickter Jäger. Deshalb mag er dem Wild nachstellen, während wir den Göttern dienen. Er soll fort, ehe die Krieger mit dem Gefangenen kommen.«

Mit diesen Worten wandte er sich dem Techpo genannten Jungen zu und forderte ihn mit einer Handbewegung zum Nähertreten auf. Der Junge nahte sich ihm in ehrerbietiger Haltung.

»Du musst zur Jagd aufbrechen, Techpo«, sagte der Kazike, »wir brauchen das Fleisch des Berghirsches.« In den Augen des Jungen leuchtete es auf.

»Du gehst gern?« fragte der Kazike.

»Ja. Die Jagd macht mir Freude.«

»Ich weiß es. Es ist gut. Du musst gleich aufbrechen, denn ich erwarte Gäste, die ich bewirten will. Ich gebe dir drei Tage Zeit. Guati wird dich begleiten; zwei Büchsen sind besser als eine, und die Hirsche werden seltener.«

Guatis Gesicht verriet bei aller Beherrschung, dass ihm der Auftrag nicht angenehm war. Tucumaxtli sah es nicht. »Gehe ins Haus, Techpo, nimm dir Waffen, fülle den Kugelbeutel und deine Jagdtasche«, sagte er. Der Junge begab sich ins Hausinnere. Der Kazike aber winkte Guati heran. »Der kluge Sohn Tucumaxtlis muss mit dem Blanco gehen, damit dieser den Weg zurückfindet.«

»Wo betet Guati zu den Göttern, wenn der Tag ihres Festes da ist?« fragte der Junge, nicht ohne heimlichen Trotz in der Stimme.

Der Vater streckte den Arm nach den im Nebel schwimmenden Höhen aus. »Guati betet auf den Bergen«, sagte er nachdrücklich. »Geh, rüste dich zur Jagd, es muss sein.« Gehorsam entfernte sich der Junge, aber der Zorn brannte in seinem dunklen Gesicht.

Kurze Zeit später ritten Techpo und Guati auf Maultieren, bewaffnet und ausgerüstet, zur Jagd; ein drittes Maultier führten sie am Lasso mit; es war bestimmt, die Jagdbeute zu tragen.

Sie waren kaum in den düsteren Hohlwegen untergetaucht, die in die Berge führten, als von Osten her ein Zug in das Dorf einzog; es waren dies an die dreißig Reiter, die auf Saumtieren reiche Beute mitzuführen schienen.

Die Dorfbewohner eilten ihnen entgegen, doch richtete sich die Neugier der Wilden weniger auf die beladenen Maultiere als auf den weißen Gefangenen, der inmitten der Krieger ritt. Es war dies ein noch junger Mann. Sein bleiches Gesicht wurde von einem dunklen Bart eingefasst; in seinen Augen war ein unruhiges Flackern. Trotz seiner erkennbaren Erschöpfung saß er in guter Haltung zu Pferde; die zusammengelaufenen Indios würdigte er keines Blickes.

Der Zug hielt vor dem Hause des Kaziken. Der Anführer der Krieger stieg ab und begab sich in Begleitung des Gefangenen, dem man die Fußfesseln gelöst hatte, zu dem Häuptling.

In hochmütiger Haltung stand der junge Spanier vor dem Kaziken, der ihn aufmerksam betrachtete. Der Häuptling winkte, und der begleitende Krieger erstattete einen kurzen Bericht. Der Weiße wartete geduldig, bis der Indio geendet hatte, dann wandte er sich mit nachlässiger Höflichkeit an den Kaziken und redete ihn in spanischer Sprache an.

»Ich vermute, du bist der Jefe dieser Indios«, sagte er, »hoffentlich sprichst du spanisch?«

»Ich verstehe deine Sprache. Was willst du?« entgegnete der Kazike.

Der hochmütige Zug im Antlitz des Spaniers verstärkte sich. »Ich will kein Wort über die Art und Weise verlieren, wie ich hierhergekommen bin«, sagte er. »Ich wünsche nur, bald wieder wohlbehalten in den Llanos zu sein. Du erlaubst deshalb wohl, Caudillo, dass ich dir einige Vorschläge mache. Die braunen Caballeros, die mich hier Gefangennahmen, wiesen sie zurück und vertrösteten mich auf deine Weisheit.«

»Sprich«, sagte der Kazike.

»Es ist natürlich, dass ihr für einen Gefangenen Lösegeld verlangt. Was hätte eine Gefangennahme sonst für einen Sinn? Und ich bin auch bereit zu zahlen. Nenne also deine Forderung.«

Auf dem Antlitz des Kaziken erschien ein düsteres Lächeln. »Du bist mir als Geschenk der Götter willkommen, Blanco«, sagte er, »ich brauche dein Geld nicht.« Er sprach gar nicht übel spanisch.

»Das klingt etwas dunkel«, versetzte der Spanier; seine Mundwinkel zogen sich noch tiefer herab. »Hoffentlich habt ihr nicht vor, mich zum Feldherrn, Minister oder gar zum König zu machen«, spottete er; »das wäre zwar sehr ehrenvoll, ich müsste es aber trotzdem ablehnen. Also sprich, Edelster aller ureingeborenen Fürsten, was verlangst du für meine Freiheit? Gold, Silber, Pferde, Rinder, Waffen? Ich gedenke nicht kleinlich zu sein, aber ich möchte diese verwünschten Berge baldmöglichst hinter mich bringen.« Er war sich der Gefährlichkeit seiner Lage durchaus bewusst, der junge Spanier, und es war eine Art Galgenhumor, die ihn so reden ließ.

Der Kazike schien ihn gut zu verstehen, doch machte das Angebot eines reichen Lösegeldes ganz offenbar keinerlei Eindruck auf ihn.

»Der Blanco macht viele Worte«, sagte er, »wir haben sein Gold und sein Silber nicht nötig. Es ist unnütz, weiterzusprechen; der Blanco wird sehen, wozu die Götter ihn ausersehen haben.«

Die kalte Ruhe, mit der das gesagt war, ließ den Spanier stutzen; er kannte die Habgier dieser Indios. So warf er einen forschenden Blick auf den Kaziken und sagte, nunmehr mit großem Ernst in der Stimme: »Ich bin der Sohn eines großen Caudillos, Señor, und es ist sicher, dass mein Vater seine Krieger aussenden wird, mich zu suchen, wenn ich nicht rechtzeitig heimkehre.«

Das kalte Lächeln im Antlitz des Indianers ließ den Weißen heimlich erschauern. Der Kazike sagte: »Sie mögen suchen. Ihre Gebeine werden in den Felsenschluchten bleichen. Geh und spare deine Worte! Man droht uns nicht.« Er befahl, den Gefangenen abzuführen.

Den überfiel, da er an der Seite seines Wächters dahinschritt, eine düstere Ahnung. »Was mögen die Halunken mit mir vorhaben«, murmelte er vor sich hin. Doch er zeigte seine Unruhe nicht; er verachtete die Indios zu sehr. Man begleitete ihn durch die Reihen der in stumpfem Schweigen verharrenden Dorfbewohner zu einem Hause, das sich in der Nähe eines terrassenförmig ansteigenden Bauwerkes erhob. Hier führte man ihn in einen halbdunklen viereckigen Raum, der sein schwaches Licht durch einige in über Mannshöhe angebrachte Luken empfing. Der Boden des Raumes war mit viereckigen Steinplatten gedeckt; ein niedriger Tisch und ein Lager aus Fellen bildeten die ganze Einrichtung.

Man ließ den Gefangenen allein und schloss hinter ihm die Tür, ohne den Schlüssel umzudrehen, doch blieben einige Wächter draußen zurück.

Der junge Spanier sah sich in dem düsteren Raum um. Was bedeutet das alles? Dachte er, was wollen diese Ladrones von mir? Er sah starr vor sich hin. Was droht mir? Was können sie wollen außer dem Lösegeld? Er vermochte es nicht zu erraten; erschöpft ließ er sich auf das Lager gleiten, war er doch todmüde von dem langen, beschwerlichen Ritt durch die Bergwelt.

Bald darauf trat eine alte Frau herein und setzte tönerne Schüsseln mit duftendem Braten und frischem Maisbrot vor ihn hin, auch ein Gefäß mit Schokolade und einen Krug Wasser; dann entfernte sie sich schweigend.

»Verhungern lassen will man mich also nicht«, sagte der Gefangene mit einem Aufblitzen guter Laune, und trotz seiner Erschöpfung und der düsteren Stimmung, die ihn überkommen hatte, griff er herzhaft zu. Was konnte ihm schon geschehen!

Nachdem er sich gestärkt hatte, sank er auf das Lager zurück; wenige Minuten später schlief er schon fest.

Techpo

Techpo und Guati hatten auf ihrem Ritt nicht ein Wort gewechselt. Nun waren sie schon tief im Gebirge. Raue Berggipfel, mit hochragenden Nadelhölzern bestanden, erhoben sich zu beiden Seiten, während sie schweigend ein Tal durchritten.

»Nach links jetzt«, sagte der Sohn des Kaziken schließlich, »da oben, wo die Lebenseichen stehen, sah ich unlängst die Fährte eines Hirsches.« Er wandte sein Tier nach der bezeichneten Richtung, und Techpo folgte ihm. Wieder ritten sie schweigend.

»Hörtest du schon einmal die Berge sprechen?« fragte Techpo seinen Begleiter nach einer Weile. Der Indio zuckte merklich zusammen und sah den anderen mit einem scheuen Blick an. »Was meinst du damit?« flüsterte er.

Techpo plauderte ganz ruhig: »Als ich zuletzt hier oben war und soeben die Spur eines Hirsches erblickte, wurde es mitten am Tage plötzlich dunkel um mich her. Es war aber kein Nebel, wie ihn die Berge erzeugen, es war ein Dunst, der aus der Erde zu kommen schien. Und dann begannen die Berge zu singen; wild und schauerlich war es, es ist schwer zu beschreiben.«

»Es war der Wind«, sagte Guati, aber seine Stimme bebte.

»Nein«, entgegnete Techpo, »der Wind war es nicht, es regte sich kein Lüftchen. Die Berge aber heulten wie der Chiko, wenn er in der Nacht seine Stimme erhebt; ich zitterte bis ins Herz hinein. Und dann zog eine weiße Gestalt an mir vorüber – riesengroß; ich warf mich zu Boden und glaubte hinabgeschlungen zu werden in die Tiefe. Lange lag ich so, aber als ich den Blick wieder erhob, war es hell und die Sonne schien; es war alles wie vorher. Was war das, Guati?«

Der Indio antwortete nicht gleich; erst nach längerer Zeit sprach er wieder, und Techpo gewahrte, dass er trotz der ihm angeborenen Selbstbeherrschung zitterte. »Dort in jenen Bergen war es?« Er wies in die Richtung, der sie entgegenritten.

»Ja«, sagte Techpo, »dort. Ich wollte schon die Priester danach fragen, doch fürchte ich, sie würden mich einen Lügner heißen. Vielleicht weißt du die Erscheinung zu deuten?«

»Du hast geträumt.« Der Indio blickte stumpfsinnig vor sich hin; schweigend ritten sie weiter. Als sie eben in eine düstere Bucht einbiegen wollten, die aufwärts führte, sagte Guati: »Ich habe einen schrecklichen Druck im Kopf, meine Glieder schmerzen; ich kann den Weg nicht klar sehen. Ich werde Rast machen, in der Höhle dort, wo unsere Jäger immer lagern. Sieh nach dem Hirsch, und wenn du zurückkommst, hole mich ab.«

»Ist mein Bruder krank?« fragte Techpo. »Dann wäre es gut, er ginge ins Dorf zurück.«

»Nein, nicht ins Dorf. Der Kazike würde schelten und mich einen Weichling nennen.«

»Soll ich dann nicht lieber bei meinem Bruder bleiben, wenn er Fieber hat?«

»Nein, wir können nicht ohne Beute heimkehren; die Männer würden lachen. Du bist ja ein großer Jäger und verstehst es, den Hirsch im Sprung zu treffen. Mein Bruder möge jagen und zu mir zurückkommen.«

»Wie du willst, Guati. Mögen die Götter dich gesund machen. Aber ich kann nicht sagen, wann ich zurück sein werde.«

»Ich warte, bis du kommst.«

»Gut.«

Sie waren vor der Höhle angelangt. Guati stieg ab, band sein Maultier an und ließ sich im Grase nieder. Techpo nahm die Zügel des Saumtieres und sagte: »Die Unsichtbaren mögen dich schützen und mich mit Beute zurückkehren lassen.«

Damit ritt er davon. Der Indio schaute ihm ingrimmig nach. »Mögen die Erdgötter dich in den Abgrund stürzen, weißer Hund!« murmelte er. »Ich werde mich hüten, dorthin zu gehen.«

Als Techpo, der nicht einmal umgeblickt hatte, dem Gesichtskreis des Indios durch einen Felsvorsprung entzogen war, veränderte sich sein starres Gesicht; ein spöttisches Lächeln spielte um seine Lippen. »Ich habe ihn fortgescheucht«, murmelte er, »er fürchtet seine Götzen, der abergläubische Narr!« In Gedanken verloren, ritt er weiter. Sie wollen den weißen Mann opfern, dachte er, darum haben sie mich fortgeschickt. Aber es soll nicht geschehen, ich werde es verhindern. Ich weiß mehr von euch, als ihr ahnt. Ich kenne die Geheimnisse eurer Priester. Die Stunde ist da, Kazike, ich muss und werde zu den Meinen zurückkehren. In dem Gefangenen werde ich mir hoffentlich einen Freund gewinnen. Sie haben mich das Heucheln gelehrt, die Barbaren, ich werde anwenden, was ich gelernt habe. Ich habe euch alle getäuscht, selbst dich, schlauer Tucumaxtli. Ihr habt mir eine Büchse in die Hand gegeben; ihr sollt es bereuen. Die geheimen Pfade durfte ich nie betreten, aber ich kenne sie, ich bin Meister eurer teuflischen Künste geworden; ihr sollt es erfahren!

Langsam ritt er weiter, durch Schluchten, deren Wände himmelan ragten, durch düstere Föhrenwälder. Ein Bach kreuzte seinen Weg.

Drei Tage Vorsprung habe ich, dachte er weiter, lebendig kehre ich in jenes Tal nicht zurück. Übermorgen feiern sie das Fest ihres Kriegsgottes; niemand wird mir deshalb folgen, und Guati bindet die Furcht. Trotzdem ist es besser, meine Spur zu verbergen.

Er ritt in den seichten Bach hinein und folgte eine große Strecke lang seinem Lauf. Erst als flacher, kahler Felsboden seine Ufer bildete, verließ er das Wasser. »Nun sucht mich«, lachte er; von den Bergen kam das Echo seiner Stimme zurück.

Er ritt nun nicht mehr höher hinauf, sondern wählte mit großer Sicherheit Schluchten und Waldstrecken, die am Gebirgsrand entlangführten. Es ging auf den Mittag zu, als er ein kleines Tal erreichte, durch das ein seichter, klarer Wasserlauf schlängelnd seinen Weg suchte; der Boden war mit frischem, saftigem Gras bedeckt.

Techpo stieg ab, pflockte die Tiere mit den Lassos an und suchte sich ein schattiges Plätzchen, um zu ruhen und einen Imbiss zu sich zu nehmen. Er wusste, dass auch die Tiere die Rast nötig hatten. Während sie friedlich grasten, sann der Junge seinem Plan nach.

Sie werden den Gefangenen im Hause der Priester untergebracht haben, dachte er, vor zwei Jahren taten sie es auch; jedenfalls muss ich das noch heute Abend wissen. Der Weg durch die Berge zur Ebene ist weit, ich weiß es wohl, aber ich habe eine Büchse und besitze überdies die Nase eines Spürhundes. Ich werde nicht wieder vor Hunger umsinken wie damals vor Jahren. Die Berge sind jetzt meine Freunde; sie werden mich schützen.

Aber über dem Planen geriet er ins Grübeln. Wer von den Meinen wird mich noch kennen? Dachte er. Ich bin ein Wilder geworden, kaum, dass ich die Muttersprache noch spreche. Muttersprache - Mutter - die Mörder haben sie erschlagen! Die Mutter und den Vater! Wohin gehöre ich denn?

Er saß lange so, und das Herz ward ihm schwer. Aber er war zu sehr der Wirklichkeit verhaftet, um lange fruchtlosem Grübeln nachzuhängen. Er erhob sich bald. Man muss von hier aus das Dorf sehen können, dachte er und erkletterte behänd den Bergkegel, an dessen Fuß er gelagert hatte. Oben angekommen riss er dichte Büschel des hier wachsenden Grases aus und zwängte sie in sein Stirnband. Sie hatten gute Augen, die Indios, man musste vorsichtig sein.

Behutsam kroch er vorwärts, vorsichtig das von Grasbüscheln umgebene Haupt erhebend. Dann sah er das Dorf in der Ferne vor sich liegen. Sein Auge unterschied den Terrassenbau des Tempels; trotz der Entfernung erkannte er menschliche Gestalten auf dessen Spitze. Kein Zweifel, sie richteten den Altar für das Opfer her.

Er stieg hinab, entfesselte die Tiere, schwang sich in den rohen Indianersattel und setzte, das Saumtier am Lasso führend, seinen Weg fort. Er beschrieb einen weiten Bogen um das Dorf, kreuzte wiederholt mit großer Vorsicht Wasserrinnsale und raue Wege, die ins Gebirge führten. Nur ein genauer Kenner der Bodenverhältnisse vermochte hier Pfade für Mensch und Tier zu finden. Schon senkte sich die Sonne, als er im Osten des Dorfes stand. Mächtige raue Felsgebilde, von dunkel gähnenden Höhlen durchsetzt, zeigten sich seinem Blick. Darüber hinweg traf das Auge bewaldete Berge.

»So, wir sind da«, sagte sich der Junge und stieg aus dem Sattel. Er ergriff sein Tier am Zügel und führte es einen engen und schroffen Felspfad hinauf bis zu einem dunklen Höhleneingang. Mit dem ängstlich schnaubenden Tier betrat er die Höhle und mühte sich, es durch Streicheln und sanfte Worte, die er ihm ins Ohr flüsterte, zu beruhigen. Das Saumtier zog er am Lasso nach.

Schon nach kurzer Zeit wurde es wieder hell vor ihm; es zeigte sich eine weite Öffnung, von der aus ein breiter Pfad in ein liebliches, von Felsen umrandetes Tal hinabführte.

Ohne Schwierigkeiten gelangte er mit den Tieren in die Tiefe. Er entledigte die Mulos der Sättel und Zäume und ließ sie laufen. Dann erwartete er geduldig die Nacht.

Schließlich umgab Dunkelheit den Jungen. Düstere Wolken deckten den Himmel und verbargen die Sterne. Die Tiere hatten sich niedergelegt.

Techpo erhob sich und schritt mit einer Sicherheit, als ob er im Dunkeln zu sehen vermöchte, zur Höhle empor. Nach einiger Zeit tauchte er schattenhaft am anderen Eingang auf. Die Büchse hatte er zurückgelassen, aber im Gürtel steckte die scharfe Machete. Über den Rücken hatte er ein großes Pantherfell geworfen, und ein dunkles Tuch umwand seinen Kopf.

Rasch und geschickt wand Techpo sich durch die Büsche, zwischen engen Felsspalten führte sein Weg; er war mühsam und beschwerlich. Aber schließlich stand er doch auf dem Pfad, der von Osten her nach dem Dorf der Aimaràs führte. Er lauschte aufmerksam, aber sein geschärftes Ohr vernahm nichts außer dem leichten Rauschen des Windes. Er beugte sich nieder und presste das Ohr an den Boden, vernahm aber auch so keinen Laut. Geräuschlos und mit großer Schnelligkeit ging er auf das Dorf zu, von Zeit zu Zeit anhaltend und lauschend; der Weg schien ihm wohl vertraut. Und dann lag das Dorf vor ihm im Tal, wahrnehmbar durch einzelne in den Häusern brennende Feuer.

Techpo wandte sich nach links, bewegte sich geräuschlos und geschmeidig wie ein Raubtier durch Büsche, Waldstreifen und Maisfelder und erreichte schließlich die Gärten in der Nähe des Tempels. Hier hielt er in einem dichten Erlenbusch an und suchte mit seinen Augen das Dunkel zu durchdringen.

Die Indianer sind keine Freunde der Nacht, am wenigsten die dem alten Aberglauben noch verhafteten. Der Junge durfte damit rechnen, keinen Menschen im Freien vorzufinden. Er verließ sein Versteck und schlich vorsichtig sichernd zu den Gebäuden hin, die den Tempel umgaben. Durch eine roh gefügte Tür fiel schwacher Lichtschein.

Techpo brachte sein Auge an eine Öffnung und sah vier Indios um ein heruntergebranntes Feuer sitzen. Es war klar: Der Gefangene wurde im Nebenraum verwahrt. Er umkreiste lautlos die niedrigen Häuser: Die wenigen Bewohner schienen zu schlafen. Es waren die Priester des Stammes, die hier hausten.

Unbemerkt, wie er gekommen, schlich Techpo zurück. Er suchte das Haus des Kaziken auf, das von einem Garten umgeben war.

Er kannte eine Lücke in der Hecke; geräuschlos glitt er hindurch und betrat gleich darauf das ihm wohlbekannte Haus. Nach einiger Zeit erschien er wieder, eine Büchse, eine Machete und einen Kugelbeutel in der Hand.

Staunenswert war die Sicherheit, mit der sich der schlanke Bursche in der Dunkelheit bewegte. Er ging zu dem Erlenbusch zurück und legte dort die Büchse nieder, nachdem er sie untersucht und sorgfältig geladen hatte. Dann ging er auf den Tempel zu, der völlig verlassen lag; die Priester schliefen in ihren Häusern, und die anderen hielt selbst am Tage ehrfurchtsvolle Scheu von dem Gebäude fern.

Er stieg die Stufen hinauf, die zu der ersten Terrasse führten, und betrat eines der Gemächer, die zu betreten nur den Priestern erlaubt war. Mit der gleichen Sicherheit, die ihn bisher geleitet hatte, erfasste er, sich niederbückend, den an einer Steinplatte des Bodens befestigten eisernen Ring und hob die schwere Platte, die sich in Angeln bewegte, auf. Nur ein an das Dunkel gewöhntes Auge vermochte zu erkennen, dass hier eine Treppe in die Tiefe führte.

Als er den Fuß hob, um hinabzusteigen, ließ ein flüchtiges Geräusch ihn erbeben; er glaubte. Atemzüge zu vernehmen, die aus der Tiefe kamen. Er lauschte. Seine Sinneswerkzeuge waren in den unter den Indios verbrachten Jahren zu äußerster Feinheit ausgebildet worden; es war kein Zweifel: Unter ihm atmete ein Mensch. Wahrscheinlich war es ein Priester oder ein Tempeldiener, der da unten weilte. Denn nur einer von diesen durfte es wagen, die unterirdischen Tempelräume zu betreten, von deren Existenz außer Techpo nur wenige ältere Indianer Kenntnis hatten. Dem klugen und mutigen Jungen, der frei war von dem Aberglauben der Wilden und der die Nacht nie gescheut hatte, um die Geheimnisse des Tempels zu erkunden, waren weder diese Räume noch der geheime unterirdische Gang verborgen geblieben, der zu den Häusern der

Priester führte und gleich unter dem Zimmer endete, in dem der weiße Gefangene jetzt mit hoher Wahrscheinlichkeit verwahrt wurde.

Schon wollte Techpo die aufgehobene Platte vorsichtig in ihre waagerechte Lage zurückbringen, als von unten herauf einige Worte zu ihm drangen, die zwar sicherlich einer indianischen Mundart, nicht aber der Aimaràsprache angehörten. Techpo verstand nur ein einziges Wort. Es lautete: Wasser. Er hielt die Platte fest, bereit, sie, wenn nötig, sofort zuzuschlagen, und fragte verwundert: »Wer bist du?«

Es folgte eine Entgegnung, die Techpo nicht verstand, doch zuckte er zusammen, als gleich darauf zu ihm heraufdrang: »O santissima madre! Wasser! Oh, wenn du ein Mensch bist, gib mir Wasser!«

»Wer bist du? Du sollst Wasser haben, aber du musst mir sagen, wer du bist«, flüsterte Techpo. »Sage es ruhig, du sprichst zu einem Freund.«

»Ich stamme aus den Niederlassungen am Cumaná, wurde von den Heiden gefangen genommen und hierher geschleppt«, tönte es herauf.

»Bist du ein Indio?«

»Mein Vater ist Spanier, meine Mutter eine Indianerin; sie ist die Tochter des Alkalden in Arepa an der Sierra madre.«

»Warte. Ich komme zu dir«, flüsterte Techpo. Rasch ließ er sich in die Dunkelheit hinunter. Schattenhaft sah er dort eine menschliche Gestalt an der Wand kauern. Die gezwungene Haltung der Gestalt fiel ihm auf. »Bist du gebunden?« fragte er leise.

»Ja, die Hände sind umschnürt, mit dem Leib bin ich an die Wand gefesselt.«

»Wann bist du gekommen?«

»Heute Morgen.«

Der Gefangene sprach nun ein geläufiges Spanisch.

»Bist du mit dem weißen Mann gekommen?«

»Nein. Ich habe keinen Weißen gesehen. Ich jagte in den Bergen der Sierra madre; da wurde ich überfallen. Meine beiden Begleiter wurden erschlagen, ich selber hierher gebracht. Wer aber bist du? Deine Stimme klingt so angenehm; du bist kein Indianer.«

Techpo sann nach. Rettete er jetzt den Fremden, gefährdete er dann nicht seine Absicht, dem gefangenen Weißen Hilfe zu bringen? Da der Fremde nichts von diesem wusste, mochte er nach ihm eingebracht worden sein. Die Aimaràs hatten also zwei Gefangene gemacht. Sein Aufenthalt im Tempel ließ darauf schließen, dass er gleichfalls zum Opfertod bestimmt sei.

Ich will versuchen, dich zu retten«, sagte Techpo nach kurzem Sinnen. »Gib mir deine Hände.«

Der Gefangene reichte sie ihm. Techpo betastete die Umschnürung, fand den Knoten des Riemens, löste ihn mit leichter Mühe und lockerte die Fessel, ohne sie indessen abzunehmen. »Bleib so, bis ich zurückkomme«, flüsterte er. Er sah sich um und entdeckte in dem schattenhaften Dunkel einen Wasserkrug, den der Gefangene mit seinen umschnürten Händen nicht hätte erreichen können. Er reichte ihn dem Manne. »Hier hast du auch Wasser«, sagte er; »verhalte dich still, ich bin bald zurück.«

»Der Himmel möge es dir lohnen«, sagte der Fremde. Techpo aber schlüpfte in einen schmalen Gang, der in den kellerartigen Raum mündete, und verschwand geräuschlos. Die Priester der Aimaràs benutzten diesen Gang, um ungesehen von der Menge den Tempel zu erreichen. Vermutlich sollte auch der weiße Gefangene diesen Weg nehmen, wenn er zum Opfertod geführt wurde.

Die Befreiung

Der junge Spanier war im Laufe des Nachmittags aus seinem festen Schlummer durch das Eintreten des Kaziken geweckt worden. Der Häuptling war von zwei älteren Indianern begleitet, Männern mit harten, schier versteinerten Gesichtern, deren langes, strähniges Haar in Zöpfe geflochten war. Der Weiße starrte in dem Dämmerlicht, das ihn umgab, auf die schattenhaft vor ihm auftauchenden Gestalten. Als er den Kaziken erkannte, sagte er, sich zu gelassener Heiterkeit zwingend: »Ah, mein Freund, hast du dir die Sache überlegt? Also, was koste ich? Ich hoffe, du schätzt mich weniger hoch ein, als ich mich taxiere.«

»Wie heißt du, Blanco?« fragte Tucumaxtli. »Du sagtest, dein Vater sei ein großer Häuptling deines Volkes.«

»Ich glaube, man kann es so nennen«, versetzte der Spanier. »Ich bin Fernando de Mosquerra, der Sohn des Gobernadors von Santander. Sei gewiss, dass mein Vater deine Wünsche erfüllen wird.«

»Wir bedürfen deiner Schätze nicht«, erwiderte der Kazike. »Die Priester sind hier, um dich zu sehen.«

Don Fernando warf einen Blick auf die widerwärtigen, mit silbernen Zierraten geschmückten Gestalten, aus deren Gesichtern ein tierischer Stumpfsinn sprach, während sie ihn aus dunklen Augen anstarrten. Er kämpfte seinen Widerwillen nieder und sagte: »Es ist mir eine Ehre, die geistlichen Herren bei mir zu sehen, obgleich sie mit unseren Curas wenig Ähnlichkeit haben. Indessen, mein Vater wird nicht zögern, auch ihre Wünsche zu erfüllen, die Herren mögen sagen, was sie begehren.«

»Sie begehren nichts als dich selbst, Spanier«, sagte der Kazike. »Dir soll die hohe Ehre widerfahren, auf dem Altar des Kriegsgottes, dem wir in allem Unglück treu geblieben sind, als Opfer zu sterben. Sie sind gekommen, weil sie sehen wollen, ob du mutig sterben wirst!«

Der Spanier spürte, wie etwas eisig in ihm hochkroch; es würgte ihn im Hals. »Eine verteufelt hohe Ehre«, murmelte er; seine Stimme klang heiser, wirre Gedanken durchblitzten ihn, sein Hirn arbeitete fieberhaft. Es war ihm nicht unbekannt geblieben, dass in den Tiefen des Gebirges noch Stämme hausten, die den alten grauenvollen Opferdienst pflegten, aber sonderlich ernst hatte eigentlich niemand die Gerüchte genommen, die um diesen Opferdienst kreisten. »Eine verteufelt hohe Ehre«, wiederholte er, »wahrhaftig, ich bin ihrer nicht würdig. Sollte euer Kriegsgott nicht Gold, Silber, schöne Sättel und Zäume, Decken und Büchsen viel lieber als Opfer annehmen?« Wahnsinn! dachte er, das alles ist ja Wahnsinn! Wo leben wir denn?

Der Kazike wechselte mit seinen Begleitern ein paar Worte in der Aimaràsprache. Deren Gesichtszüge verrieten nichts, aber sie gingen schweigend aus dem Raum.

»Der Gott braucht all die Dinge nicht, die du da aufzählst«, sagte der Kazike. »Er liebt das blutende Herz eines Weißen. Du aber darfst dich glücklich preisen, es ihm darbringen zu können.«

»Viel zu hoch für mich, diese Ehre!« murmelte der Spanier in ingrimmiger Selbstverspottung.

»Iss und trink und stärke dich für das Opfer«, sagte der Kazike und folgte den Priestern.

Aber Don Fernando war der Appetit gründlich vergangen. »Es ist ihnen zuzutrauen«, murmelte er; »es ist aberwitzig, aber es hat keinen Zweck, sich zu täuschen. Sie meinen es ernst.« Verzweifelt irrten seine Augen durch den dämmerigen Raum. Es musste doch einen Ausweg geben. Irgendeine Möglichkeit musste sich auftun. Es konnte doch nicht dahin kommen – –; ihn schauderte, er dachte den Gedanken nicht zu Ende.

Was er als Wirklichkeit erkennen musste, war trostlos genug: Kahle Wände, eine unerreichbare Fensteröffnung, vor der Tür draußen bewaffnete Wächter. Flucht war augenscheinlich unmöglich. Und selbst, wenn es ihm auf irgendeine fantastische Weise gelingen sollte, das Gefängnis zu verlassen, wohin sollte er sich wenden in dem unwegsamen Gebirge, ohne Waffen, ohne Nahrung, hinter sich eine blindwütige, fanatisierte Bevölkerung?

Das alte Weib trat wieder ein und brachte ihm Speise und Trank. Offenbar wollte man ihn mästen. Beim Öffnen der Tür sah Don Fernando seine Wächter; es schien ihm, als grinsten sie ihn an. Er trank große Mengen Wasser in sich hinein, aber er brachte keinen Bissen über die Lippen. Schließlich warf er sich, von dunklen Schreckensbildern gejagt, auf sein Lager. Er schauderte, wenn er sich das Bild der beiden Männer zurückrief, die der Kazike Priester genannt hatte. Opfer! Dachte er, Opfer! Abgeschlachtet werden wie ein Vieh! Und keine Hilfe! Er krampfte die

Hände ineinander und suchte, einem gehetzten Wilde gleich, nach einem Ausweg. Es gab keinen. Verzweifelt wälzte er sich auf seinem Lager.

So kam die Nacht. Don Fernando merkte es nicht. Vor der Tür seines Kerkers hatte man ein Feuer entzündet; er sah es an dem Lichtschein, der durch die Ritzen drang. Aber er verband keinen Gedanken damit. Er war ganz den grauenvollen Vorstellungen von dem Ende hingegeben, das seiner wartete. Er begann zu beten und fühlte, wie er ruhiger wurde. Rundum war alles totenstill. Er erhob sich leise, schlich unhörbar zur Tür und legte sein Ohr an die Bohlen. Er hörte die Wächter atmen, aber ob sie wachten oder schliefen, vermochte er nicht zu unterscheiden.

Er fasste den verzweifelten Entschluss, hinauszustürzen. War es nicht besser, unter den Messern der Wilden kämpfend zu fallen, als auf dem Opferaltar geschlachtet zu werden? Da erreichte ein seltsamer Laut sein Ohr, eine Art leises Knirschen. Es kam von der Wand hinter ihm. Was war das? Er verhielt den Atem und lauschte angespannt.

Wieder das Knirschen, dann leise, ein Hauch fast, zwei Worte in spanischer Sprache: »Schläfst du?«

Er zuckte wie unter einem Schlage zusammen, wagte nicht gleich zu antworten. Hatte er sich nicht getäuscht? Da, zum zweiten Mal, wenig lauter, die Worte: »Schläfst du?« Sie schienen aus der Erde zu kommen. Don Fernando neigte das Haupt der Seite entgegen, von der die Worte gekommen waren; er flüsterte:

»Nein.«

»Komm hierher! Langsam - - leise!«

Es war Wahrheit; keine Sinnestäuschung. Don Fernando hätte aufschreien mögen, aber er biss sich die Lippen blutig. In der Zelle herrschte völlige Dunkelheit. Zitternd, Schritt für Schritt, schlich er der Ecke entgegen, aus der die Stimme gekommen war.

»Wo bist du?« fragte er.

»Hier.«

»Was willst du?«

»Dich retten.«

Dich retten, hatte die Stimme gesagt. Nein, es war keine Halluzination. Und abermals unterdrückte Don Fernando mit Mühe einen Freudenschrei, gleich darauf aber hatte er seine innere Sicherheit zurück. Er wusste nun, worauf es ankam.

Die Stimme sagte: »Beuge dich zur Erde. Vorsichtig! Sprich nicht mehr.«

Don Fernando ließ sich langsam zu Boden gleiten, da fühlte er seine Hand von einer anderen erfasst, und dicht vor seinem lauschenden Ohr erklang wieder die Stimme: »Hier ist eine Öffnung am Boden. Du findest eine Treppe. Taste vorsichtig und komm herab.«

Er tastete mit den Händen, leise, ganz leise. Er fühlte mit grenzenlosem Entzücken eine viereckige Öffnung im Boden und eine Stufe. Mit größter Vorsicht setzte er den Fuß auf die oberste Treppenplatte und stieg in das Dunkel hinab; er war halb betäubt.

Jetzt fühlte er eine menschliche Gestalt neben sich. »Bleib«, hauchte es in sein Ohr, »ich will die Öffnung schließen.« Er erriet mehr als er sah, dass sein unbekannter Befreier die Stufen hinaufglitt und oben die Öffnung schloss; er hörte nur wieder das leise Knirschen, das vorher seine Aufmerksamkeit geweckt hatte.

Eine Hand fasste die seine. »Folge mir«, raunte die Stimme.

Willenlos ließ der Gefangene sich leiten. Einen schmalen, finsteren Gang ging es entlang; er mündete in einen viereckigen, von trüber Dämmerung erfüllten Raum. Es war der Kerker, in dem Techpo den Mestizen gefunden hatte.

»Kein Laut! Noch ist Gefahr«, sagte die Stimme. Techpo, dem sie gehörte, befreite den Mestizen von der Fessel, die ihn an der Wand hielt. »Folge mir«, zischte er, »es ist keine Zeit zu verlieren.« Er stieg rasch hinauf. Don Fernando und der Halbindianer folgten ihm.

Gleich darauf standen sie in dem Gemach auf der Tempelterrasse. Techpo schloss vorsichtig die Öffnung. Dann flüsterte er den beiden anderen, die sich selbst in der Dunkelheit mit forschenden Blicken maßen und gleichzeitig ihren Retter zu erkennen suchten, zu: »Dicht hinter mir gehen! Ganz leise! Kommt uns jemand in den Weg, werft euch zu Boden. Muss gekämpft werden, übt keine Schonung; unser Leben ist verwirkt.«

Er wandte sich der den Priesterhäusern abgewandten Seite zu und schlich geräuschlos voran; die beiden Befreiten folgten ihm schweigend.

Sie erreichten das Erlengebüsch. Techpo hob die Büchse auf und reichte dem Mestizen die Machete. »Fort«, sagte er, »die Nacht schreitet vor, bald kommt der Tag. Bleibt dicht hinter mir und vermeidet jedes Geräusch.« Mit unfehlbarer Sicherheit fand der Junge den Weg.

Von den Priesterhäusern her tönten Stimmen durch die Nacht, gleichzeitig vernahm man ein eiliges Hin- und Herrennen von Menschen.

»Oh, hätte ich eine Waffe!« knirschte Don Fernando. »Ich möchte nicht wehrlos sterben.«

»Nimm meine Machete.« Techpo reichte ihm das Messer. »Vorwärts!« zischte er, »wir müssen die Felsen gewinnen. Verfolgen wird uns niemand; sie werden an einen Zauber glauben.«

Vom Tempel her tönte der dumpfe, weithin hallende Ton eines Hornes durch die Nacht, das Zeichen drohenden Unheils, das alle Schläfer im Tal der Aimaràs weckte. In den Häusern der Indios flammten Lichter auf.

»Schnell!«

Nun wurde es auch in den Gärten lebendig; man vernahm Stimmen.

Und immer noch tönte das Horn.

Eine Gestalt tauchte schattenhaft aus dem Dunkel auf; Stimmen erklangen.

»Hinter den Busch! Nieder!«

Alle drei verschwanden hinter dem Gebüsch. Sieben, acht Menschen huschten an ihnen vorbei und liefen dem Tempel zu.

»Presto, Amigos! Der Tag kommt!«

Unter Techpos Führung stürmten sie durch die Nacht. Und wieder kamen ihnen Männer entgegen; diesen war nicht auszuweichen.

»Kämpfen!« sagte der Junge.

Die Aimaràs stutzten, als sie die drei Flüchtlinge erspähten. »Halt!« rief einer von ihnen.

Techpo stieß einen gellenden, weithin schallenden Schrei aus, den Kriegsruf eines benachbarten, in den Bergen wohnenden Stammes, der seit einem Menschenalter mit den Aimaràs in Todfeindschaft lag.

Die Aimaràs, durch das Horn von einer Gefahr unterrichtet, schraken zurück, da sie den Kriegsruf der Chibchas vernahmen; sie verschwanden im Dunkel.

Mit aller Kraft weiterstrebend, erreichten die Flüchtlinge den Rand der Felsen. Noch war es dunkel.

»Geht dicht hinter mir, wir dürfen keine Spur hinterlassen«, flüsterte der Junge. Gehorsam folgten ihm die anderen auf den Fersen über nacktes Gestein. Techpo bog nach links ein und stieg in einer schmalen Felsrinne nach oben.

Die Rinne war steil, und der hinter dem Jungen gehende Spanier kam nur schwer vorwärts. Techpo reichte ihm die Hand, der nachfolgende Mestize, des Bergsteigens gewöhnt, unterstützte Don Fernando, und schwer atmend erreichten die drei unter Anspannung aller Kräfte endlich eine kahle Felsplatte. Sie überschritten sie in einer geraden Linie, um dann über einen schmalen Felsgrat hinweg auf eine andere, höher gelegene Felsplatte zu gelangen.

»So, einstweilen sind wir sicher«, sagte der Junge. »Hier werden sie uns kaum vermuten. Und wenn sie selbst unsere Spur haben sollten, über den Felsgrat traut sich keiner von ihnen. Aber wir müssen weiter, ehe die Sonne aufgeht, wir haben noch eine gefährliche Stelle vor uns.«

Mit unverminderter Kraft schritt er voran; nur mit Mühe folgte ihm der erschöpfte Spanier, und selbst der Mestize zeigte, dass seine Spannkraft nachließ.

Schon wich die Nacht; die ersten roten Strahlen durchzuckten den Horizont, da erreichten die Flüchtlinge den Rand des mit Steinen übersäten Plateaus. Von hier aus sahen sie in eine Schlucht hinab, die jenseits wilde Felsgebilde zeigte, von düsterem Koniferenwald überragt. Hier auf der Höhe der Kordilleren vermochten die drei Flüchtlinge, die ein seltsames

Schicksal zusammengeführt hatte, einander in einiger Muße zu betrachten.

Mit Staunen sah Don Fernando den gut gewachsenen Jüngling vor sich, der in einer Tracht steckte, in die er augenscheinlich nicht gehörte. Techpo seinerseits blickte dem erschöpften Spanier ins Antlitz, glücklich, einen Weißen zu sehen. Neben ihm stand der Mestize, dessen bronzefarbene Züge seine Verwandtschaft mit den Eingeborenen verrieten. Sein gut geschnittenes Gesicht ließ auf Klugheit und Tatkraft schließen; seine schlanke, in einen einfachen Jagdanzug gehüllte Gestalt zeigte sehnige Formen. Sein dunkles Auge ruhte staunend auf Techpos jugendlicher Gestalt, seinem indianischen Putz.

Doch währte diese gegenseitige Musterung nur wenige Augenblicke; Techpo drängte es weiter. »Quer vor uns ist ein oft begangener Pfad«, sagte er, »ich will hinunter und spähen. Dort ist der Weg, der hinabführt; er ist leicht zu begehen. Lasse ich den Schrei des kreisenden Adlers hören, dann folgt mir.«

Damit stieg er hinab und entschwand den Augen der beiden anderen. Die lauschten auf das Zeichen, das sie hinabrufen sollte. Schon nach kurzer Zeit erklang der täuschend nachgeahmte helle Schrei des Raubvogels.

»Lasst mich vorangehen, Señor«, sagte der Mestize, »ich bin mit den Felsen vertrauter als Ihr.«

»Geh, Amigo, ich bin todmüde.«

Der Mestize kletterte hinab, mit unendlicher Vorsicht Schritt für Schritt setzend; mühsam folgte ihm der Spanier.

Sie gelangten schließlich nach heftiger Anstrengung in die Tiefe der Schlucht, wo Techpo sie erwartete.

»Dort hinüber müssen wir. Äußerste Vorsicht!« Der Junge deutete auf eine Einbuchtung in der gegenüberliegenden Felswand. »Tretet nur auf Steine; die Bandidos sind schlau.«

Seinem Wink folgend und mit großer Vorsicht die Füße nur auf die durch die ganze Schlucht verstreuten Steine setzend, gelangten sie hinüber, wo ihrer in einer Felsenrinne, die dem strömenden Regen als Abfluss dienen musste, ein neuer Aufstieg harrte. Dieser war glücklicherweise weniger schwierig und anstrengend, als der erschöpfte Spanier gefürchtet hatte. Nach kurzer Frist waren sie oben, und alle drei verschwanden in der dunklen Tiefe des Waldes.

»Habt Ihr noch genügend Kräfte, um eine Legua zurückzulegen?« fragte Techpo den Spanier. »Dann wären wir in völliger Sicherheit und könnten ausruhen.«

»Vorwärts, Amigo, ich halte noch aus. Ein gütiges Geschick hat mir in dir den rettenden Engel gesandt; verdammt will ich sein, wenn ich es dir jemals vergesse.«

»Das soll auch für mich gelten, Señorito«, sagte der Mestize. »Niemals wird Antonio Minas vergessen, was Ihr für ihn getan habt.«

Lächelnd reichte Techpo beiden die Hände. »Ich bin glücklich«, sagte er, »euch den Ladrones entrissen zu haben; was nun kommt, tragen wir zu dreien.«

Nach einer Stunde etwa erreichten sie das stille, liebliche Tal, in dem Techpos Maultiere weideten. »Hier ruht aus«, sagte der Junge, »hier sind wir sicher. Kein Indio wagt es, sich dieser Höhle und diesen Felsen zu nahen; sie glauben sie von bösen Geistern bewohnt.« Er entnahm dem mitgeführten Beutel gedörrtes Fleisch und Maiskuchen.

»Esst, wenn ihr Hunger habt«, sagte er. »Ich muss schlafen, ich laufe seit vielen Stunden durch die Berge.« Er suchte eine geschützte Stelle, an der das Gras in hohen Büscheln wuchs, wickelte sich in seinen Poncho und war gleich darauf eingeschlafen.

Don Fernando, der sich kaum noch auf den Füßen zu halten vermochte, und der Mestize folgte, ohne die dargebotenen Speisen auch nur zu berühren, seinem Beispiel, und bald fanden alle drei in erquickendem Schlaf Erholung von den überstandenen Strapazen.

Die Flucht

Ein klarer Quell rann durch das Tal und suchte seinen Abfluss durch die Felshöhlungen; er murmelte unentwegt sein eintöniges Lied. Der Wind rauschte leise über die Felsen hin, und die Sonne schien warm vom unbedeckten Himmel in das stille Tal, das die Flüchtlinge barg. - Nach Stunden erst hob der Junge das Haupt, blickte sich prüfend um und erhob sich dann. Sein Blick fiel auf seine noch friedlich schlafenden Begleiter, er haftete auf dem klaren und reinen Gesicht des jungen Spaniers. Techpo nahm die Büchse auf und schickte sich an, an einer bestimmten, ihm wohlbekannten Stelle die Felswand zu erklettern. Oben kauerte er sich zwischen den Gräsern nieder und blickte auf die am Fuße des Felsens dahinführende Straße hinab, die auf viele Meilen hin den einzigen Zugang zum Tal der Aimaràs bildete. Er sah weit und breit nichts Lebendiges.

Er ging zurück und betrat nun den nach der Straße führenden Weg, den er am Abend zuvor eingeschlagen hatte. Vorsichtig bewegte er sich und bückte sich, um auf dem Boden nach Spuren zu forschen. Weder Mensch noch Tier hatten den Weg seit gestern betreten.

Da - Hufschlag ertönte; er kam vom Dorf her. Die Felsen mussten ihn dem Herannahenden verborgen haben. Schnell erkletterte er den Fels und barg sich hinter den Büschen, machte die Büchse schussfertig und legte sie neben sich. Dann ergriff er einen Stein von der Größe einer starken Männerfaust. Er wusste: Der dort geritten kam, war ein an die Wächter ausgesandter Bote; er durfte sein Ziel nicht erreichen, wenn nicht alles verloren sein sollte.

Er lauschte aufmerksam und hörte: Es war nur *ein* Pferd.

In scharfer Gangart näherte sich unten der Reiter; Techpo sah ihn nun und erkannte ihn. Es war einer der ältesten Bewohner des Tales, ein Mensch von finsterer, grausamer Gemütsart. Auf kaum zehn Schritt jagte der Mann an ihm vorbei. Der Junge hob den Arm und schleuderte den Stein. Am Hinterkopf getroffen, sank der Mann lautlos vornüber und glitt schwerfällig aus dem Sattel.

Im Augenblick war Techpo auf den Beinen. Behände wie eine Katze sprang er in den Hohlweg, die blitzende Machete in der Faust. Vom Kopf des gestürzten Mannes rieselte Blut.

Techpo lauschte, bewegungslos verharrend, auf ein Zeichen des wiederkehrenden Bewusstseins. Er lauschte vergebens. Der Mann war tot. Einen Augenblick dachte Techpo daran, dem Toten Büchse und Kugelbeutel zu nehmen, doch unterließ er es dann. Es war besser, sie glaubten, ein herabstürzender Stein habe ihn erschlagen.

Das Pferd des Indianers war in einiger Entfernung stehen geblieben. Techpo, dem das Tier bekannt war, lockte es mit Schmeichelworten zu sich heran. Vorsichtig tilgte er alsdann seine Fußspuren, schwang sich in den Sattel und ritt langsam weiter. In die nächste Schlucht zu seiner Rechten bog er ein. Als er auf Felsboden gelangt war, stieg er ab und leitete das Tier über raue Pfade zu der Höhle und durch diese in das Tal, in dem er die anderen zurückgelassen hatte.

Er fand die Gefährten bereits erwacht. Verwundert blickten sie auf das indianisch aufgezäumte Pferd. Techpo erklärte ihnen, wie er in dessen Besitz gelangt sei. Die Lauschenden staunten über die stoische Ruhe, mit der er den aufregenden Vorfall wiedergab.

»Die Botschaft an die Wächter ist zunächst verhindert«, sagte Techpo. »Hoffentlich gelingt es, ihre Augen blind zu machen, denn sie behüten den einzigen Pfad, der nach Osten hin einem Pferd den Durchgang erlaubt.« Mit Hilfe von Stahl, Stein und trockenem Reisig entzündete er ein Feuer und bereitete aus Vorräten, die er für seine längst geplante Flucht in der Höhle aufgespeichert hatte, das Frühstück. Es mundete den nun gut ausgeruhten Flüchtlingen vortrefflich. Der junge Spanier, dem der düstere Ernst des über seine Jahre kräftigen Jungen aufgefallen war, fragte ihn während des Essens nach seinem Namen.

Techpo zögerte einen Augenblick, dann sagte er: »Nennt mich Alonzo, so wurde ich früher von den Meinen genannt.«

»Weilst du schon lange unter den Wilden?«

»Sehr lange wohl schon«, antwortete der Junge, »ich weiß die Zahl der Jahre nicht.«

»Doch du bist noch jung.«

»Ja, ich glaube.«

»Und wie bist du unter die Indios gekommen? Wurdest du geraubt?«

Die schon unbewegten Züge des Jünglings verhärteten sich. »Sie haben die Meinen erschlagen und mich fortgeführt«, sagte er.

»Erschlagen!« Den Spanier schauderte es; er dachte an das ihm zugedachte Schicksal.

»Ja«, sagte Alonzo, den auch wir nun nicht mehr bei seinem indianischen Namen nennen wollen, »erschlagen! Vater, Mutter, die Geschwister - alle!«

Die steinerne Ruhe, mit der das gesagt wurde, erschütterte Don Fernando noch mehr als der grausige Inhalt der Mitteilung. Sie verschlug ihm für eine Weile die Sprache. Schließlich fragte er:

»Aber du hast noch Angehörige, die sich nach dir sehnen?«

Alonzo zuckte die Achseln: »Ich weiß es nicht. Ich sehne mich nur fort von diesen - Menschen.« Ruckartig veränderte sich der Ausdruck seines Gesichtes. »Aber sie sollen es büßen«, knirschte er; »ich bin stark und werde stärker. Die Eltern haben sie getötet, meine Seele haben sie in den langen Jahren gemordet, dass ich nicht mehr denken, kaum noch beten kann; sie sollen es büßen!«

Er schüttelte die Faust in der Richtung des Dorfes, und dieser Ausbruch jähen Zornes war um so überraschender, als er in schroffem Gegensatz zu der stoischen Ruhe stand, die der Junge sonst ebenso wie die Eingeborenen zur Schau zu tragen pflegte. Es währte aber nicht lange, da hatten seine Züge wieder ihren gewöhnlichen Ausdruck gelassener Ruhe. »Es ist alles gut«, sagte er, »es hätte schlimmer werden können.«

»Du wirst mit mir kommen, Alonzo«, sagte der Spanier; »das Haus meines Vaters wird fortan deine Heimat sein. Mein Vater ist reich und mächtig.«

»Wir sind noch nicht sicher«, bemerkte Alonzo nüchtern. »Der Weg ist lang durch die Berge zur Ebene hinab, und die Aimaràs sind flink in der Verfolgung.«

Aber der junge Spanier war in seiner wiedergewonnenen Sicherheit nun nicht mehr zu erschüttern. »Ich bin durch deine Hilfe diesen unheimlichen Priestern entkommen«, sagte er; »was noch vor uns liegt, werden wir auch noch meistern. Übrigens, glaubst du, dass sie wirklich die Absicht hatten, mich ihren Götzen zu opfern?«

»Daran ist gar kein Zweifel«, versetzte Alonzo.

»Und warum ließen sie dich am Leben?«

»Ich weiß es nicht. Vielleicht warteten sie, dass ich zum Mann erwachsen möchte.«

»Nun, lebendig bekommen sie mich ein zweites Mal nicht.« Des Spaniers Antlitz zeigte feste Entschlossenheit. »Holen sie uns ein, dann werden wir bis zum letzten Augenblick kämpfen.«

»Ja«, bekräftigte der Mestize, »auch ich will lieber im Kampf fallen, als mich auf den Opferstein schleppen zu lassen.«

»Das Wichtigste ist, dass wir den richtigen Weg finden«, sagte Alonzo, »ich kenne ihn nur eine Strecke weit.«

»Wir werden ihn weiter verfolgen«, versetzte der Mischling. »Weiter unten kenne ich die Berge und die Schluchten; ich bin ein Montanero.«

»Aber du stammst aus den Llanos?« fragte Alonzo den Spanier.

Der schüttelte leicht den Kopf. »Nicht ganz. Ich entstamme dem Norden des Staates. Da, wo die Ostkordilleren sich erheben, bin ich zu Hause. Aber ich habe einen Teil meines Lebens in den Llanos zugebracht.«

»Wie bist du in diese Berge gekommen?«

»Das Jagdfieber hat mich hinaufgetrieben«, lachte Don Fernando.

»Warst du allein?«

»Nein, ich hatte drei Begleiter bei mir, Indios aus den Vorbergen, die ich dort gemietet hatte. In einem Tal wurden wir von den Wilden überrascht. Meine Begleiter entflohen und ließen mich in der Hand der Räuber zurück.«

»Sie werden nicht weit gelangt sein«, sagte Alonzo ernst. »Die Aimaràs lassen keinen entkommen, der es verraten könnte, dass sie einen Weißen in die Berge geschleppt haben.«

»Oh«, fragte erschrocken der Spanier, »du meinst, sie hätten sie getötet?«

»Ich zweifle nicht daran.«

»Die Bluthunde!« In Fernando kam wieder die Wut hoch. »Man sollte sie vom Erdboden vertilgen«, knirschte er.

Es fiel bei dieser Unterredung sowohl dem Spanier als dem Mestizen auf, dass ihr Retter nur mühsam das Spanische beherrschte, nach Ausdrücken suchte und oft unvermittelt in die Aimaràsprache überging, anscheinend ohne es selbst zu merken. Sie erklärten sich das aus seiner langen Gefangenschaft, sahen es aber gleichzeitig als ein beklagenswertes Zeichen für den Einfluss an, den die Umgebung des Jungen auf seine Seele ausgeübt hatte. Auch das tiefe Wohlgefallen, mit dem er den spanischen Lauten lauschte, entging ihnen nicht.

»Wie denkst du nun der Falle zu entschlüpfen, die uns erwartet?« fragte Don Fernando.

»Wir müssen die Nacht abwarten und dann weitersehen. Der Weg, der am Wächterhaus vorbeiführt, ist eng und gefährlich, wenn die Krieger dort wachsam sind.«

»Ich vertraue mich ganz deiner Führung an, Amigo mio«, sagte der Spanier. »Ist das Wächterhaus nicht zu umgehen?«

»Für Menschen vielleicht, obgleich es gefährlich ist, keinesfalls aber für Tierhufe, und zu Fuß kommen wir nicht weit, wenn wir die Aimaràs auf den Fersen haben.«

»Mithin befinden wir uns immer noch in einer schlimmen Lage?«

Alonzo zuckte die Achseln. »Sicher. Aber wir sind drei entschlossene Burschen. Im Notfall müssen wir uns den Durchbruch erzwingen. Die Aimaràs werden sich euere Flucht schwer enträtseln können. Ihr Aberglaube kommt uns zustatten. Zweifellos schreiben sie euer Entkommen bösen Geistern zu, weiß doch niemand, dass ich den unterirdischen Gang zu den Priesterhäusern kenne, auch glauben sie mich auf der Jagd.«

Don Fernando drückte dem Jungen die Hand. »Du bist klug und tapfer, mein Freund«, sagte er. »Ordne an, was du für richtig hältst. Kommt es zum Kampf, wirst du sehen, dass ich meinen Mann stelle.«

Alonzo nickte. »Es ist gut. Haltet euch jetzt still hier und erklettert in keinem Falle die Felsen; man könnte euch sehen. Ich will den Weg beobachten und die Berge durchforschen.«

Die Befreiten mahnten ihn zu äußerster Vorsicht, waren sie sich doch klar darüber, ohne diesen erfahrenen und bergkundigen Führer alle verloren zu sein; dann entfernte sich Alonzo auf dem Weg durch die Höhle.

»Ein kühner Junge!« sagte Fernando anerkennend. Der Mestize nickte zustimmend. »Er ist weit über seine Jahre besonnen und tapfer«, erwiderte er, »und doch wird es Zeit für ihn, dass er wieder unter seinesgleichen kommt, ehe er ganz zum Wilden wird.«

»Du magst recht haben, Antonio«, stimmte der Spanier zu, »er hat zuweilen ganz das Gebaren eines Indios; trotzdem ist er ein Weißer. Welcher Familie er wohl entstammen mag?«

»Er wird es in diesem schrecklichen Dasein unter Wilden vergessen haben«, versetzte der Mestize; »mich sollte es nicht wundern. Ohnehin ist es erstaunlich, dass er unter solchen Umständen die geistige Klarheit bewahren konnte; manch einer wäre sicher verrückt geworden.«

»Sollten wir glücklich in die Heimat zurückkehren, werde ich ihm vergelten, was er an uns getan hat. Ich werde ihn auch wieder zum Spanier machen«, sagte Don Fernando. »Hast du übrigens gewusst, dass in diesen Bergen solch verwegene Räuber hausen? Du bist doch ein Montanero.«

Der Mestize schüttelte den Kopf. »Ich habe wohl gewusst, dass die Indios hier oben zuweilen Raubzüge unternehmen, um sich mit Vieh, mit Maultieren und Waffen zu versorgen; dass sie auch Menschen fangen und fortschleppen, wusste ich nicht.«

»Nun, wir haben dafür einen sehr nachdrücklichen Beweis«, knurrte der Spanier. »Zweifellos wären auch wir spurlos im Gebirge verschwunden wie die anderen Unglücklichen, die in ihre Hände fielen. Man schaudert, wenn man daran denkt. Ich begreife nicht, weshalb diese Räuberhöhlen geduldet werden, warum die Regierung sie nicht zerstört und die Wilden dem Gesetz unterwirft.«

»Ich denke, wir trachten zunächst einmal, aus diesen Felsenwällen herauszukommen«, entgegnete trocken der Mestize, »die Sache hat zweifellos ihre Schwierigkeit; ich habe mir die Felsenpässe betrachtet, als ich hier heraufgeschleppt wurde.«

»Wir werden es schon schaffen.« Der junge Spanier hatte seine innere Sicherheit und Gelassenheit völlig zurückgewonnen und sprach nun mit ruhiger Überlegenheit auf seinen Gefährten ein.

Alonzo war indessen, über schier ungangbares Felsgeröll kletternd, zu dem Pfad zurückgekehrt, der nach Osten zur Grenze des Tales hinführte. Er erreichte schließlich einen Punkt, von dem aus er die roh aus Steinen gefügte Behausung der Wächter überblicken konnte. Emporquellender Rauch zeigte an, dass drinnen gekocht wurde, und die nachlässig am Boden hingestreckte Gestalt eines Aimaràs zeigte an, dass den Grenzwächtern bisher keine beunruhigenden Nachrichten zugegangen waren. Ihre Aufmerksamkeit wurde ja auch nur selten auf die Probe gestellt.

Nachdem Alonzo sich überzeugt hatte, dass kein weiterer Bote zu ihnen gelangt war, kletterte er vorsichtig zurück und erreichte nach einiger Zeit die Stelle, wo er den Stein nach dem Aimarà geschleudert hatte. Der Tote lag noch unberührt am Boden.

Während Alonzo sinnend auf den Leichnam niederblickte, vernahm er Hufschläge, die sich aus der Richtung des Dorfes näherten. Er umwickelte sich den Kopf mit Grasbüscheln, legte sich platt auf den Boden, nahm die Büchse zur Hand und lauschte. Die Hufschläge kamen näher und verstummten schließlich. Die Reiter hatten den Leichnam erblickt und hatten angehalten.

Mit äußerster Vorsicht schob Alonzo den Kopf etwas vor; er erblickte den Kaziken Tucumaxtli und zwei andere Aimaràs, die stumm inmitten des Weges hielten.

Dann stieg einer der Männer ab und untersuchte den Toten. Die Waffen des Mannes waren da, und als Verletzung zeigte sich nur die von dem Steinwurf herrührende Wunde am Hinterkopf. Verdächtige Spuren wies der Boden nicht auf. »Ein Stein hat ihn getötet«, sagte der Mann. Auch Tucumaxtli verließ nun den Sattel; seine sorgfältige Untersuchung bestätigte die Wahrnehmung seines Kriegers.

»Nun wissen wir, warum Chiacam nicht zurückkam«, sagte der Häuptling, »der Berg hat ihn erschlagen.«

Mit abergläubischer Scheu starrten die drei Indios auf die Wunde, die den Tod ihres Stammesgenossen herbeigeführt hatte, dann blickten sie zu den drohenden Felsen hinauf.

»Aber wo ist Chiacams Pferd?« fragte der Kazike.

»Es wird zu den Wächtern gelaufen sein.«

»Nein. Dann hätten sie den Boten gesucht und gefunden.«

»So wird es zu einem Weideplatz zurückgekehrt sein.«

»Wir forschen hier vergebens nach den Flüchtlingen«, sagte der Häuptling, »sie werden nach Norden zu entwichen sein.«

Einer der Männer schüttelte den Kopf. »Sie können nicht entwichen sein, sie sind in den Felsen.«

»Hast du vergessen, dass Chibchas zwischen unseren Häusern waren?« sagte der andere Krieger.

»Was soll das?« Der Kazike schnaufte verächtlich. »Torheit«, sagte er. »Die Furcht hat Feiglinge den Schlachtruf der Chibchas hören lassen. Kennen die Chibchas die geheimen Wege der Priester?«

»Ein böser Geist hat den Aimaràs die Opfer entrissen, wir werden sie nicht finden«, äußerte der erste der Krieger. »Suchten wir sie, würden wir uns seinen Zorn zuziehen, wie Chiacam, den der Berg erschlug.«

Die Indios schwiegen scheu. Nach einer Weile sagte Tucumaxtli: »Wir müssen jedenfalls die Wächter benachrichtigen, dann wollen wir Chiacam die Totenlieder singen.«

Ein Windstoß erschütterte die Luft, und unweit der Indios in Richtung nach dem Wächterhaus zu, sauste ein Stein in die Tiefe. Die unzweifelhaft mutigen Männer, deren abergläubische Furcht durch die geheimnisvolle Flucht der Gefangenen und durch den Tod des Boten stärker als je erregt war, fuhren merkbar zusammen.

»Zu den Wächtern«, sagte der Kazike entschlossen, »dann kehren wir um; die Unsichtbaren werden uns schützen.«

Er ritt voran, und seine Krieger folgten ihm. Alonzo, der ihnen von oben herab nachsah, war sich klar darüber, was es für ihn und seine Gefährten bedeutete, wenn die Wächter benachrichtigt wurden. Dennoch sah er keine Möglichkeit, es zu hindern. Er wartete geduldig, und tatsächlich währte es nicht lange, bis die Reiter zurückkamen. Sie hoben nun den Leichnam des Erschlagenen auf, einer der Krieger nahm ihn vor sich auf sein Pferd, dann ritten sie weiter.

Alonzo wusste: Kam ihm und seinen Freunden jetzt nicht ein günstiges Geschick zu Hilfe, war ein Entrinnen mit Pferden und Maultieren nicht mehr möglich; es blieb dann nur noch die Flucht über die Felsen, die unendlich schwierig war und wenig Aussicht auf endgültige Rettung bot.

Der Junge zweifelte nicht, dass die Aimaràs bald Streifscharen ringsum in die Berge senden würden, wenn das nicht überhaupt schon geschehen war. Zunächst freilich befand er sich mit seinen Gefährten in vollkommener Sicherheit; es war in jedem Fall gut, die Nacht abzuwarten. Denn nur die Dunkelheit konnte noch helfen. Er kehrte in das Tal zurück und gesellte sich mit unbewegter Miene zu den anderen.

»Schlaft«, antwortete er auf ihre Fragen, »wir werden vielleicht in der Nacht wach sein müssen.«

Er ließ sich selbst zum Schlafe nieder, suchte aber, noch ehe der Tag zur Neige ging, den Weg wieder auf. An den Spuren auf dem Boden erkannte er jetzt deutlich genug, dass eine Reiterschar dem Ausgang zugeritten war; seine Vermutung war also eingetroffen. Die Verfolger waren auf dem Weg, der in die Llanos führte. Das war schlimm genug.

Er kehrte zurück und ließ die Tiere satteln; sie packten soviel Mundvorrat auf, wie sie unterbringen konnten. Dann erst teilte er den Gefährten mit, dass sich die Aimaràs bereits jenseits des Tales befänden.

Beide erschraken zutiefst, aber Alonzos kaltblütige Ruhe beschämte sie. »Die Krieger sind weniger gefährlich als das Wächterhaus«, sagte der Junge. »Sie fürchten die Nacht, in deren Schatten sie böse Geister vermuten; zweifellos haben sie einen Schlupfwinkel aufgesucht.«

Als die Nacht hereingebrochen war, nahm er das Pferd des erschlagenen Indios am Zügel und hieß Fernando und Antonio mit den Maultieren folgen. Trotz der tiefen Dunkelheit passierten sie glücklich die Höhle und erreichten die Schlucht, die nach dem Weg führte. »Wir wollen hier warten«, sagte er, »wir müssen auf alles gefasst und zu allem bereit sein. Die Nacht wird dunkel, kein Stern steht am Himmel.«

Schweigend verharrten sie eine geraume Zeit im Schatten der Felsen. Antonio schlich mehrmals zur Straße hinüber und lauschte - kein Laut war zu vernehmen. Als er zum dritten Male zurückkehrte, sagte er leise: »Das Schicksal ist uns günstig gesinnt, der Sturm kommt von Norden; er ist furchtbar hier zwischen den Felsen.« Er hatte das kaum ausgesprochen, da ließ sich ein Sausen hören, das geradewegs vom Himmel zu kommen schien.

»Ah, er kommt schon, unser nördlicher Freund«, sagte er, »wartet nur, er wird sich noch ganz anders vernehmen lassen. Er wird die Wolken wie ein Jaguar die Bergschafe hetzen.« Das Sausen verwandelte sich in ein dumpfes Heulen, und selbst in ihrer geschützten Stellung spürten sie den harten Anprall der Luft. Große Tropfen begannen zu fallen.

»Großartig!« rief Antonio. »Auch der Regengott ist mit uns im Bund; die Roten können seine Tränen nicht vertragen. Wir wollen es wagen. Freunde! Haltet die Machete bereit!« »Ja, auf in den Sattel«, - Alonzo schwang sich als Erster hinein, »überlasst euch den Tieren und folgt mir. Die Büchsen nur im äußersten Notfall gebrauchen.«

Alle drei waren aufgestiegen, Alonzo, sein unruhiges Tier mit indianischen Schmeichelworten beruhigend, ritt voran. Als sie in den Felsenweg einbogen, spürten sie erst die ganze furchtbare Gewalt des Sturmes. Von den mit ewigem Eis bedeckten Höhen der Bergriesen herab brach er mit elementarer Gewalt über die Felsen und Berge, durch Schluchten und Wälder hernieder, dunkle Wolken vor sich herjagend und ganze Schauer kalter Regenstürme niedersendend. Ein Heulen, Pfeifen und Zischen war ringsum vernehmbar, das sinnbetäubend wirkte. Die Erde selbst schien zu beben.

Fernando, der Spanier, und Antonio, der Mestize, zitterten vor der unheimlichen Macht der zu wildem Grimm entfesselten Naturgewalten, deren Toben um so schrecklicher war, als vollkommene Finsternis sie umgab.

»Es ist gut so«, drang die Stimme Alonzos an ihre Ohren.

Halb bewusstlos trieben die Reiter ihre Tiere an; die gehorchten fast betäubt von der Wucht des Sturmes und des schauerlich prasselnden Regens. Der Sturm entwickelte sich zum Orkan, bald entlockte er dem Felsgestein hell klingende Laute; es war ein Konzert von grausiger Majestät. In wenigen Augenblicken waren die Reiter bis auf die Haut durchnässt, und doch fühlten sie es kaum in den Schrecken der Stunde.

Der ansteigende Weg wurde enger und enger; je mehr die Felswände zu beiden Seiten näher zusammentraten, um so mehr zischte es über ihnen, hinter ihnen, rings um sie her.

Den Gefährten Alonzos, denen die Stürme des Hochgebirges fremd waren, schien es, als ob die Welt zugrunde ginge; sie begannen Gebete zu murmeln. Aber gehorsam, dem Aufruhr der Naturgewalten trotzend, gingen die angstvoll schnaubenden Tiere ihren Weg weiter.

Jetzt nahte die gefährliche Stelle. Alonzo verhielt sein Pferd, und in düsterer Entschlossenheit fassten die Reiter die Waffen fester.

Was aber war der Zorn der Menschen gegen den Grimm der Natur? Als wolle er jahrtausendalte Felsen entwurzeln, raste der Sturm durch die Nacht. Ein dumpfes Krachen und Poltern war vernehmbar; Felsstücke mussten herabgestürzt sein.

Dunkel und stumm lag das Wächterhaus da, vom Nordsturm umtost, mit Regenströmen übergossen; schattenhaft vermochte Alonzo seine Umrisse zu erkennen. Waren die Wächter auf dem Posten, dann genügte es, einige der zu solchen Zwecken bereitliegenden Felsbrocken zu lösen und herabzuschleudern; dann war der Ausgang versperrt, und die Büchsen der Lauernden machten ihrem Leben ein schnelles Ende, oder lieferten sie, was noch schlimmer wäre, in die Hand ihrer blutdürstigen Feinde zurück.

Einen Augenblick bebte auch der junge Alonzo. Doch das Wächterhaus lag in steinerner Ruhe. Die entfesselten Naturgewalten hielten die Wilden in Bann, sie füllten ihre Seelen mit abergläubischen Schauern. »Vorwärts!«, befahl Alonzo und biss vor Erregung die Zähne zusammen.

Und eingehüllt in den Mantel der Nacht, beschützt vom Grauen der mitternächtigen Stunde, legten die Reiter die gefährliche Wegstrecke zurück.

Das Wächterhaus lag hinter ihnen. Alonzo rief seinen Begleitern zu, dass die größte Gefahr überstanden sei. Neue Hoffnung erfüllte die Herzen.

Der Weg senkte sich und wurde breiter. Sicher schritten die des Weges gewohnten Pferde weiter. Da sie um eine Felsnase bogen, begann die Wucht des Orkans nachzulassen, auch der Regen wurde schwächer.

Alonzo lenkte in eine Schlucht zur Rechten ein, wo sie unter dem Schutze eines überragenden Felsens verhielten. Hier waren sie der Gewalt des Sturmes entzogen und den Regenstürmen weniger ausgesetzt. »Wir müssen hier warten«, sagte der Junge, »unser Weg wird von einem Bach gekreuzt, und der ist jetzt nicht passierbar, seine Wasser müssen erst ablaufen.«

Sie hatten Büsche und einige Bäume vor sich. Der Aufforderung Alonzos folgend, stiegen sie ab, banden die Tiere an und suchten unter der Führung des Jungen eine enge, bedeckte Felsspalte auf, wo sie sich, eng aneinandergedrängt, fröstelnd niederkauerten.

Und immer noch tobte draußen der Sturm, doch schien seine grimmigste Wut mittlerweile gebrochen. Lange hockten sie so; schwächer und schwächer wurde das Tosen, der Regen hatte längst aufgehört, und schon flirrten hier und da einige Sterne am samtschwarzen Himmel.

»Zu Pferde«, rief Alonzo, »wir müssen versuchen, über den Bach zu kommen.«

Es war kühl geworden. Don Fernando, an wärmere Temperaturen gewöhnt, zitterte vor Frost. Antonio, als Bewohner der Vorberge, ertrug die Kälte leichter. Der Junge in seiner dünnen Gewandung schien unempfindlich zu sein.

Die Büchsen waren schussbereit, die Schlösser dank der Vorsicht, mit der man sie vor Nässe geschützt hatte, trocken geblieben.

Alonzo ritt voran und forderte die anderen auf, etwa Hundert Schritt hinter ihm zu bleiben. Am Rande eines in steinigem Bett dahinströmenden Baches hielt er an; das Gebirgswasser war seicht. Er winkte die anderen heran, gab Fernando die Zügel seines Pferdes und sagte: »Wartet hier, ich will Ausschau halten.« Damit durchschritt er das Wasser und verschwand um eine Felsbiegung.

Nach einiger Zeit kehrte er zurück. »Der Weg ist frei, soweit ich sehen kann«, sagte er. Vorsichtig leiteten sie die Tiere durch den mit allerlei

Geröll gefüllten Bach, stiegen wieder auf und ritten weiter, Alonzo mit immer gleicher Vorsicht weit voran.

Ringsumher herrschte das tiefe Schweigen des Hochgebirges. Die Sonne war über den Berggipfeln erschienen und sandte ihre wärmenden Strahlen auf die Flüchtlinge herab. Wohl eine Stunde lang ritten sie dahin. Neue Lebenskraft durchströmte die Adern der Männer, die eine so grauenvolle Sturmnacht hinter sich hatten.

Vor ihnen schien der Weg eine Biegung zu machen. Alonzo ließ die Gefährten halten, gab den Zügel seines Pferdes an den Spanier ab und ging voraus, um Umschau zu halten. Bald schon kam er zurück. »Sie sind vor uns am Weg«, sagte er. »Sie haben ein Feuer entzündet und lagern.« Es war, als spreche er von irgendeiner gleichgültigen und belanglosen Sache.

Fernando und Antonio erschraken in der Tiefe ihrer Seele; der entscheidende Augenblick war also da. Doch überwanden sie den Schrecken sehr schnell, und ihre mehrfach geäußerte Entschlossenheit, sich jeder etwaigen neuen Gefahr kämpfend zu stellen, kehrte zurück. »Wir werden tun, was wir können«, sagte Fernando. »Lebend bekommen sie mich nicht«, presste er zwischen den vor Erregung geschlossenen Lippen hervor. »Aber du«, wandte er sich gleich darauf an Alonzo, »warum willst du unser Schicksal teilen? Du hast wahrlich genug für uns getan. Geh, rette dich.«

Alonzo streifte ihn mit einem kurzen Blick. »Wir kämpfen und sterben zusammen, wenn es sein muss«, sagte er ruhig.

»Kommen wir davon, wahrhaftig, ich will es dir vergelten«, rief Fernando, und nur Alonzos hart verschlossenes Gesicht hinderte ihn, den Jungen zu umarmen. »Aber was tun wir nun?« fragte er, seine Erregung gewaltsam niederzwingend, »sollen wir über sie herfallen? Überraschung ist schon der halbe Sieg.«

Alonzo schüttelte den Kopf. »Es wäre vergeblich«, sagte er ernst. »Wir können einige töten, die anderen legen sich in den Hinterhalt, erwarten uns und schießen uns ab wie Rehe. Ich will dir sagen, was wir tun müssen. Während ihr hier wartet, klettere ich drüben in die Felsen und zeige mich den Aimaràs; ich bin gewiss, sie werden mir folgen. Diesen Augenblick benutzt ihr und jagt auf dem Weg, der dort durch das Wiesental führt, an ihnen vorbei. Bald seid ihr wieder von Felsen umgeben; der

Weg ist eng, dort könnt ihr euch wehren, wenn sie euch folgen. Wartet auf mich; an der Stelle, wo der Weg wieder in ein grünes Tal mündet, das ein Bach durchfließt, stoße ich zu euch. Ich gehe über die Berge.«

»Das heißt, dein Leben leichtfertig aufs Spiel setzen«, sagte Fernando.

»Nein«, sagte der Junge. »Ich klettere so gut wie ein Bergschaf, die Indios nehmen es nicht mit mir auf – für mich ist keine Gefahr. Folgen sie mir aber nicht alle, dann müsst ihr hervorbrechen und euch durchschlagen. Nur mein Pferd dürft ihr nicht zurücklassen.«

Der Plan war verwegen, aber ausführbar; größer konnte die Gefahr dadurch nicht werden. Und obgleich Fernando und Antonio sich klar darüber waren, dass Alonzo sich ihretwegen von Neuem in Gefahr begab, sahen sie doch keinen anderen Ausweg und fügten sich schließlich seinem Beschluss.

Vorsichtig führte der Junge seine Gefährten weiter. Als sie sich einem Felsvorsprung näherten, banden sie die Tiere an Sträuchern fest, und auf dem Boden kriechend, bewegten sie sich, jeden Felsbrocken zur Deckung ausnutzend, so weit vor, dass sie einen Ausblick ins Tal hatten. In einiger Entfernung gewahrten sie etwa ein Dutzend Indianer um ein Feuer sitzend. Ihre Reittiere grasten; die Wilden schienen völlig sorglos.

»Von hier sollt ihr die Aimaràs beobachten«, sagte Alonzo. »Ich zeige mich ihnen da drüben auf dem Felsen« – er wies auf die Stelle. »Sind sie mir gefolgt, reitet eilig voran, nur vergesst mein Pferd nicht.« Er zeigte ihnen auch die Schlucht, durch die der Weg weiterlief. »Nun gib mir deinen Poncho, Fernando, und deinen Hut«, sagte er, »sie müssen mich für einen von euch halten.«

Bereitwillig gab ihm der Spanier das Verlangte. »Gebt acht und bleibt vorsichtig in Deckung«, warnte der Junge; »die Indios haben scharfe Augen.« Er nahm seine Büchse und ging zurück, um eine geeignete Stelle zu suchen, die ihm gestattete, auf die andere Seite des Tales zu gelangen. Tief erregt blieben die anderen allein, ungeduldig erwartend, was weiter kommen würde.

Die Aimaràs, die wohl ihrer Pflicht völlig genügt zu haben glaubten, auch wohl der Ansicht sein mochten, dass ein Passieren des Wächterhauses völlig unmöglich sei, gaben sich nach der unheilvollen Nacht der

Ruhe hin. Einige hatten sich niedergestreckt, andere saßen friedlich und rauchten.

Immer länger wurde den lauschenden Flüchtlingen die Zeit, immer angstvoller erwarteten sie das Erscheinen des Jungen auf dem bezeichneten Felsen. Nur flüsternd wagten sie sich zu unterhalten und sorgfältig achteten sie auf jedes Geräusch.

So vergingen wohl an die zwei Stunden; Alonzos Weg musste schwierig sein.

»Seht dort«, flüsterte endlich der Mestize in fieberhafter Erregung, »dort ist er!«

Fernando folgte der weisenden Hand. Es war kein Zweifel. Auf der Felsenhöhe jenseits des Tales zeigte sich ein Mensch im Poncho und Sombrero. Die Aimaràs gewahrten ihn nicht. Da rutschte er aus und glitt eine Strecke hinab; er mochte einige Steine ins Rollen gebracht haben. Die Aimaràs erhoben sich auf das schwache Geräusch wie ein Mann und starrten nach dem Felsen hinüber. Alonzo schien in Todesangst dort oben herumzuklettern. Der größte Teil der Aimaràkrieger lief auf die Felsen zu, mit einem Triumphgeheul, das bis zu den Lauschern drang. Drei blieben zurück, wohl, um die Pferde zu bewachen.

Die Männer, die Alonzo nachsetzten, waren verschwunden; Alonzo selbst ebenfalls. Die zurückgebliebenen Indios starrten zu den Felsen hinauf. Jetzt wurde die Gestalt des Jungen wieder sichtbar. Die Männer unten schrien; Alonzo verschwand hinter einem Felsen. Zitternd vor Erregung sahen Don Fernando und der Halbindianer dem abenteuerlichen Geschehen zu.

»Vorwärts«, flüsterte Antonio, »es ist Zeit!«

»Ja, es ist Zeit!«

Sie bestiegen die Mulos. »Nehmt Alonzos Pferd, Don Fernando, ich will schießen«, sagte Antonio. Er ritt, die schussfertige Büchse in der Hand, voran, Fernando, Alonzos Pferd am Zügel führend, folgte. Die Aufmerksamkeit der zurückgebliebenen drei Aimaràs war so ganz auf die Felsen gerichtet, dass sie das Erscheinen der Flüchtlinge nicht bemerkten. Wieder zeigte sich der verwegene Junge an einer anderen Stelle; er gewahrte die Freunde und verschwand gleich darauf.

Plötzlich wandte sich einer der Aimaràs um, und sein gellender Schrei belehrte die Flüchtlinge, dass sie entdeckt waren. Sie waren bereits in Schussnähe, und der Mestize riss, dies erkennend, die Büchse an die Wange und schoss auf den, der geschrien hatte. Er musste getroffen haben, denn der Mann wankte und fiel ins Gras. Die beiden anderen verschwanden mit großer Geschwindigkeit hinter den weidenden Pferden.

»Vorwärts, vorwärts!« schrie Antonio. Sie trieben ihre Tiere an und erreichten, das Tal rasch durchreitend, bald den engen Felspfad, der sie weiterführen sollte.

Die Grabstätte der Kaziken

Alonzo hatte sich in seinen Berechnungen etwas geirrt. Es war schwieriger gewesen, auf die andere Talseite zu gelangen, als er vorausgesetzt hatte. Zudem waren ihm diese Bergpartien nicht bekannt genug, als dass es ihm möglich gewesen wäre, immer die kürzesten Pfade zu wählen. Gleichwohl gelang seine Absicht. Er sah noch, wie seine Begleiter durch das Tal ritten, und hörte auch den Büchsenschuss des Mestizen. Schließlich war es ihm doch gelungen, die verabredete Stelle zu erreichen. Die Aimaràs, die er durch künstlich erzeugte Geräusche auf sich aufmerksam machte, mussten ihn, der Poncho und Sombrero Don Fernandos trug, für den zum Opfer bestimmten Spanier halten; dies eben war seine Absicht.

Sie war gelungen, und nun galt es, sich die Verfolger vom Leibe zu halten. Er vertraute dabei auf seinen Jägerinstinkt, auf seine Kraft und Geschicklichkeit. Die einzuhaltende Richtung kannte er genau, wenn ihm das Gelände selbst auch unbekannt war; das Klettern in den Bergen war ihm vertraute Gewohnheit.

Freilich - und darüber täuschte der Junge sich nicht - in seinen Verfolgern hatte er bis zum Äußersten entschlossene Feinde hinter sich. Feinde, die diesen Teil des Gebirges aufs Genaueste kannten und sicherlich alles aufbieten würden, um der Entflohenen wieder habhaft zu werden. Er bekam das auch bald zu spüren, denn zweimal fand er die Wege besetzt, die er einschlagen wollte und einschlagen musste. Nur die äußerste Vorsicht verhinderte jedes Mal seine Entdeckung. Aber Alonzo war entschlossen, sich eher in einen Abgrund zu stürzen, als noch einmal in die Hand der Wilden zu fallen.

Er hielt sich auf den Höhen, weil er hier immerhin sicherer war als in dem Gewirr der ihm unbekannten Schluchten. Immer wieder hörte er Stimmen unter sich, die ihm den Standort der Verfolger verrieten; das zwang ihn, wiederholt die Richtung zu wechseln; die Gefahr, sich auf solche Weise immer weiter von seinem Ziel zu entfernen, musste angesichts der unmittelbaren Bedrohung in Kauf genommen werden. Im Begriff, einen abgeplatteten Felsen zu überschreiten, der mit dünnem Buschwerk bestanden war, verriet ihm ein von der Seite her kommender Ausruf, dass er gesehen worden war. Tatsächlich gewahrte er gleich darauf jenseits einer steil abfallenden Schlucht den Kopf eines Aimarà. Blitzschnell riss er die Büchse hoch und schoss. Krachend entlud sich die

Waffe, und der Kopf verschwand. Hinter Buschwerk geduckt, lud er sein Gewehr; er musste ja jeden Augenblick damit rechnen, neue Feinde auftauchen zu sehen. Aber ringsumher regte sich nichts.

Behutsam kroch er durch die Büsche dem Rande des Felsens zu, um einen Einblick in die trennende Schlucht zu gewinnen; er gewahrte aber nichts Verdächtiges. Er lief in hastigen Sprüngen zur anderen Seite hinüber; hier schien der Abstieg möglich. Aber er war zu erschöpft, er musste einen Augenblick ruhen. Er warf sich zwischen den Büschen nieder und sah zur Sonne auf, die am Himmel ihre Bahn zog; weit und breit regte sich nichts.

Nach einer Weile fühlte er sich kräftig genug, um den Abstieg zu wagen. Er ging mit unendlicher Vorsicht zu Werke, jeden Augenblick eines plötzlichen Überfalls gewärtig. Aber er kam ungehindert hinab und stand nun in einer mit Steingeröll übersäten Schlucht. Die Sonne sagte ihm, dass er sich nach rechts halten müsse. Eine andere Schlucht, breiter und mit Gras und Buschwerk bewachsen, kreuzte seinen Weg. Gebückt überquerte er sie.

Er hatte kaum den jenseitigen Einschnitt erreicht, als gellende Rufe aus der Höhe ihn darüber belehrten, dass er entdeckt worden sei. Die Aimaràs schienen alle oben zu sein. Sie waren mit Büchsen bewaffnet, aber sie schossen nicht. Es lag ihnen wohl zuviel daran, den Entwichenen lebend zu bekommen, und sie waren sicher, dass er ihnen nicht mehr entgehen könnte.

Alonzo, noch immer mit Hut und Poncho Fernandos bekleidet, jagte in der ursprünglichen Richtung weiter; er wusste, dass er die Verfolger bald auf den Fersen haben würde. Sein gehetztes Auge überflog die bizarre Szenerie. Plötzlich gewahrte er zur Rechten auf einem Felsvorsprung einen gewaltigen, viereckig behauenen Stein und dahinter eine dunkel gähnende Öffnung im Felsen. Blitzartig sagte er sich, dass dies eine der alten Begräbnisstätten sein müsse, wie sie das einst zahlreiche Volk der Aimaràs anzulegen pflegte. Ein rauer Felspfad führte hinauf, Alonzo erklomm ihn in kurzen, hastigen Sprüngen und verschwand in der Öffnung. Gleich darauf betraten zwei Indianer die Schlucht. Sie liefen weiter, die anderen kamen nach. Keiner schenkte dem Zufluchtsort des Jungen auch nur die geringste Beachtung.

Aber dann kamen einige Indios, die stehen blieben und hinauf sahen.

»Dort schlummern die Toten früherer Zeiten«, sagte ein älterer Mann. »Vor Jahren hat der zornige Erdgeist die Felsen geschüttelt, den Stein verrückt und die Pforte des Todes geöffnet.«

»Sollte der Weiße dorthin geflohen sein?« fragte ein anderer. Die Möglichkeit lag nahe, denn die jäh ansteigenden Felsen ringsum waren nicht zu erklettern, und Alonzo hatte nicht genug Vorsprung gehabt, um die Schlucht schon durchmessen zu haben, als sie von den ersten Verfolgern betreten wurde.

Die Indios ließen drei Männer als Wache bei dem Grabmal zurück, die anderen begannen sorgsam jeden Strauch und jeden Winkel der Schlucht zu durchsuchen. Sie fanden nichts; keine Spur war auf dem weichen durchnässten Boden eingeprägt. Es war klar: Der Entwichene musste in der Grabstätte sein.

Aber kann ein Aimarà die geweihte Stätte des Todes betreten? Er kann es nicht. Der Gott des Todes würde den Eindringling strafen. Die Indios versuchten, von der gegenüberliegenden Felswand aus einen Einblick in die Höhlung zu gewinnen.

Alonzo sah, kaum dass er im Dunkel der Höhle untergetaucht war, dass er sich nicht geirrt hatte. Es war eine altindianische Gruft, in der er sich befand. Ringsum standen in den in Stein eingehauenen Nischen die verschnürten Ballen, die die Leichen in hockender Stellung bargen. Die trockene Luft dörrt sie in diesen Felsen schnell zu Mumien aus. Auf seinen Streifzügen im Gebirge hatte der Junge dergleichen schon oft gesehen. Er atmete auf, denn er wusste, dass die Aimaràs dieses Felsengrab nicht betreten würden. Fürs Erste durfte er sich als gerettet betrachten.

Die Stimmen, die zu ihm hereindrangen, sagten ihm bald, dass man ihn hier vermutete. Auch erkannte er, dass man einen Teil der Höhle von der gegenüberliegenden Felswand aus übersehen konnte. Die schauerliche Umgebung focht ihn nicht an; er streckte sich auf seinem Poncho aus, um zu ruhen. Der Hunger meldete sich, und der Durst begann ihn zu quälen. Der Beutel mit Nahrungsmitteln war am Sattel des Pferdes befestigt, aber wo war jetzt das Pferd? Wo waren die Freunde? Waren sie durchgekommen? Bei vorsichtigem Umherspähen gewahrte er, dass sich in den Vertiefungen des Felsgesteins draußen kleine Pfützen Regenwasser gesammelt hatten. Hinter den Stein kriechend, der das Grabmal dereinst geschlossen hatte, vermochte er seinen Durst zu löschen, ohne gesehen zu werden.

Die Zeit ging hin. Er nahm wahr, dass die Sonne trübe geworden war, und erkannte bald, dass dichte Nebel aus dem feuchten Tal aufstiegen. Diese Nebel, er wusste es wohl, pflegten oft die ganze Bergwelt in einen grauen, undurchdringlichen Mantel zu hüllen.

Immer matter wurde die Sonne, immer stärker der Nebel, schon konnte Alonzo die gegenüberliegende Felswand nicht mehr genau überblicken. Diese Nebel nach langen Regengüssen hielten oft tagelang an; konnten sie ihm zur Rettung werden?

Es kam ihm der Gedanke, dass auch die Aimaràs den Nebel benützen möchten, heraufzuschleichen, um ihn abzufangen. Vielleicht waren einige Krieger weniger abergläubisch und wagten es, das Grabmal zu betreten. Ich will mich wenigstens darauf vorbereiten, dachte Alonzo.

Unverzüglich machte er sich an die Arbeit. Er stieß einen der mit Bastdecken umwickelten Ballen aus seiner Nische, durchschnitt die Faserstricke mit seiner Machete und stellte die zutage tretende Mumie dicht neben den Eingang an den Felsenpfad. Wenn die Narren vor diesem Anblick nicht zurückweichen, müsste ich mich wundern, dachte er. Der Nebel war jetzt so dicht, dass man nicht drei Schritte weit zu sehen vermochte. Von der Sonne war nichts zu erblicken.

Alonzo horchte nach unten; kein Laut drang zu ihm herauf. Vor der Höhle befand sich eine kleine Plattform; sie war einst für den schweren Verschlussstein hergestellt worden. Der Fels stieg von hier aus fast senkrecht an. Den Abstieg nach unten versperrten die Aimaràs, aber gab es nicht auch nach oben einen Weg? Er schlich sich bis dicht an den Rand des Einganges und untersuchte den ansteigenden Fels. Tastend erkannte er leicht eingehauene Stufen, vermutlich Überreste einer ehemaligen, in den Fels gemeißelten Treppe, die Regen und Frost noch nicht ganz zerstört hatten.

Er sann nach. Wenn ich mein Lasso hätte, dachte er. Aber waren nicht die Mumien mit langen, ungewöhnlich zähen Stricken umwickelt, von deren Festigkeit er sich soeben überzeugt hatte? Er zerrte einen zweiten Mumienballen aus seiner Nische, löste den umschnürenden Strick und formte daraus ein Lasso. Dann warf er die Büchse über die Schulter, rollte die Seitenteile des Ponchos zusammen und umschnürte ihn mit seinem Gürtel; so hatte er die Arme frei.

Er betrat die Plattform und lauschte nach unten. Sein feines Ohr vernahm trotz des dämpfenden Nebels leichte Schritte. Ah, - kamen sie doch? Er trat zurück und spannte den Hahn seiner Büchse.

Ein Schrei des Entsetzens, ein irrer, wahnsinniger Schrei traf sein Ohr; er hörte, wie eilende Schritte sich entfernten. Ich danke dir, roter Kazike, lächelte er, du hast sie verjagt. Unzweifelhaft hatten einige junge Krieger versucht, sich dem Eingang der Höhle zu nähern und hatten plötzlich, von den Schleiern des Nebels umhüllt, die Mumie gesehen. Diesem Anblick hatte ihr Mut nicht standgehalten.

Also war es Zeit; diese Gelegenheit kam vermutlich nicht wieder. Alonzo nahm den zusammengerollten Strick in die Hand und begann vorsichtig den Anstieg. Er fand genügend Stufenreste, um den tastenden Fuß zu stützen; im Schutz des verschleiernden Nebels gelangte er mühsam nach oben. Endlich hörten die Stufen auf; vor ihm war nichts als der nackte, glatte Fels, doch musste er dem Gipfel nahe sein. Er wickelte seinen Strick los und warf die Schlinge nach oben. Sie kam zweimal zurück, beim dritten Mal haftete sie an irgendeinem Gegenstand, den er nicht zu sehen vermochte. Er zerrte mit aller Gewalt, hing sich an den Strick; er hielt fest. Entschlossen kletterte er hoch und erreichte mit geringer Anstrengung den Felsrand. Die Schlinge hing an der zähen, tief im Felsen haftenden Wurzel eines Baumes, den der Sturm gebrochen haben mochte. Er atmete auf.

Rings um ihn her wallte undurchdringlicher Nebel. Er machte den Strick los und rollte ihn zusammen. Die Sonne war nicht zu sehen, doch das war ihm gerade recht. Im rechten Winkel zur Schlucht schritt er mit der Sicherheit eines indianischen Jägers in gerader Linie vorwärts. So gelangte er erst nach geraumer Zeit an den gegenüberliegenden Rand des felsigen Berges. Der Abstieg schien von hier aus möglich; die Wand fiel terrassenförmig ab. Vorsichtig, sich seines künstlichen Lassos bedienend, den er um Stein und Felszacken schlang, gelangte er Fuß für Fuß auf eine grasbewachsene Talsohle. Beglückt vernahm er das Rauschen eines Baches, der ihm den Weg wies und gleichzeitig seine Spur verbarg.

Er stieg in das seichte Wasser hinein und ging mit dessen Strömung. Es kam ihm jetzt vor allem darauf an, einen größeren Raum zwischen sich und die Aimaràs zu bringen. Das Gehen auf dem glatten Geröll in dem kalten Wasser war schwierig. Nach etwa zwei Stunden fühlte er sich ermattet, stieg aus dem Bach und fand ein Dickicht von Nadelholz. Mit seiner Machete hieb er Zweige ab, wickelte sich in seinen Poncho und schloss die Augen; er schlief sofort ein. Seine letzten Gedanken waren die beiden Gefährten, die jetzt ratlos im Nebel seiner harren mochten. Er konnte ihnen jetzt nicht helfen.

Er erwachte, und noch immer lag die Welt in Undurchdringlichem nebelgrau. Er stillte seinen Durst in dem kleinen Bach; mit dem Hunger hieß es einstweilen fertig zu werden. Mit einem Stab bewehrt, den er sich geschnitten, schritt er wieder im Bett des Flusses talabwärts; plötzlich ließ ein dumpfes Rauschen ihn stutzen. Er suchte das Ufer auf, das von Büschen und Bäumen gesäumt war, und hielt sich, immer am Bachlauf entlang, dicht am Rand des Gehölzes. Das dumpfe Rauschen wurde stärker; jäh erkannte er, dass der Bach sich neigte und zu seiner Linken senkrecht in die Tiefe stürzte.

Die Sonne hatte er seit dem Aufkommen des Nebels nicht mehr gesehen, jetzt musste er an der schnell einfallenden Dunkelheit erkennen, dass sie hinter den Bergen gesunken war. Soweit Nebel und Dämmerung es ihm gestatteten, suchte er nach einem Platz, an dem er die Nacht zubringen könnte. Er fand einen vom Sturm gefällten Baum zwischen dichtem Buschwerk; hier bereitete er sich nach Jägerart sein Lager aus Zweigen, hüllte sich dicht in seinen Poncho und erwartete die Nacht.

Durch die Kordilleren

Langsam hob sich der Nebel, in langen Schwaden schwebte er davon; die umflogen in fantastischen Gebilden die Höhen und verloren sich in der Ferne. Am Himmel standen die Sterne. Sie sahen hernieder auf den einsamen Wanderer, der sich inmitten der pfadlosen Wildnis zur Ruhe gelegt hatte.

Rötliche Glut hüllte die Bergspitzen ein, die Sterne verblassten. Über den ragenden Felszacken erschien der Sonnenball, er wandelte die Tautropfen an Blättern und Gräsern in funkelnde Brillanten. Lautlose Stille herrschte ringsumher, unterbrochen nur von dem eintönigen Murmeln des rieselnden Baches.

Alonzo, vom wärmenden Strahl der Sonne getroffen, schlug die Augen auf. Verwirrt blickte er um sich, aber dann warf er Poncho und Zweiggestrüpp von sich und stand auf den Beinen. Sein erster Blick galt dem Stand der Sonne, sein zweiter Blick galt dem Lauf des Baches.

Erschrocken erkannte er, dass dieser seine Richtung nach Süden nahm, dass er sich, seinem Bett folgend, weit von der Straße entfernt hatte, die nach den Llanos führte, weit ab von dem Platz, an dem die Gefährten seiner warteten. Es war offensichtlich unmöglich geworden, die Verabredung einzuhalten. Bittere Sorge erfüllte ihn. Was würden die Freunde tun? War es ihnen trotz des Nebels gelungen, die Straße nach den Llanos zu erreichen? Die einzige Hoffnung dieser Art verband sich mit dem Instinkt der Tiere, die den Weg kannten.

Er blickte um sich. Im fernen Hintergrund ragten die steilen, nackten Felsspitzen in den Himmel, rings um ihn her erhoben sich waldige Hügel. Seufzend beschloss er, seinen Weg allein fortzusetzen; er sah ein, dass er Don Fernando und dem Mestizen nicht mehr helfen konnte. Er trank von dem Bach des Wassers und bändigte seinen Hunger.

Wenn es ihm gelänge, ein jagdbares Tier zu stellen! Er war entschlossen, in diesem Falle trotz der damit verbundenen Gefahr zu schießen. Aber nirgendwo zeigte sich ein Wild. Der Wald bestand aus Nadelhölzern; Beeren oder andere Waldfrüchte, mit denen er seinen Hunger hätte stillen können, wuchsen hier nicht.

Nach einiger Zeit wandte der Bach sich nach Osten. Das war immerhin erfreulich, denn in dieser Richtung lagen die Llanos, lagen Leben, Freiheit und – Heimat. Er befand sich auf einer schwach nach Osten zu abfallenden Hochebene.

Weiterschreitend sah er sich, aus den Büschen heraustretend, einem ungeheuren Felsmassiv gegenüber, dessen zerrissene Massen sich weit nach rechts und links ausdehnten; der Bach verlor sich in einer düsteren Spalte, deren schroff aufragende Wände sich nach oben hin verengten.

Alonzo überlegte: Sollte er die Felsen überklettern? Aber er fühlte, dass seine Kraft bereits nachließ, seine Füße waren schon wund, seine leichte Fußbekleidung aus Hirschleder zerrissen. Dem Bach weiter zu folgen, war nicht ratsam, seine Strömung wurde reißend, sein Grund war von glattem Geröll übersät, und fast immer endeten diese Wasserläufe des Hochgebirges in jähem Absturz. An der Felswand, die den Bach zu seiner Rechten einfasste, gewahrte er einen schmalen Pfad auf einem vorspringenden Felsen. Hier beschloss er, den Durchgang zu versuchen. Bald umhüllte ihn die Dämmerung der schmalen Schlucht, deren Wände feucht waren. Unter ihm rauschte unheimlich das Wasser. Der Pfad war gefährlich, ein falscher Tritt konnte den Tod bringen.

Schritt für Schritt tastete der Junge sich vorwärts, oft nur durch das haltende Lasso vor dem Absturz geschützt. Die fast übermenschliche Anstrengung währte endlos; er musste häufig ausruhen.

Endlich zeigte sich Tageslicht vor seinen Augen; der Felsrücken war durchquert. Der Weg, soweit überhaupt von einem solchen geredet werden kann, führte abwärts; Alonzo sah vor sich eine freundliche, von Bäumen durchsetzte Savanne. Er erreichte die Niederung und ließ sich widerstandslos zu Boden fallen.

Lange lag er so.

Schließlich erhob er sich, badete die Füße im Wasser des Baches und umwickelte sie mit Streifen seines Ponchos, die er mit zähen Gräsern befestigte. Langsam nahm er dann den mühseligen Marsch wieder auf.

Aber der Hunger bohrte, und nirgends zeigte sich weder Tier noch Pflanze, die zur Nahrung dienen konnten. Alonzo fühlte, wie seine Kräfte ermatteten. Dennoch ging er weiter, immer wieder zu kurzer Rast gezwungen. Ohne Wimperzucken ertrug er den bohrenden Schmerz, den die wunden Füße ihm bereiteten.

Er kam immer tiefer hinab. Die Bodengestaltung wandelte sich, anstelle der ragenden Nadelhölzer traten Eichen und Platanen, das Gras wurde höher und saftiger. Aber die Nacht kam, und er musste sich eine Schlafstätte bereiten. Er trug Blätter und Zweige einer Sykomore zusammen, darauf legte er sich nieder. Bald fiel er vor Hunger und Erschöpfung in Schlaf.

Matt erwachte er am nächsten Morgen und setzte mit wunden Füßen, halb irrsinnig vor Hunger, seine Wanderung fort. Einmal sah er zu seinem grenzenlosen Entzücken einen jungen Hirsch, der zur Tränke ging. Er legte die Büchse an die Wange, aber Auge und Hand waren unsicher; er fehlte, und das erschrockene Tier wurde flüchtig. Verzweifelt brach er zusammen.

Aber die Kraft in ihm war stärker; der Lebenswille trieb ihn weiter. Gegen Mittag sah er vor sich ein lang gestrecktes Felsental, das sich nach Osten hin öffnete; ein warmer Lufthauch strömte ihm von unten entgegen. Er ging hinein in das Tal; jeder Schritt auf dem steinigen Geröll bereitete ihm schier unerträgliche Qualen. Das Tal verlief in saftige Wiesen, die von duftigen Wäldern umgeben waren. Aber er vermochte sich des Anblicks nicht zu erfreuen; erschöpft und todesmatt sank er am Fuß einer Eiche nieder. Schwäche und Müdigkeit lullten ihn ein.

Am anderen Morgen vermochte er sich kaum zu erheben, dennoch raffte er sich mit aller Kraft auf. Unsicher torkelte er dahin, aber nach zwei Stunden mühevollen Marsches wollten ihn die durch Hunger und Anstrengung völlig erschöpften Glieder nicht mehr tragen; er sank abermals an der Wurzel eines uralten Baumes zu Boden. Ihm war todeselend zumute. Musste er sterben? Kurz vor dem Ziel? Er war noch so jung! Und doch mochte es sein! Er hatte bisher nicht viel Freude vom Leben erfahren. Der dämmerige Zustand, in den er versank, entrückte ihn der Außenwelt. Fantastische Gestalten tauchten vor ihm auf, verdichteten sich zu sonderbaren Gebilden; der Himmel war offen; von irgendwoher ertönten sanfte Melodien. Sie kamen aus sehr, sehr weiter Ferne. Es war kein Denken mehr in ihm.

Dann war da eine raue Stimme; sie zerriss jäh die wundersame Melodie.

»Da liegt ein Toter, Felipe«, sagte die Stimme.

Eine andere Stimme klang auf: »Nein, tot ist er nicht – er scheint ohnmächtig zu sein. Wie kommt der Bursche hierher?«

Alonzo fühlte, dass er geschüttelt wurde; es war eine Qual, die Augen zu öffnen.

Verstört sah er um sich. Allmählich nur wichen die Nebel, schoben sich die Konturen der Umwelt aus dem Dämmern heraus. Über ihn gebeugt standen zwei Männer. Aimaràs, dachte er. Aber das war nur ein Hauch. Ohnehin war kein Widerstand mehr in ihm. Auch die Augen waren nicht offen zu halten; das Licht war zu grell. »Hunger«, stöhnte er, »essen!«

»Der Junge ist fast verschmachtet«, sagte die eine der Stimmen.

»Dem ist leicht abzuhelfen«, sagte die andere.

Der eine der Männer setzte Alonzo eine kleine Flasche an die Lippen; sie war mit Wein gefüllt. Der Junge nahm einen Schluck. Es rann wie Feuer durch seine Glieder. Er riss die Augen abermals auf und richtete sich hoch. Ein Mann schob ihm ein Stückchen Maisbrot in den Mund, und er aß. Im Augenblick war er bei Bewusstsein.

Er sah, dass zwei Männer in der Tracht der Montaneros vor ihm standen; sie führten ein Saumtier mit sich, das einen Packsattel trug.

»Langsam, Muchacho - könnte dir schaden, zuviel auf einmal zu essen«, sagte der eine der Männer, Alonzos gierigen Blick gewahrend. »Wie kommst du hierher? Hast dich verlaufen, was?«

»Aus den Bergen«, flüsterte Alonzo.

»Kann mir's denken. Sind nicht für jedermann, die Berge.«

Er gab ihm wieder ein Stückchen Maisbrot und noch einen Schluck Wein. Der Junge fühlte, wie seine Kräfte wiederkehrten.

»Du hast eine Büchse, wie ich sehe«, sagte der eine Montanero, »verstehst du auch, damit umzugehen?« Alonzo nickte.

»Nun, dann kannst du nicht mehr zugrunde gehen. In diesen Bergen hier ist Wild genug. Wo willst du denn hin?«

»In die Llanos.«

»Das ist noch weit genug. Aber du erreichst bald Ansiedlungen, wo man dich gastfreundlich aufnehmen und dir weiterhelfen wird.«

»Ihr habt mir das Leben gerettet, Señores; ich war dem Tode nahe«, stammelte Alonzo.

»Gott hat uns des Weges geschickt, mein Junge; du solltest noch nicht sterben.« Der Montanero, ein älterer Mann, sah ihn freundlich an. »Musst ihm dankbar sein.«

»Ich bin es, Señor. Oh, ich bin es.«

Wieder gab ihm der schwarzbärtige Mann etwas zu essen, der zweite sah, behaglich lächelnd, zu. Dann sprachen beide leise miteinander.

»Leider müssen wir dich verlassen, mein Junge«, sagte der Schwarzbärtige schließlich, »haben wichtige Geschäfte, müssen die kostbare Chinarinde suchen. Wir lassen dir aber genug zu essen hier. Wenn du immer nach Osten gehst, triffst du bald auf Menschen.«

»Lasst mich getrost allein, Señores«, sagte Alonzo, »ich fühle schon, dass meine Kraft wiederkehrt, und werde die Ansiedlungen sicher erreichen.«

Die Männer legten Maisbrot und getrocknete Fleischstücke neben ihn, schüttelten ihm die Hand und verschwanden bald darauf mit ihrem Maultier im Wald. Alonzo, an Leib und Seele gekräftigt, blieb in hoffnungsfroher Stimmung zurück. Die Gefahr lag hinter ihm. Er überwand die heftige Begierde, größere Mengen der ihm überlassenen Nahrungsmittel zu sich zu nehmen, prüfte aber aufmerksam den Zustand von Büchse und Kugelbeutel und war befriedigt, die Waffe gebrauchsfähig zu finden. Dann beschäftigte er sich mit seinen wunden Füßen. Er kroch zu dem nahen Busch, wusch sorgsam seine Wunden und hüllte sie in einen kühlenden Blätterumschlag, um sie dann mit Fetzen seines Ponchos zu umwickeln. Nur von Zeit zu Zeit aß er einen Bissen.

Er machte sich ein Lager in den Büschen zurecht. Hier musste er ausharren, bis seine Füße geheilt waren und sein Körper die nötige Spannkraft erreicht hatte. Mit dem wiederkehrenden Bewusstsein kamen auch die Gedanken an die Freunde zurück, die seiner vergeblich gewartet hatten. Mochten auch sie dem Tode entgangen sein!

Die Luft war würzig und mild; warm schien die Sonne vom strahlenden Himmel hernieder. Die Akazien und Weiden am Bach, die Farne, die Blüten der Schlingpflanzen, der Fuchsien und Myrten, die Eichen und Platanen, die rundherum in üppiger Schönheit wucherten, erfreuten sein Herz; es war, als sei er aus der düsteren Härte des Hochgebirges in eine andere Welt geraten.

Gegen Abend sah er Hirsche am Bach. Er hob die Büchse und erlegte mit sicherem Schuss einen Spießer. So hatte alle Not ein Ende. Er hatte frisches Fleisch und Fell, sich eine neue Fußbekleidung zu schaffen. Er kroch hin, nahm das Tier aus und schnitt aus der Decke große Stücke heraus, die er, warm wie sie waren, mit der inneren Seite um die Füße legte und festband. Die Hirschhaut schmiegte sich auf diese Weise der Form des Fußes dauernd an. Schließlich entzündete er ein Feuer, briet sich ein paar Stücke des jungen Hirsches und hielt ein wunderbares Mahl. Wohlbehagen durchströmte ihn, er ließ sich fallen, schloss die Augen und schlief auf der Stelle ein.

Das Tal der drei Quellen

Acht Tage später hielt Alonzo, auf einem Maultier sitzend, auf einem von Myrten und Lorbeerbüschen bewachsenen Hügel und sah staunenden Blickes in die weite Ebene, die sich vor seinen Augen ausbreitete. Hier, er wusste es, hatte er schon früher gestanden, in jener kaum noch vorstellbaren Zeit, da er ein Kind, da die Welt voller Sonne und Heiterkeit war. Sein entzückter Blick glitt weithin über die hier und da von kleinen Gehölzen unterbrochene, mit Gras, Blumen und niedrigen Gebüschen bedeckte Fläche, bis hin zum fernen Horizont, wo alles in violettem Schimmer verschwand und Himmel und Erde sich zu berühren schienen. Vogelstimmen tönten an sein Ohr, Schmetterlinge umgaukelten ihn; die Welt war wunderbar.

Es war das Land seiner Träume, in das er da hineinsah; es war das Bild, das er auf der Höhe der Anden, inmitten grausamer Wilder, so oft vor Augen gehabt. Es waren die Llanos, die so lange und so inbrünstig ersehnten.

Alonzo fühlte sich wohl und glücklich wie selten zuvor. Die durch Hunger und Überanstrengung hervorgerufene Schwäche war bei guter Ernährung rasch gewichen, die kranken Füße waren in der Ruhe bald geheilt. Von den Bergen herabsteigend, hatte der Junge in den Ansiedlungen der Montaneros freundliche Aufnahme gefunden. Man hatte ihm Nahrung, Kleider und ein Maultier gegeben. Und so war er denn hinabgeritten zu den Llanos, immer nur von der Sehnsucht getrieben, zu Menschen seiner Art und seiner Herkunft zu gelangen.

Langsam ließ Alonzo das Tier jetzt den Hügel hinabschreiten. Still und einsam lag das schöne Land. Er war eine Zeit lang in stummem Sinnen geritten, da kreuzte ein Reiter seinen Weg. Alonzo sah auf einem guten Pferd eine hochgewachsene Gestalt, die in einen blaugestreiften Poncho gehüllt war. Das Gesicht des Mannes, das vom breiten Rand des Sombreros beschattet wurde, war wenig vertrauenerweckend, doch fiel das dem an die finsteren und grausamen Gesichter der Aimaràs gewöhnten Alonzo nicht auf. Das scharf gezeichnete Profil des hageren Gesichtes, die Adlernase, die stechenden Augen und der dunkle Bart ergaben für ihn das Gesicht eines Weißen. Und musste nicht jeder Weiße ein Freund sein?

Der Reiter, der eine Büchse auf dem Rücken trug, maß die jugendliche Erscheinung Alonzos mit abschätzenden Blicken. Als der Junge ihm nähergekommen war, verhielt er sein Pferd und fragte: »Bist du hier zu Hause, Señorito?«

Mit der Vorsicht, die ihm in der Gefangenschaft zur zweiten Natur geworden war, antwortete Alonzo: »Nein, Señor, in den Bergen, nicht hier.«

»Weißt du, ob ich hier auf dem Weg zur Calugaschlucht bin?«

»Weiß es nicht, Señor.«

Der Mann murmelte etwas, das wie eine Verwünschung klang, und ritt grußlos weiter, ohne dem Jungen weiter Beachtung zu schenken.

Alonzo setzte seinen Weg fort. Als er auf eine kleine Lichtung gelangte, die von einem Bach durchflossen wurde, stieg er ab, pflockte sein Tier an und ließ sich unter einer Gruppe Schatten spendender Ceibabäume nieder.

Es war nun wohl gut, sich zu überlegen, was weiter zu tun sei. Bisher hatte der Jüngling an die Gestaltung seiner nächsten Zukunft keinen Gedanken verschwendet. Nun aber, da die Freiheit, die ersehnte, da war und der erste Glücksrausch im Abklingen, schien es an der Zeit, sich dem Kommenden zuzuwenden. Alonzo beschwor die Bilder der Vergangenheit, die, ewig unverlierbar, vor seiner Seele standen. Er sah sich in den prächtig geschmückten Zimmern eines großen Hauses in der Stadt Bogotá. Er sah den Vater, die Mutter, die Geschwister. Er wusste gut, dass sein Vater einen hoch angesehenen Namen trug. Damals - damals - wie lange lag das zurück!

Er suchte in seiner Erinnerung, mühte sich, die Zeit seiner Gefangenschaft zu messen. Es mussten fünf, es konnten auch sechs Jahre vergangen sein seit jenem schrecklichen Tag. Die Vergangenheit - er fühlte es dumpf - war tot, tot, wie der Vater, die Mutter, die Geschwister. Sollte er nach Bogotá gehen?

Er hatte das oft gedacht, früher, wenn er in der Abgeschlossenheit der indianischen Bergwelt an seiner Zukunft baute. Er hatte sich vorgenommen, seinen Onkel aufzusuchen, von dem er wusste, dass er Don Miquel hieß. Aber lebte der Onkel noch? War er seinerzeit dem großen Zusammenbruch entgangen? Alonzo wusste nichts von Politik; er war damals ein Kind gewesen, er ahnte nichts von den Zusammenhängen, die seinem Vater und seiner Familie zum Schicksal geworden waren. Aber er wusste, dass sein Vater sehr mächtige Feinde gehabt hatte, dass er schließlich dem tödlichen Hass dieser Feinde erlegen war. Er wusste, dass der Hass der Familie galt. War Don Miquel ihm entgangen? Und musste er selber nicht fürchten, von einer Gefahr in die andere, eine vielleicht noch schrecklichere, zu geraten? Damals war er ein Kind; vielleicht hatten die Feinde ihn für tot gehalten, hielten ihn noch für tot. Was würde geschehen, wenn er nun plötzlich hervortrat: Da bin ich, den Wilden entronnen, der Sohn meines Vaters: Alonzo d'Alcantara.

Ja, er kannte seinen Namen, er hatte ihn jahrelang in den Tiefen seiner Seele bewahrt; er ahnte mehr, als er wusste, dass es gefährlich war, diesen Namen zu führen. Seine indianische Vorsicht, bei den Aimaràs anerzogen und täglich aufs Neue genährt, hatte ihn gehindert, ihn selbst Don Fernando und Don Antonio gegenüber preiszugeben.

Nein, er konnte wohl nicht nach Bogotá gehen. Noch nicht. Er konnte auch seinen Namen nicht nennen, so lange wenigstens nicht, bis er die gegenwärtigen Umstände erkundet und vor allem ermittelt hatte, wer von seinen Verwandten noch lebte. Sein Lebensunterhalt machte ihm wenig Sorge. Er war an Entbehrungen aller Art hinreichend gewöhnt, war gesund und stark, ein erfahrener Jäger und ein geübter Schütze. Seine Nahrung lebte im Wald, die Llanos gaben Futter für sein Maultier, der Himmel war sein Dach.

Ach, er wusste so wenig von der Welt, der einsame Junge, so wenig von ihren mannigfachen Tücken und Gefahren; er ahnte nichts von den Veränderungen und Zerstörungen, die die Bürgerkriege unter Menschen und Dingen hervorgerufen hatten. Er sah nur den blauen Himmel, die lichtgrünen Wälder, den strahlenden Tag. Es würde sich alles fügen.

Seinen Gedanken und Empfindungen hingegeben, vernahm Alonzo zu seinem nicht geringen Erstaunen plötzlich irgendwoher ein helles, silbernes Lachen. Er lauschte - es kam von jenseits des kleinen Baches. Er erhob sich, durchschritt das seichte Wasser, teilte die Büsche, die es umsäumten, und sah vor sich ein wundersames Bild:

Auf einer Waldblöße, ähnlich der, die er soeben verlassen hatte, spielte ein junges, hell gekleidetes Mädchen mit einem kleinen Hund. Und abermals war es dem Jungen, als blicke er in eine andere Welt; er entsann sich nicht, dergleichen jemals gesehen zu haben. Wie bezaubert, unfähig, ein Glied zu rühren, sah er auf das friedliche Bild. Das Mädchen warf dem Hund einen Ball zu, rief: »Such, Mignon«, und verschwand zwischen Büschen. Der Hund lief dem Ball nach und haschte ihn. Plötzlich schnellte vom Ast eines nahen Baumes ein Jaguar herab; ein kurzer, blitzschneller Prankenschlag, der Hund brach aufheulend zusammen.

»Mignon!« ertönte es wieder, ängstlich jetzt; gleich darauf trat das Mädchen zwischen den Bäumen hervor und stand, von jähem Schreck wie erstarrt, als es das Raubtier erblickte. Die gewaltige Katze zog sich vor der hell gekleideten Gestalt knurrend zurück, ihre Beute verlassend, kauerte nieder und schlug mit dem langen Schweif die Erde, während ihre grünlichen Lichter unheimlich funkelnd auf das Mädchen gerichtet waren. Offenbar maß das Tier die Sprunglänge.

Alonzo, eiskalt plötzlich, hob die Büchse und schoss. Die Bestie sprang auf und fiel gleich darauf, durch den Kopf getroffen, zuckend zusammen. Ein krampfhaftes Zittern durchlief ihren Leib.

Ein männlicher Schreckensruf ließ sich hören; aus dem Gebüsch heraus kam mit schnellen Schritten ein alter Herr. Er trug einen Anzug, wie ihn die wohlhabenden Hazienderos des Landes zu tragen pflegten. Er kam eben zur rechten Zeit, um das tödlich erschrockene Mädchen vor dem Umsinken zu bewahren. Sein Blick fiel auf die Wildkatze, die sich nicht mehr regte, dann auf das bleiche Antlitz des Mädchens. Er rief um Hilfe, um Wasser; gleich darauf kamen zwei Peons herbeigeeilt, die mit nicht geringem Erstaunen den toten Jaguar sahen.

Alonzo, der Jägerregel folgend, lud seine Büchse und trat dann aus dem Buschwerk heraus, so nahe, dass er des Mädchens Antlitz sehen konnte, das bleich, mit geschlossenen Augen, an der Brust des alten Mannes ruhte. Niemand achtete seiner, denn alle Aufmerksamkeit galt der Ohnmächtigen. Alonzo, die Augen unverwandt auf das blasse Antlitz gerichtet, meinte einen Engel zu sehen.

Da öffnete das Mädchen die Augen; ihr Blick traf auf den des Jungen, der sie bewundernd anstarrte, doch schlossen sie sich gleich wieder. Die Peons liefen nach Wasser, eine ältere Señorita und ein jüngeres Mädchen, eine Mulattin, eilten herbei; alle umdrängten das schöne Kind in den Armen des alten Mannes.

Alonzo, um den sich niemand kümmerte, warf noch einen Blick auf das Mädchen, nahm die Büchse in den Arm, ging zu seinem Maultier zurück, stieg in den Sattel und ritt langsam, ein glückliches Lächeln auf den

Lippen, in nördlicher Richtung davon. Ein Zeltlager, das er gleich darauf bemerkte, sagte ihm, dass hier offenbar eine vornehme Familie die Waldeinsamkeit gesucht hatte.

Er war einige Zeit geritten, da hörte er hinter sich den Galopp eines Pferdes; gleich darauf erschien einer der Peons, die er eben gesehen hatte.

»Warte doch Bursche«, rief der Mann; »was, zum Teufel, reitest du so schnell?«

Alonzo hielt und wandte dem Peon sein verschlossenes Gesicht zu.

»Vorwärts, zurück, mein Freund«, rief der Mann; »der Señor will dir danken. Beeile dich, Bursche, man lässt keinen Señor warten.«

Alonzo maß den Reiter mit stolzem Blick. »Sage deinem Señor, dass er mir keinen Dank schuldig ist«, versetzte er, »und dass ich ihm rate, künftig höflichere Boten auszusenden.«

Nun hatte der Jüngling außer seinem stolzen und edlen Gesicht gewiss nichts von einem vornehmen Herrn an sich. Sein zerrissener Poncho, der vom Regen schwer mitgenommene Sombrero und die raue Fußbekleidung deuteten eher auf einen Bettler denn auf einen Caballero. Deshalb erwiderte der verblüffte Peon: »Bist du verrückt, du Estupido?« Es traf ihn ein zornsprühender Blick aus den Augen des Jungen, dass er unwillkürlich sein Pferd zurücknahm. Alonzo aber sagte:

»Empfehle mich der Señorita. Ich mache ihr das Jaguarfell zum Geschenk. - Fort!« herrschte er gleich darauf den Diener an, da dieser noch zögerte. Eingeschüchtert wandte der sein Ross und sprengte zurück.

Alonzo aber ritt weiter, immerfort an das schöne Mädchen denkend. Er rastete während der Mittagshitze und setzte dann seinen Weg nach Norden fort, bis sich die Sonne zu senken begann. Er betrat ein Tal, lieblich und lauschig gelegen. Malerische Felsgruppen engten es ein, auf denen Wachs- und Fächerpalmen wuchsen; in der Mitte standen einige mächtige Ceibabäume und Terebinthenbäume, eine schattige Gruppe bildend. Blühende Sträucher standen ringsum, auf denen Kolibris und Schmetterlinge gaukelten.

Staunend, fast erschrocken, hielt er an. Er blickte sich um - an drei Stellen der felsigen Einfassung rauschte in kleinen Kaskaden silberhell das Wasser der Berge herab.

Es verschlug ihm den Atem; unwillkürlich suchte er nach einer Stütze. Hier, hier war es gewesen. Er kannte die Stelle wieder. Hier waren die Seinen unter den Messern der Mörder gefallen. Er war im Tal der drei Quellen. Er stieg vom Maultier herab und sank unwillkürlich in die Knie. Seine Lippen formten Gebete, die alten, nie vergessenen; das Schluchzen würgte ihm in der Kehle.

Doch beruhigte er sich schnell. Er hatte soviel Bitteres, soviel Düsteres erlebt in den vergangenen Jahren; die Erinnerung an jenen fernen Tag kam nicht dagegen auf. Er beschloss, die Nacht an diesem Ort zuzubringen, der ihm in der Erinnerung wie geweiht vorkam. Er nahm sein Maultier am Zügel und sah sich nach einer Lagerstatt um. Während er noch so da stand, ritt ein Mann, der offenbar aus den Bergen kam, langsam durch das Tal der Ebene zu. Er war jenseits der Gruppe von Ceibabäumen hervorgekommen und sah Alonzo nicht. Plötzlich ertönte irgendwoher ein Schuss; der Schall brach sich an den Felswänden, der Mann aber wankte; sein Oberkörper neigte sich nach vorn und sackte über dem Hals seines Pferdes zusammen.

Das alles war so schnell gekommen, dass Alonzo kaum einen Gedanken zu fassen vermochte. Gleichwohl suchte sein Blick automatisch die Stelle, von der aus der Schuss gefallen war. Er sah Pulverdampf aufwallen und glaubte für einen Augenblick eine Gestalt in blaugestreiftem Poncho zu erkennen. Ohne sich zu besinnen, griff er zur Büchse und lief auf den verwundeten Mann zu, der sich nur mühsam im Sattel hielt. Während er ihn mit der linken Hand zu stützen suchte, richtete er die Büchse auf die Stelle, wo er die Gestalt im gestreiften Poncho gesehen hatte. Doch nichts rührte sich dort.

»Seid Ihr verletzt?« fragte er den Mann, dessen zerfurchtes, graubärtiges Antlitz sich über ihn neigte.

»Ja«, flüsterte der, »ich glaube, es ist genug für dieses Leben.«

»Das möge Gott verhüten«, stammelte der Junge.

»Fort«, stöhnte der Mann, »oder wir bekommen einen zweiten Schuss.«

In diesem Augenblick glaubte Alonzo wieder eine Bewegung in den Büschen wahrzunehmen, hinter denen der Schütze gestanden haben musste; er zielte kurz und schoss. Eine stärkere Bewegung verriet ihm, dass der Schütze noch da sei.

»Hast du gesehen? Getroffen? Wer war es?« fragte der Verwundete.

»Ich weiß es nicht, Señor. Gebt mir Eure Büchse.« Er nahm sie und sah dabei, dass des Mannes Hemd in Höhe des Schulterblattes gerötet war. Die Büchse schussfertig in der Hand, führte Alonzo, rückwärts schreitend, das Pferd, an dessen Hals sich der Verwundete anklammerte, aus dem Bereich des Waldes heraus. Als sie einige einsam in der Ebene stehende Palmen erreichten, half er dem Mann aus dem Sattel. »Erlaubt, dass ich nach Eurer Wunde sehe«, sagte er und war schon dabei, das Hemd zu öffnen.

»Blutet sie stark?« fragte der Fremde.

»Ich kann wenig Blut sehen.«

»Ich habe Heftpflaster hier« - der Mann trug eine Tasche am Gürtel - »lege es darüber.« Alonzo verband die Wunde sorgfältig.

Der Mann stöhnte. »Es ist gut«, flüsterte er, »die Kugel sitzt in der Brust, die holt kein Mensch mehr heraus. Lange mache ich es nicht mehr.« Er seufzte und schloss die Augen. »Ich hätte diesen Ort des Unheils vermeiden sollen«, sagte er nach einer Weile. Dann sah er seinen Helfer genauer an und fragte: »Wer bist du? Wie kommt es, dass du Worte der Aimaràsprache in deine Rede mischst?« Alonzo war in der Erregung mehr in die ihm geläufige Indianermundart gefallen, als ihm selbst bewusst war.

»Ich komme direkt von den Aimaràs«, sagte er, »ich war jahrelang bei ihnen gefangen. Auch für mich war dies Tal hier einst ein Ort des Unheils. Von hier aus haben sie mich damals in die Berge geschleppt.« Er sah genauer auf den Verwundeten, und erst jetzt fielen ihm die harten, wenig vertrauenerweckenden Züge des Antlitzes auf. Nach seinen letzten Worten stand in den Augen des Mannes ein Ausdruck, der fast dem des Entsetzens glich. Er starrte Alonzo an und schien offenbar nach Worten zu suchen.

»So wärest du - Don Pedros Sohn?« fragte er schließlich; seine Stimme klang heiser und zitterte vor Erregung.

Alonzo, von der Frage jäh überrascht, zögerte einen Augenblick, aber dann sagte er: »Mein Vater hieß Don Pedro. Ich bin sein Erstgeborener, der einzige, der damals den Tag des Schreckens überlebte.« Der Mann barg sein Gesicht in der rechten Hand; eine Erschütterung ging durch seinen Körper. »Wunder, es geschehen noch Wunder!« stammelte er schließlich.

Der Junge, im tiefsten aufgewühlt, suchte in seinen Augen zu lesen.

»Sie wissen von diesen Dingen, Señor?« fragte er leise.

Ein Stöhnen antwortete ihm.

»Ja, ja, ich weiß - ich weiß. Und du bist Pedro d'Alcantaras Erstgeborener - du?«

Plötzlich stand ein Ausdruck ängstlicher Scheu in seinem verzerrten Gesicht, ein Zittern durchlief seinen Leib. »Pedro d'Alcantaras Sohn«, wiederholte er.

»Sie haben meinen Vater gekannt? Bitte, bitte, antworten Sie doch.«

Aber der Mann antwortete nicht mehr; er lag mit geschlossenen Augen. Plötzlich richtete er sich auf. »Hilf mir aufs Pferd«, stöhnte er, »bring mich nach Hause - ich wohne nicht weit - ich muss noch ein paar Stunden leben - hab' noch etwas auf der Welt zu tun - eine Kleinigkeit. Komm - hilf mir.«

Alonzo zögerte; es war Wahnsinn, der Schwerwunde konnte nicht reiten. Aber der gab nicht nach; er stand schon auf den Beinen, torkelte. Alonzo, wieder im Vollbesitz seiner jugendlichen Kraft, half ihm in den Sattel. Der Mann klammerte sich am Sattelknopf fest. »Steig auf dein Maultier«, sagte er; »reite neben mir, stütze mich.«

Sie ritten im Schritt; es war wahrhaftig nicht einfach. Der Verwundete stieß von Zeit zu Zeit leise Klagelaute aus, aber er hielt sich mit einer eisernen Willensstärke im Sattel.

Sie kamen nur langsam vorwärts, etwa nach einer Stunde erreichten sie ein kleines Haus am Ufer eines Flusses.

Eine alte Negerin erschien in der Tür. Sie ließ ein lautes Klagegeschrei ertönen, als sie vernahm, dass ihr Herr verwundet sei. Gemeinsam mit ihr trug Alonzo den Schwerwunden auf sein Lager.

»Wasser!« stöhnte der Mann.

Man brachte es ihm. Eine Zeit lang lag er schweigend, zu Tode ermattet. Endlich sagte er, mit einer Stimme, die kräftiger klang, als man erwarten konnte:

»Reite zur Hazienda des Señor Vivanda! Nimm meinen Rappen, er ist schneller als dein Maultier. Hole mir den Cura von dort. Rahel wird dir den Weg zeigen. Der Cura ist der Bruder des Señors. Sage ihm, Enriques Gomez liege im Sterben und wolle beichten. Sage ihm, es sei wichtig für den Staat und für viele Menschen, dass er meine Beichte höre und aufschreibe. Er soll Papier und Tinte gleich mitbringen.«

»Oh, beides ist hier, Señor«, sagte die Negerin.

»Dann schnell, schnell, her damit - noch vermag ich die rechte Hand zu gebrauchen. Reite, reite, mein Junge, lass mich nicht ohne Beichte und Absolution sterben.«

Der erschütterte Alonzo versprach, sein Bestes zu tun.

»Noch eins«, flüsterte der Verwundete, »wenn du mich nicht mehr lebend treffen solltest - nenne deinen Namen nicht, niemand, keinem Menschen! Hüte dich - vor de Valla! Er trachtet dir nach dem Leben! Reite, reite!«

Alonzo, im Innersten aufgewühlt, ging hinaus. Die Negerin zeigte ihm den angepflockten Rappen. Alonzo sattelte ihn, nahm seine wieder geladene Büchse und stieg auf. »In welcher Richtung liegt die Hazienda, Madrecilla?« fragte er.

Sie wies auf einen glänzenden Stern am Himmel. »Auf den reite zu, Söhnchen«, sagte sie, »bald, wenn der Boden ansteigt, wirst du die Lichter von Otoño sehen. Der Rappe kennt die Llanos auch bei Nacht, du reitest sicher.«

Alonzo, auf den Stern zu haltend, nötigte das Pferd zu schärfster Gangart. Schattenhaft sausten Sträucher, Büsche und Bäume an ihm vorbei; das Pferd, des Weges offenbar sicher, hatte einen ruhigen Gang.

Nach einem scharfen Ritt, dessen Dauer er nicht bemessen hatte, sah er vor sich, in der Tiefe liegend, einige Lichter; er ließ das Pferd verschnaufen und jagte weiter. Bald ritt er zwischen Feldern auf gebahnten Wegen, und gleich darauf hielt er vor der Veranda eines hell erleuchteten Hauses.

Er stieg ab und fragte, eintretend, nach dem Cura. Man wies ihn in ein Zimmer zu ebener Erde; dort traf er einen älteren würdigen Mann im Priesterrock. Dem teilte er den Wunsch des schwerverwundeten Mannes mit.

Sehr ernst hörte der Geistliche ihm zu, dann sagte er kurz entschlossen: »Ich reite mit dir.« Er klingelte, bestellte sein Maultier, befahl, dass ein Peon mit einer Fackel vorausreiten sollte, packte, während seine Befehle ausgeführt wurden, Papier und Schreibzeug in eine Tasche, eine Flasche Wein dazu, und bald darauf ritt er an Alonzos Seite, der Fackel des Peons folgend, dem Haus des verwundeten Gomez zu. Dieser, der glücklicherweise bis jetzt nur leichtes Wundfieber hatte, zeigte sich hoch erfreut, als er die Ankömmlinge erblickte. Er befahl, dass alle das Haus verlassen und sich draußen halten sollten, und blieb mit dem Geistlichen allein.

Erst nach längerer Zeit wurden Alonzo und die Haushälterin wieder hereingerufen. Der Geistliche war noch ernster als vorher; er betrachtete Alonzos Züge mit großer Aufmerksamkeit. Mit dem Kranken war indessen eine große Veränderung vor sich gegangen; er trug nun unverkennbar das Zeichen des Todes im blassen Gesicht. Lange blickte er auf den Jungen. »Reiche einem Sterbenden die Hand, mein Kind«, sagte er.

Alonzo, mit Mühe seine Bewegung verbergend, reichte ihm die Rechte.

»Was ich tun konnte, deinen ferneren Lebensweg zu ebnen, habe ich getan, mein Junge«, sagte der Sterbende. »Vertraue dem ehrwürdigen Cura hier und folge ihm getrost. Er ist dein Freund und weiß alles.«

Die Stimme des Mannes wurde schwächer; über seiner Stirn lagen fahle Schatten, seine Augen irrten immer wieder über Alonzos Gesicht und glitten wieder ab. »Hast mir beigestanden in der Not - Sohn Don Pedros«, stammelte er, »Gott segne dich - sei glücklich - glücklich - verzeih!« Er schloss die Augen und lag nun da wie ein Toter. Plötzlich hob er noch einmal den Kopf, öffnete die bereits glanzlosen Augen und sagte, die Worte mit äußerster Anstrengung hervorwürgend: »Cura, die

Briefe - die Briefe - von ihm - die Brie -«; er sank aufseufzend zurück; seine Augen wurden starr. Es war zu Ende.

Der Cura lag auf den Knien und betete. »Mag Gott ihm ein gnädiger Richter sein«, sagte er dann und schloss dem Toten die Augen. Die Negerin weinte.

»Don Sancho hat dir sein Eigentum hinterlassen, Rahel«, sagte der Cura. »Morgen wollen wir ihn der Erde übergeben. Komm mit mir, Alonzo, zur Hazienda«, wandte er sich an den Jungen, »du bist mir anvertraut, ich werde das in mich gesetzte Vertrauen nicht enttäuschen.«

»Ich folge dir, Cura«, sagte der Junge.

Den Weg zur Hazienda legten sie schweigend zurück. Alonzo wies man ein Zimmer an, nachdem man ihn reichlich bewirtet hatte.

Am anderen Tage wurde Sancho Gomez der Erde übergeben. Der Cura durchsuchte seine Wohnung nach Briefen, von denen der Sterbende in seinen letzten Augenblicken geredet hatte, aber er fand nichts.

Als sie zur Hazienda zurückkehrten, war der Haziendero Señor Vincente Vivanda, der ältere Bruder des Geistlichen, der mit seiner Tochter eine Fahrt in die Berge gemacht hatte, soeben angelangt.

Eine helle Mädchenstimme sagte jubelnd: »Das ist er, Vater, das ist er, der Junge, der mich vor dem Jaguar rettete.« Mit jäh emporschießender Freude sah sich Alonzo dem Mädchen gegenüber, das er im Tal der drei Quellen vor dem Ansprung der Raubkatze bewahrte. Er wusste vor Glück und Staunen kein Wort zu sagen.

Zwei Ehrenmänner

Das alte Santa Fé de Bogatá, die Hauptstadt Kolumbiens (das zur Zeit unserer Geschichte noch den Namen Neugranada, die Bezeichnung des alten spanischen Generalkapitanates, auch als selbstständiges Staatswesen führte), liegt hoch über den Llanos, eingebettet zwischen ragenden Bergen. Die schroffen Felskegel des Guadalupe und des Monserate sind von Kapellen gekrönt, und weithin schimmern die schneebedeckten Riesen der himmelanstrebenden Kordilleren. Anmutig und reizvoll liegt die Stadt inmitten einer zauberhaft schönen Landschaft. Schräge rote Ziegeldächer und gelb oder weiß getünchte Lehmwände geben dem Ort ein freundliches Gesicht; die überall aufragenden schlanken Stämme der Eukalypten vervollständigen das anmutige Bild.

Die Doppeltürme der Kathedrale, die Kuppel der Santa Clara, der weiße Turm von San Franzisko grüßen den Ankömmling schon auf weite Ferne hin, über die nach Osten und Süden sich ausdehnenden Hochebenen hinaus.

Die Sonne neigte sich schon den unwirtlichen Höhen des Westens zu, als ein Mann auf müdem Pferd, das einen weiten Weg hinter sich zu haben schien, von Süden her in die Stadt einritt. Der breitrandige Sombrero, der hier und da durchlöcherte Poncho und die langen Reitgamaschen des Mannes waren mit Sand und Staub über und über bedeckt, und die Haltung des Reiters ließ auf starke Erschöpfung schließen.

Der Mann war hager und groß; das scharf geschnittene Profil zeigte eine starke Habichtsnase. Unter den dichten dunklen Brauen leuchteten Augen, die etwas Raubtierhaftes an sich hatten. Vom untern Teil des Gesichtes war wenig zu sehen, denn der Mann trug nach Art der Männer, die aus den Llanos kommen, ein seidenes Tuch um Mund und Kinn als Schutz vor dem Staub des Weges. Einen Karabiner hatte er quer über dem Rücken und das Lasso am Sattelknopf.

Er schien seinen Weg zu kennen, der Mann, denn augenscheinlich hatte er es nicht nötig, sich nach dem Weg zu erkundigen. Ohne zu zögern, bog er in eine Quergasse ein, die hier in der Vorstadt San Diego noch Häuser aus der Zelt Philipps II. aufwies. Vor einer Posada, die eine große Weintraube im Schild führte, stieg er vom Pferd.

»Wenn der Alte noch lebt, können wir gleich die Probe machen, ob mein Gesicht in Bogotá noch bekannt ist«, knurrte der Mann und rief nach dem Wirt. Aber es erschien niemand, um ihm das Pferd abzunehmen. Der Mann schlug mit der Faust gegen die Tür. »Hallo, Posadero!« brüllte er, »ist es hier üblich geworden, einen Caballero warten zu lassen?« Aber es vergingen noch ein paar Minuten, bis der Posadero, ein großer, fleischiger Mann mit einem gutmütigen Gesicht, im Torweg erschien. »Langsam, langsam, Señor«, sagte er, »ohne ein bisschen Geduld geht's nun mal nicht.«

Der Reiter hatte das Seidentuch von seinem Gesicht entfernt. Er trug einen Knebelbart, der das gebräunte Gesicht noch hagerer erscheinen ließ. »Er ist's jedenfalls noch«, murmelte er vor sich bin, um gleich darauf laut fortzufahren: »Eigentlich hatte ich mir in der berühmten Posada Don Geronimos einen herzlicheren Empfang erwartet.«

Der Wirt hatte den Fremden aufmerksam gemustert; dessen letzte Worte mochten ihm schmeicheln. Er verzog das breite Gesicht zu einem freundlichen Lächeln. »Seid immerhin willkommen, Señor«, sagte er, »möge es euch in meiner schlechten Behausung gefallen.« »Hallo, Pepe«, rief er in das Haus zurück, »nimm dem Caballero das Pferd ab.«

Ein Peon erschien, nahm das Pferd am Zügel und führte es fort. Der Fremde folgte dem Wirt in das Zimmer des Erdgeschosses, das als Gaststube diente; es war zurzeit leer.

Der Mann warf den Poncho ab, stellte den Karabiner in eine Ecke und sagte: »Rasch einen Schluck Aguardiente, Mann, ich muss den Staub aus dem Halse kriegen.«

Der Posadero brachte ein Glas des scharfen Getränkes. Während er es vor ihn hinstellte, ruhte sein forschender Blick nachdenklich auf dem Gesicht des Gastes; es sah aus, als suche er in seiner Erinnerung. Der Mann stürzte den Trunk hinunter und verlangte zu essen. Der Posadero empfahl ihm ein gebratenes Huhn mit frischen Tortillas und begab sich auf die Zustimmung des Gastes hin in die Küche. Über des Fremden verwitterte Züge blitzte ein flüchtiges Lächeln. »Immerhin hat er mich nicht wiedererkannt, der Gute«, sagte er vor sich hin, »das ist mir doch lieb.«

Der Wirt war schon nach wenigen Minuten wieder da. »Verzeiht, Señor«, sagte er, »ich muss leider nach Eurem Namen und Euren Geschäften fragen. Der Alkalde ist seit einiger Zeit sehr neugierig. Alle Posaderos haben strenge Anweisung, jeden Fremden zu melden.«

»Reizende Zustände«, knurrte der Reisende. »Aber ich werde Eure oder Eures Alkalden Neugier befriedigen. Sagt mir vorerst aber, ob Excellenza de Valla zurzeit in der Stadt ist.«

»Excellenza de Valla?« Der Posadero zog ein erstauntes Gesicht. »Der allmächtige Herr Minister? Wollt Ihr gar zu der Excellenza persönlich? Ich glaube wohl, dass er hier ist.«

»Ich will allerdings zu ihm persönlich.« Der Mann zeigte mit breitem Lächeln die Zähne. » Und zwar will ich ihm noch heute meine Aufwartung machen. Das also wäre mein Geschäft, und mein Name« - er hob ruckartig den Kopf und sah den Wirt mit einem spöttischen Blitzen der Augen gerade in das feiste Gesicht - »mein Name ist Sancho Tejada, ehemals Lugarteniente im Heer der Republik.«

Der Posadero fuhr zurück, als habe er einen Faustschlag erhalten; aus seinem weinroten Gesicht war die Farbe gewichen, er starrte entsetzt auf den Fremden.

»An sich ist es ja bemerkenswert und aufschlussreich, dass du für die edlen Züge deines gehorsamen Neffen ein so schlechtes Gedächtnis hast«, sagte der Mann, nun mit offenem Hohn in der Stimme, »na, hoffen wir, dass wenigstens dein Herz noch das alte ist.«

Des Posaderos Gesicht hatte sich in Sekunden verändert; es war kalt und verschlossen, aber in den sonst so gutmütig blinkenden Augen blitzte es gefährlich.

»Hinaus! Auf der Stelle!« sagte er heiser, ohne sonderlich die Stimme zu erheben. »Fünf Minuten hast du Zeit, dann rufe ich die Alguacils.«

»Wahrhaftig ein reizender Empfang!« höhnte Tejada, ohne seine lässige Haltung im geringsten zu verändern. »Nun, da wirst du schon nach den Alguacils rufen müssen, damit sie mich zum Hause seiner Excellenza geleiten.«

»Du scheinst vergessen zu haben, dass hier der Galgen auf dich wartet«, knirschte der Wirt.

»Lass doch die Tiraden!« Über des Fremden Stirn flog eine Wolke, die aber gleich wieder verschwand. »Ein Urteil, das vom politischen Hass diktiert wurde«, sagte er. »Ich bin ein Caballero, heute wie damals, und du kannst versichert sein, dass Excellenza de Valla es sich zur Ehre anrechnen wird, mich zu empfangen. Na, und ich denke, was dem allmächtigen Staatsminister recht ist, sollte dem Onkel billig sein. Also lass das Geschwätz.«

»Du magst meinetwegen mit dem Teufel paktieren!« Der Posadero verkrampfte die Hände zu Fäusten. »Mich schert es nicht. Dies ist ein ehrliches Haus und hat für deinesgleichen keinen Raum. Mach es also kurz: Was willst du von mir?«

»Oh, nicht viel, einen Poncho und ein gutes Pferd, Letzteres leihweise. Ich möchte einen guten Eindruck machen, wenn ich seiner Gnaden meine Aufwartung mache.«

Der Wirt sah ihn finster an. »Gut«, sagte er, »du sollst beides haben. Ich verzichte im Voraus auf die Rückerstattung. Das aber ist das Letzte, was du von mir zu erwarten hast. Solltest du es wagen, noch einmal mein Haus zu betreten oder mich irgendwo als deinen Onkel zu bezeichnen, soll mich kein Minister daran hindern, dich dem Alkalden zu übergeben.«

»Du schadest deiner Gesundheit, mein Alter«, grinste Tejada, »die Erregung bekommt Männern deines Alters und deiner Körperbeschaffenheit nicht mehr. Übrigens kommt da das Huhn. Vielleicht bist du nun so freundlich, mich von deiner Gegenwart zu befreien, ich möchte in Ruhe speisen. Dein Gesicht würde mir den Appetit verderben.«

Dem Posadero sah man an, dass er am liebsten zugeschlagen hätte, aber da ein Aufwärter in diesem Augenblick mit dem bestellten Gericht an den Tisch trat, beherrschte er sich und verließ schweigend den Raum.

Sancho Tejada speiste in aller Ruhe und augenscheinlich mit vortrefflichem Appetit. Nach einiger Zeit erschien ein Peon im Zimmer, legte einen fast neuen Poncho über die Stuhllehne und sagte: »Das Pferd steht draußen gesattelt.«

Tejada erhob sich, warf den Poncho um und nahm seinen Karabiner auf. »Meine Empfehlung an Señor Geronimo«, sagte er und verließ das Haus. Bald darauf ritt er langsam durch die engen Gassen der Vorstadt. Sein Gesicht war finster verschlossen, er sah starr geradeaus. Als er die breiteren und neueren Straßen erreichte, gab er dem Gaul die Sporen und galoppierte nach der Plaza, an der das Haus des Ministers gelegen war.

Dieses Haus, ein stattliches, im Stil des sechzehnten Jahrhunderts errichtetes Gebäude, war vor Zeiten von einem Alcantara gebaut worden. Es zeigte einige erleuchtete Fenster. Das eiserne Gittertor, das zum Patio führte, war weit geöffnet. Zwei Pechpfannen erhellten mit ihrem rötlichen Schein den Eingang. Tejada ritt in leichtem Galopp an und befand sich bald darauf im Hof.

Als er beim Schein eines Feuers einige Lanzeros gewahrte, deren gesattelte Pferde bereitstanden, zuckte er kaum merkbar zusammen, hatte sich aber sofort in der Gewalt. »Natürlich hat der hohe Herr eine Leibwache«, knurrte er, »jeder, was ihm gebührt.« Er ritt bis dicht vor die zum Hauseingang führende Treppe; hier sprang er vom Pferd. Ein Peon näherte sich, blieb aber in einiger Entfernung stehen; auf der Treppe erschien ein galonierter Diener.

»Melde mich seiner Excellenza«, sagte der Reiter.

Der Diener hob bedauernd die Schultern: »Excellenza wird schwerlich zu sprechen sein. Wen soll ich melden?«

»Einen Mann, der eine Botschaft aus dem Tal der drei Quellen bringt. Verlass dich darauf, dass Excellenza zu sprechen ist. Eile! Ich habe keine Zeit.« Dies alles ward in hochfahrendem Ton hingeworfen, ganz wie es sich für einen Caballero gehört.

Der Diener, sichtlich beeindruckt, verschwand und war schon nach wenigen Minuten wieder da. »Excellenza lassen bitten«, sagte er und verbeugte sich. Nun kam der Peon heran und nahm Tejada das Pferd ab. Der stellte seinen Karabiner an die Wand und folgte dem Diener durch die hellerleuchtete Halle nach einem Zimmer im Erdgeschoss. »Excellenza wird gleich erscheinen«, sagte der Diener und entfernte sich.

Während Tejada durch die Halle gegangen war, hatte dort, hinter einer Treppenwange verborgen, ein indianischer Peon gekauert. Der Caballero hatte den Indio keines Blickes gewürdigt, hatte ihn wohl gar nicht gesehen. Dessen Augen aber hatten blitzartig aufgeleuchtet, als er den Fremden erblickte, und seine Hand hatte unwillkürlich nach der Machete im Gürtel gezuckt. Die Bewegung hatte freilich nur Sekunden gewährt, sie wäre Tejada vermutlich auch entgangen, wenn er den Indio beachtet hätte.

Jetzt stand der Caballero in dem reich ausgestatteten Gemach, dessen kostbare Möbel, Teppiche und Vorhänge für den Geschmack des Bewohners zeugten. Er musterte die vornehme Umgebung mit spöttischen Blicken. »Wohnt wahrhaftig wie ein Grande, der gute Don Carlos«, knurrte er, »und unsereiner darf sich wie ein Hund durch die Welt schlagen. Nun warte, mein Freund, wir werden sehen.« Er fasste in die Tasche und entfernte sorgfältig die Sicherung von der Doppelpistole.

Ein leises Rauschen war vernehmbar; die Waffe verschwand entsichert und schussfertig unter den Falten des Ponchos. Ein Türvorhang schob sich auseinander, und ein Herr betrat den Raum.

Señor Carlos de Valla, der erste Minister des Staates Neugranada, der Herr ergiebiger Silberminen und riesiger Liegenschaften, war ein Mann von mittelgroßer Gestalt und vornehmer Haltung. Der elegante Sommeranzug war nach der neuesten Pariser Mode gefertigt. Das gut geformte, bartlose Gesicht zeigte die vornehmen Spaniers eigentümliche Elfenbeinfarbe; es atmete Ruhe und Gelassenheit, indessen waren die dunkel brennenden Augen forschend und misstrauisch auf den Besucher gerichtet.

Sancho Tejada verbeugte sich mit geschmeidiger Höflichkeit.

»Was führt Sie zu mir, Señor?« fragte der Minister. »Sie gebrauchten da eine merkwürdige Form der Anmeldung.«

»Es scheint bedauerlicherweise, dass Excellenza sich meiner nicht mehr erinnern, und ich hätte vielleicht fürchten müssen, dass mein Name nicht ausgereicht hätte, mir Zutritt zu Euer Gnaden zu verschaffen. Und doch sollten Excellenza sich eigentlich an Sancho Tejada erinnern.«

Der Minister fuhr bei der Nennung dieses Namens nicht zurück, wie vorher der Posadero Geronimo; in seinem kühlen Gesicht veränderte sich kein Zug, aber in den Augen blitzte es gefährlich auf, und seine rechte Hand schob sich wie absichtslos unter den Rock. »Oh, Señor Tejada, das ist freilich überraschend«, sagte de Valla. »Ja, mir scheint, es ist sogar kühn, wenn man bedenkt, dass die Diener der Gerechtigkeit versucht sein könnten, sich für Sie zu interessieren.«

»Ich würde Excellenza empfehlen, die Hand unter dem Rock hervorzunehmen«, – um Tejadas Lippen spielte ein böses Lächeln – »und im Übrigen hoffe ich, mich unter den Schutz Euer Excellenza stellen zu können.«

Die Hand blieb unter dem Rock, und die dunkle Drohung in den Augen des Ministers vertiefte sich. »Ich verspüre große Lust, Sie meinen Lanzeros zu übergeben«, sagte er kalt.

Er hatte es noch nicht ausgesprochen, da blickte er bereits in die Öffnungen der auf ihn gerichteten Doppelpistole. »Keine üblen Scherze, Señor de Valla«, knurrte Tejada, »im Schießen nehmen wir beide es miteinander auf. - Die Hand aus dem Rock!« setzte er eine Tonlage schärfer hinzu.

Der Minister zuckte die Achseln und maß seinen Besucher mit einem geringschätzig verächtlichen Blick, aber die Hand erschien wieder waffenlos im Freien. Tejada steckte die Pistole ein.

»Narrheiten«, sagte de Valla. »Ich erinnere mich unserer alten Kriegskameradschaft, das hält mich vorerst von Weiterem ab. Im Übrigen: Der Señor wird sich hüten, den ersten Beamten des Staates in seinem eigenen Hause niederzuschießen. Sein Schuldkonto ist ohnehin voll, und er käme hier keine drei Schritte weit. Also machen wir's kurz. Was willst du von mir? Und was sollte die sonderbare Anmeldungsform?«

»Ich sehe mich hier um; ich höre von dem Ruhm und der Achtung, die Carlos de Valla an seinen Namen geheftet hat, und ich bin überzeugt, dass das Tal der drei Quellen ihm in angenehmer Erinnerung ist«, sagte Tejada, offenen Hohn in der Stimme.

»Lass das Geschwätz und komm zur Sache.«

»Ich bin schon mitten darin«, grinste Tejada. »Erinnern sich Euer Gnaden an einen Mann namens Gomez?«

Der Minister hatte sich ausgezeichnet in der Gewalt, aber er konnte nicht verhindern, dass seine elfenbeinfarbene Haut einen Grad blasser wurde. »Was soll das?« stieß er heraus, und er sah aus, als wolle er den anderen mit seinen Blicken durchbohren.

»Der Mann ist tot, und ich bin sein Erbe geworden«, sagte Tejada.

»Rede, Mensch!« De Valla war offensichtlich nahe daran, die Beherrschung zu verlieren. Tejada indessen gewann von Minute zu Minute an

Sicherheit. »Das ist ein kostbares Erbe«, sagte er, »obgleich es nur aus ein paar - - Briefen besteht.«

Man sah, wie der Minister sich zur Ruhe zwang. Der andere, ihn keine Sekunde aus den Augen lassend, fuhr fort:

»Diese Briefe stammen von der Hand Euer Gnaden. Sie werfen ein absonderliches Licht auf die Vorgänge, die sich vor nunmehr zehn Jahren in dem sogenannten Tal der drei Quellen ereigneten. Was meinen Excellenza, was die Chefs der liberalen Partei mir für diese Briefe zahlen würden? Ich wagte es bisher nicht abzuschätzen, und ich wollte - aus alter Kameradschaft - vorerst auch darauf verzichten. Deshalb kam ich hierher.«

Der Minister hatte seine Ruhe zurück; sein Antlitz schien aus Stein gemeißelt. »Mit anderen Worten, du willst mir die wertlosen Schreibereien verkaufen«, sagte er langsam.

»Über den Wert wagte ich bisher, wie gesagt, nicht zu urteilen«, grinste Tejada. »Euer Gnaden erinnern sich: Die Familie d'Alcantara wurde damals umgebracht. Es sah bisher so aus, als ob es sich da um einen Überfall räuberischer Indios gehandelt habe. Wenn die Herren Liberalen nun Einsicht in die von mir ererbten Briefe erlangten, möchten sie daraus vielleicht einen etwas anderen Zusammenhang jener alten Vorgänge entnehmen. Ich stelle Euer Gnaden anheim - -«

»Schweig, Bandido!« Der Minister wandte sich ab und trat an ein Fenster. Tejada war bei der Beschimpfung aufgefahren, hielt sich aber ruhig und betrachtete den ihm zugewandten Rücken de Vallas mit finsterer Miene.

»Euer Gnaden sollten in Ihren Formulierungen etwas vorsichtiger sein«, sagte er; »schließlich ist es mein gutes Recht, eine Erbschaft auszuwerten, und wenn ich dies im Sinne Euer Excellenza tue, dann sollte ich mir einen Dank verdient haben.«

De Valla wandte sich um; er lehnte mit über der Brust verschränkten Armen am Fenster und sah den Mann im Poncho mit einem Ausdruck kalter Geringschätzung, in den sich heftigster Widerwille mischte, an.

»Deine Frechheit, Sancho Tejada, ist verblüffend«, sagte er, »aber deine Torheit ist fast noch größer. Überdenke deine Lage: Du kannst mich hier niederschießen, dann wäre dein Leben zu Ende, zugleich mit dem meinen. Außerdem käme es schließlich noch darauf an, wer schneller schösse. Ich brauche nur einmal in die Hände zu klatschen, dann bist du ein Gefangener, und der Strick ist dir sicher. Deine Briefe magst du dann dem Henker zeigen. Du hast das Spiel ein bisschen weit getrieben, du Narr!«

Während er dies mit absoluter Kaltblütigkeit sagte, jagten sich hinter seiner Stirn die Gedanken. Was stand in jenen Briefen? Er hatte damals an diesen Gomez geschrieben, ja, sicherlich stand Verfängliches darin. Gomez war seine Kreatur gewesen; er hatte seinen gefährlichsten politischen Gegner, Don Pedro d'Alcantara, in die Hände der Aimaràs liefern sollen. Es hätte völlig genügt, wenn d'Alcantara für einige Monate von der politischen Bühne verschwunden wäre. Niemand hatte damit gerechnet und vernünftigerweise damit rechnen können, dass die Indios den Mann mitsamt seiner ganzen Familie umbringen würden. Niemals hätte er, Carlos de Valla, seine Hände wissentlich mit Blut beschmutzt. Immerhin, die Briefe konnten heute, bei der äußerst gespannten politischen Lage, in der Hand seiner Gegner gefährlich werden; er musste sie haben. Aber er wusste auch, wes Geistes Kind da vor ihm stand.

»Euer Gnaden wollen die Briefe also nicht?« fragte Tejeda; seine Sicherheit war angesichts der steinernen Ruhe seines Gegenübers im Schwinden. Er wusste sehr wohl um die Gefährlichkeit seiner Lage.

»Gott, nicht unbedingt. Ich müsste sie sehen. Du hast sie hier?«

»Ich habe sie hier, ja.« Tejada griff unter den Poncho und brachte ein kleines Päckchen vergilbter Briefe zum Vorschein. »Wenn Euer Gnaden sich davon überzeugen wollten, dass die Handschrift echt ist«, sagte er, das Päckchen dem Minister entgegenhaltend, ohne es freilich aus der Hand zu lassen.

Der Minister trat angewidert ein paar Schritte näher; er sah mit einem Blick: Es waren seine Briefe.

»Ich kenne sie«, sagte er. »Zu deinem Unglück überschätzt du den Wert, den sie für dich haben. Du kennst die Zusammenhänge nicht. Immerhin, damit dieser Auftritt sein Ende findet: Was sollen sie kosten?«

Tejada zog das Päckchen zurück. »Leider sind meine Finanzen zurzeit ziemlich zerrüttet«, sagte er, »unter sechshundert Pesos möchte ich sie nicht gerne hergeben.«

»Das ist zwar vollkommen lächerlich, aber ich habe nicht die Absicht, mit dir zu verhandeln. Wieviel Briefe sind es?«

»Vier.«

De Valla hatte nicht in Erinnerung, wieviel Briefe er damals in jenem Zusammenhang an Gomez geschrieben hatte, aber die Zahl mochte stimmen. »Es sind alle Briefe, die du hast?« fragte er.

»Es sind alle Briefe.«

»Es wäre auch gleichgültig, da ich bei dem geringsten Versuch zu einer weiteren Erpressung rechtzeitig handeln würde«, – in de Vallas Augen stand ein gefährliches Funkeln – »also gut: sechshundert Pesos.« Er zog seine Brieftasche, entnahm ihr eine Anzahl größerer Scheine und reichte sie Tejada, gleichzeitig die Hand nach den Briefen ausstreckend. Der Austausch wurde vollzogen. »Geh! Geh auf der Stelle«, sagte der Minister.

Der Bandido sah ihm mit einem frechen Lächeln gerade ins Gesicht. »Das Geschäft wäre abgeschlossen«, sagte er, »aber Excellenza würden es zweifellos bedauern, wenn ich jetzt ginge. Excellenza unterschätzen mich und meine Anhänglichkeit überhaupt. Denn nun möchte ich, ebenfalls im Gedenken an unsere alte Kriegskameradschaft, Euer Gnaden noch aus freien Stücken und ohne Gegenleistung eine Neuigkeit mitteilen, von der ich überzeugt bin, dass sie mir im Augenblick die Sympathie Euer Excellenza verschafft.«

Der Minister hielt nur mit Mühe an sich, aber er bezwang sich. »Sei überzeugt, dass ich beim geringsten Versuch einer weiteren Erpressung die Lanzeros rufe«, sagte er kalt.

»Es ist jammervoll, wie man verkannt wird«, bemerkte Tejada; »fast hätte ich Neigung, meine Neuigkeit für mich zu behalten, aber ich bringe es nicht übers Herz. Was würden Euer Gnaden sagen, wenn Sie erführen, dass der älteste Sohn Don Pedros, Alonzo d'Alcantara, seinerzeit dem Blutbad entgangen und am Leben ist?«

Jetzt konnte selbst der in allen Fasern beherrschte de Valla ein heftiges, ruckartiges Zusammenzucken nicht vermeiden; er starrte sein Gegenüber aus weit aufgerissenen Augen an. »Was soll das Märchen?« hauchte er.

»Die Neuigkeit scheint Excellenza in der Tat zu interessieren«, lächelte Tejada.

»Hüte dich, mit mir zu spielen«, knirschte de Valla.

»Aber wo werde ich denn! Und was sollte das für einen Zweck haben?« Der Erpresser schüttelte wie in ratloser Verwunderung den Kopf. »Es hätte auch gar keinen Sinn gehabt, die Neuigkeit zu einem Geschäft auszuwerten«, sagte er, »Euer Gnaden werden die Richtigkeit meiner Behauptung ohnehin bald genug erfahren.«

»Alonzo d'Alcantara ist am Leben?«

»Ganz ohne Zweifel. Es scheint, dass er damals als Einziger von den Aimaràs fortgeschleppt wurde; jetzt ist er jedenfalls nach jahrelanger Gefangenschaft zurückgekehrt, und zwar auch schon seit Jahren.«

»Seit Jahren? Und das erführe ich erst jetzt?« Der Minister hatte seine Ruhe schon wieder zurück. Zweifel und Misstrauen spielten auf seinem Gesicht.

»Offenbar hat man es für ratsam gehalten, dem gewaltigen Minister, dem Erben der Familie d'Alcantara, die Tatsache zu verschweigen«, spottete Tejada. »Übrigens bin ich in der erfreulichen Lage, meine Behauptung beweisen zu können. Euer Excellenza entsinnen sich zweifellos noch der Handschrift unseres gemeinsamen Freundes Gomez.« Er entnahm seiner Tasche ein Stück Papier und überreichte es de Valla. Der Minister nahm es und las halblaut: »Und so schwöre ich bei Gott und den Helligen, so wahr ich im Angesicht des Todes auf Vergebung meiner Sünden und ewige Seligkeit hoffe, dass der vor uns stehende junge Mann Alonzo, der erstgeborene Sohn Don Pedro d'Alcantaras ist, der dem Blutbad im Tal der drei Quellen entging und von den Aimaràs gefangen fortgeführt wurde. Enriques Gomez.«

»Es ist zwar von der Hand Señor Gomez', aber, wie Euer Gnaden wohl bemerken werden, nur ein Konzept. Das Original ist in guter Hand und wird zweifellos zu gegebener Zeit vorgewiesen werden.«

Der Minister starrte noch immer regungslos auf das Papier; dann zerknüllte er es in der Hand und ging einige Male erregt im Zimmer auf und ab.

»Es ist klar«, sagte er nach einer Weile, »es handelt sich da um ein abgekartetes Machwerk meiner politischen Gegner, die mich stürzen wollen. Dieser Gomez war käuflich. Ich sehe vollkommen klar. Man will mir eine Blutschuld aufbürden und mir diesen angeblichen d'Alcantara als Gegner präsentieren. Ich wäre ein Narr, wenn ich darauf hineinfiele. Alonzo d'Alcantara ist seit zehn Jahren tot. Wo befindet sich der Betrüger, der sich für einen Sohn Don Pedros ausgibt?«

Mit geschmeidiger Höflichkeit und seinem gewinnendsten Lächeln entgegnete Tejada: »Das, Excellenza, ist mein Geheimnis, das ich zur gegebenen Zeit auszuwerten gedenke.«

»Dein Geheimnis?« Der Minister fuhr auf. »Weißt du, dass es in meiner Macht steht, dir dieses Geheimnis aus der Seele peitschen zu lassen?«

»Excellenza würden das Übel nur vermehren und einen treuen und ergebenen Diener ungerecht behandeln«, versetzte der Bandido.

Und wieder ging der Minister im Raum auf und ab. »Schlau ausgedacht, diese Sache«, sagte er. »Die Wahlen zur großen Junta stehen vor der Tür. Eine Flut von Verleumdungen würde sich mit dem Auftauchen des falschen d'Alcantara über mich ergießen. Es ist keine Frage: Das Interesse des Staates ist im Spiel. Der Betrüger muss unschädlich gemacht werden. Er muss verhindert werden, gegen mich aufzutreten.« Ruckartig blieb er stehen und sah Tejada mit einem lauernden Blick an.

»Du wirst das übernehmen«, sagte er.

Der andere zog bedächtig die Schultern hoch und machte ein bedenkliches Gesicht. »Eine gefährliche Sache, Excellenza«, sagte er; »der junge Mann hat einflussreiche Freunde in den Llanos.«

»Wo man mir ohnehin nicht wohl will.«

»Wie meinen Excellenza, dass man gegen den Menschen vorgehen soll?«

»Das ist deine Sache. Es geht mir lediglich darum, einem etwaigen Angriff gegen mich die Spitze abzubrechen.«

Der Mann im Poncho grinste wie ein Teufel. »Die Sache wird Geld kosten, Excellenza«, sagte er. »Ich setze mein Leben aufs Spiel. Aber gut; was tut man nicht für seine Freunde! Wenn Euer Gnaden fünftausend Pesos anlegen wollten, würde kein Alonzo d'Alcantara mehr auftreten.«

»Welche Sicherheit habe ich?«

»Meinen Vorteil, wenn Euer Excellenza ein wenig nachdenken wollen. Excellenza zahlen mir jetzt tausend Pesos, denn ich muss mich ein wenig installieren, um als Caballero auftreten zu können, den Rest erhalte ich, wenn ich Euer Excellenza überzeuge, dass die Gefahr vorüber ist.«

»Gut.«

»Freilich müssten Excellenza die Güte haben, mir um Lebenswillen und Sterbenswillen eine Anweisung zu geben.«

Der Minister fuhr auf: »Genügt dir mein Wort als Caballero nicht?«

»Oh, vollständig, Excellenza, nur – für alle Fälle!«

De Valla wandte sich schweigend ab, setzte sich an einen Tisch, ergriff Feder und Papier und schrieb. Abgewandten Gesichts reichte er dem andern das Blatt. Tejada las halblaut:

»Vorzeiger dieses Schreibens ist von mir beauftragt worden, Nachforschungen nach dem angeblich von den in der Sierra Morena hausenden Aimaràs gefangen gehaltenen Alonzo d'Alcantara anzustellen. Er erhält viertausend Pesos gezahlt, wenn er mir bis zum l. Oktober dieses Jahres günstige Nachrichten von dem Sohn meines verstorbenen Freundes Don Pedro bringt.

Bogotá, 17. Juli 1853.

Carlos de Valla, Staatsminister.«

»Ausgezeichnet, Excellenza«, sagte der Bandido, faltete das Blatt und barg es sorgfältig in seiner Tasche. »Excellenzas Interessen sind fortan die meinen. Der falsche d'Alcantara wird Euer Gnaden nicht mehr belästigen.« Er nahm das Banknotenbündel, das de Valla ihm reichte, und steckte es ein.

»Verlasse augenblicklich die Stadt und hüte dich vor den Alguacils«, sagte der Minister. Tejada verbeugte sich schweigend und ging, die Hand am Pistolenkolben, denn immer noch fürchtete er, der Minister könnte ihn festhalten lassen. Erst als er auf der Plaza war, atmete er auf. Und auch diesmal hatte er nicht auf den hinter der Treppe kauernden Indianer geachtet, und auch der Indiojunge, der heimlich seinen Schritten folgte, fiel ihm nicht auf.

Carlos de Valla sah ihm mit finsterem Gesicht nach. Er klingelte, und ein Diener trat ein.

»Ist der Indio Maxtla draußen?«

»Er ist draußen, Excellenza.«

»Schick ihn herein.«

Der Diener ging, und gleich darauf trat der Indio, der hinter der Treppenwange gekauert hatte, ins Zimmer. Der Mann, eine untersetzte, breitschultrige Gestalt mit dem traurigen, fast stumpfsinnigen Gesichtsausdruck, der den Indianern jener Länder als Auswirkung jahrhundertelanger Sklaverei eigen ist, richtete die dunklen Augen auf den in Gedanken versunkenen Minister. Er wartete geduldig, bis der ihn bemerken würde. Der Indianer mochte etwa vierzig Jahre zählen, sein Äußeres ließ auf erhebliche Körperkraft schließen. Bewegungslos stand er da, in seinem braunen Gesicht regte sich kein Muskel.

De Valla, der sich wieder an dem Schreibtisch niedergelassen hatte, hob den Kopf und sah den Indio wie einen Gegenstand an.

»Ich habe einen Auftrag für dich«, sagte er kurz.

»Maxtla hört.«

»Du hast den Mann gesehen, der eben bei mir war?«

»Maxtla sah ihn.«

»Gut. Ein Indio vergisst kein Gesicht, das er einmal gesehen hat. Du entsinnst dich, dass vor Jahren der große Señor d'Alcantara mit seiner Familie von deinen wilden Stammesgenossen aus den Bergen ermordet wurde?«

»Maxtla weiß es.«

De Valla sprach über den Indio hinweg; er sah ihn gar nicht an. Vielleicht wäre ihm sonst nicht entgangen, dass die Augen Maxtlas bei Nennung des Namens d'Alcantara in einem dunklen Glanz aufgeleuchtet waren. Aber Carlos de Valla war weit entfernt davon, einem Indio überhaupt irgendwelche menschlichen Gefühle zuzumuten. Er sagte:

»Der Mann, der eben bei mir war, brachte mir eine sonderbare Nachricht. In den Llanos soll ein junger Mann leben, der behauptet, Alonzo d'Alcantara, der Sohn Don Pedros, zu sein.«

Und wieder leuchtete es, unbemerkt von dem Minister, in den Augen des Indios auf. De Valla fuhr fort:

»Die Nachricht ist zweifellos falsch. Der Überbringer ist unzuverlässig. Der junge Mann, der sich d'Alcantara nennt, ist ein Betrüger, von meinen Feinden gekauft. Er ist selbst mein Todfeind. Du verstehst?«

»Maxtla versteht.«

»Der Mann, der hier war, wird den Weg nach den Llanos einschlagen. Du wirst ihm unbemerkt folgen. Es ist möglich, dass er jenes falschen d'Alcantara stellt und - unschädlich macht. Dann ist es gut. Du wirst es feststellen und mir berichten. Wie gesagt, der Mann ist unzuverlässig, außerdem zu jedem Schurkenstreich fähig. Vor allem suche den Betrüger zu ermitteln; ich weiß nicht, wo er sich aufhält, aber jener Mann, der sich Tejada nennt, in weiten Kreisen aber als Kojote bekannt ist, behauptet es zu wissen. Hefte dich an seine Fersen, er muss dir den Weg zeigen. Du hast begriffen?« Zum ersten Mal sah der Minister den Indio an, mit einem eiskalten, forschenden Blick.

Der Indio hielt ihm stand. »Ich - habe begriffen, Herr«, sagte er. »Maxtla wird dem Kojoten auf den Fersen bleiben. Der Betrüger wird Euer Gnaden nicht schaden.«

»Sollte der Kojote falsch an mir handeln, so rechne ich gleichfalls - auf deine Treue.«

»Maxtla ist treu. Der Kojote mag sich hüten.«

De Valla entnahm der Schreibtischlade einen Beutel und warf ihn dem Indio zu. »Das wird reichen«, sagte er, »ich verlasse mich auf dich.

Nimm dir nun deine Mula und lass dir vom Majordomo geben, was du sonst noch brauchst. Eile!«

Der Indianer steckte den Beutel zu sich, neigte den Kopf und ging aus dem Zimmer.

Der Minister blieb zurück. Er legte die Hand vor die Augen; seine Schultern zuckten wie im Krampf. »Ich wollte dich nicht töten, Pedro d'Alcantara«, stöhnte er, »aber wenn jetzt dein Schatten aus dem Grabe steigt, um gegen mich zu zeugen, dann muss ich ihn zurücksenden in die ewige Nacht. Ich habe nicht jahrelang gerungen, um mir nun den Preis im letzten Augenblick entreißen zu lassen.«

Ein leises Klopfen an der Tür ließ sich vernehmen. De Valla richtete sich auf. Sein Gesicht entspannte sich, ein warmes Leuchten trat in seine Augen. »Eugenio«, rief er, »komm herein.«

Die Tür öffnete sich, und ein schlanker junger Mann mit einem guten, offenen Gesicht trat ins Zimmer. »Ich störe dich nicht, Vater?« fragte er.

»Nein, du störst nicht. Komm her, mein Junge!« Ein strahlendes Lächeln stand jetzt auf den eben noch so hart verschlossenen Zügen des Ministers. »Was führt meinen Infanten zu mir?« fragte er und reichte dem Jüngling die Hand. »Braucht der Señorito Geld?«

»O nein, Vater, was sollte ich mit Geld? Du gibst mir ja genug.«

»Du dürftest ruhig etwas mehr ausgeben«, lachte der Vater mit gutmütigem Spott. »Ein de Valla darf etwas großzügiger sein.«

Der Junge lachte zurück: »Ich habe nun einmal keine Begabung dazu«, erwiderte er. »Aber trotzdem habe ich heute gleich zwei Bitten.«

»Heraus damit, Señorito!«

»Man hat da den Señor Bonego plötzlich nach Buanamaria in die Wüste verbannt. Er soll staatsgefährlich sein – –«

Des Ministers Antlitz verschattete sich: »Wohinein mischst du dich da, Eugenio?«

»Ich kenne Señor Bonego, Vater. Er ist ein harmloser Gelehrter.«

»Woher kennst du ihn denn?«

»Ich habe mit seinem Sohn das Liceo besucht. Der war nun bei mir und bat mich, deine Güte in Anspruch zu nehmen.«

»Mein lieber Junge, du weißt kaum, worum du da bittest. Señor Bonego hat sich durch aufrührerische Äußerungen sehr verdächtig gemacht, und du weißt, Excellenza, der Herr Präsident, sind ein sehr strenger Herr.«

»Aber Vater, ich weiß, dass Señor Bonego sich nur um seine Wissenschaft kümmert. Außerdem ist er krank. Bitte mache deinen Einfluss beim Präsidenten für ihn geltend, er ist sicher ungerecht verleumdet worden.«

De Valla, der das Verbannungsdekret gegen Bonego selber veranlasst hatte, weil er den Unabhängigkeitssinn des Gelehrten fürchtete, vermochte den bittenden Augen des Sohnes nicht zu widerstehen. So gefährlich war der Mann schließlich wirklich nicht. »Also gut, Eugenio«, sagte er, »ich werde schon morgen mit dem Präsidenten sprechen. Vielleicht gelingt es mir, ihn zu überzeugen. Jedenfalls verspreche ich dir, die Angelegenheit nachzuprüfen.«

»Danke, Vater. Ich wusste es ja. Ich kenne doch dein Herz.«

»Wollen sehen, wollen sehen, mein Sohn«, wehrte der Minister die ihm irgendwie peinlichen Freudenbezeigungen des Sohnes ab. »Sage mir lieber, was du noch auf dem Herzen hast.«

»Ich weiß nicht, ob du gehört hast, Vater: Señor Pinola unternimmt eine wissenschaftliche Reise in die Llanos, um deren Fauna und Flora zu durchforschen - -«

»Nun, und - -?«

»Ich möchte ihn begleiten, Vater.«

»Du - ihn begleiten? Warum?«

»Weil seine Studien mich interessieren, Vater. Du kennst doch meine Liebhaberei.«

»Leider, ja. Eine seltsame Liebhaberei für einen Eugenio de Valla. Aber immerhin - ich will es bedenken.« De Valla überlegte, dass es vielleicht vorteilhaft sein möchte, wenn sein sanfter und liebenswürdiger Sohn in den Llanos auftauchte, wo der Name des Vaters nicht eben beliebt war. »Ich werde selbst mit Señor Pinola reden«, sagte er.

»O Vater, ich danke dir«; der Jüngling strahlte über das ganze Gesicht. »Du bist nicht nur der größte Staatsmann deiner Zeit, sondern auch der beste aller Väter.«

»Und der Schwächste.«

»Nein, der Liebevollste. Tausend Dank, Vater. Aber jetzt will ich schnell zu Bonego gehen und ihm sagen, dass du dich seines Vaters annehmen wirst.«

»Versprich nicht mehr, als du versprechen kannst.«

»O nein, aber das ist schon genug. Ich kenne doch deinen Einfluss auf Excellenza, den Herrn Präsidenten.« Und nach einer kurzen stürmischen Umarmung, der sich der Vater nicht zu entziehen vermochte, war Eugenio aus dem Zimmer.

Lange sah der Vater ihm nach. »Wäre ich doch noch wie du, mein Junge«, sagte er leise vor sich hin. »Aber das ist vorbei. Endgültig vorbei. Ich muss meinen Weg nun zu Ende gehen.«

Maxtla

Noch vor Tagesanbruch verließ Sancho Tejada die Stadt. Er ritt das gute Pferd seines Oheims. Das Sattelzeug hatte er bei dem Posadero, bei dem er die Nacht zugebracht, erneuert, auch seine Kleidung war vervollständigt worden. Die Kruppe des Pferdes trug einen stattlichen Mantelsack.

Die raue Straße, die nach Süden führte und hier und da von Gehöften eingefasst war, war menschenleer. Gegen Mittag erreichte er eine Posada und beschloss, Mittagsrast zu halten. Nachdem er und sein Pferd ausreichend geruht hatten, ritt er weiter. Der Weg schien ihm einschließlich aller Wirtshäuser vertraut.

Gegen Abend wurde er von einem Indianer eingeholt, der ihn überholen wollte. Tejada rief ihn an. »Wohin führt dich dein Weg?« fragte er.

»Geradeaus«, war die mürrische Antwort.

»Eine reizende Weisheit«, lachte Tejada. Er reichte dem Mann eine Cigarrito, die der Indio begierig ergriff und in Brand setzte.

»Kommst du von Bogotá?« fragte Tejada.

»Nein.«

»Bist du hier in der Nähe zuhause?«

»Nein.«

»Bei wem dienst du?«

»Bei niemand.«

»Bist du Landwirt?«

»Nein.«

»Aber irgendetwas musst du doch treiben. Was bist du also?«

»Vaquero.«

»Ah, dachte ich's mir doch. Und du hast jetzt keinen Dienst?«

»Nein.« Es folgte ein halbunterdrückter Fluch in indianischem Dialekt. »Señor Castillo hat mich fortgejagt«, sagte der Mann.

»Warum hat er dich fortgejagt?«

»Mir sind ein paar Pferde von der Weide gestohlen worden.«

»Soso. Ja, das ist eine böse Sache, mein Lieber. Wo stammst du denn her?«

»Aus den Llanos.«

»Aus den Llanos an den Bergen?«

»Nein, vom Fluss, vom Apure.«

»Und wohin willst du jetzt?«

Der Mann zuckte die Achseln. »Nach Hause, wenn ich keinen Dienst finde.«

Tejada überlegte, ob ihm bei den Nachforschungen, die er anzustellen hatte, die Hilfe eines Eingeborenen nicht von Nutzen sein möchte. Eine Zeit lang hielt er sich an der Seite des Indios. Ich werde ihn für kurze Zeit in Dienst nehmen, dachte er, es wird in jedem Falle gut sein.

»Hör zu«, sagte er, »ich habe selbst einige Geschäfte in den Llanos zu besorgen. Wenn du im Augenblick nichts Besseres vorhast, will ich dich für einige Zeit bei mir anstellen und dich anständig bezahlen.«

»Was verlangt der Señor, dass ich tun soll?« fragte der Indio.

»Das wirst du schon sehen. Du sollst mein Peon sein, sonst nichts.«

»Was will der Señor mir geben?«

»Du kannst beruhigt sein. Caballeros meiner Art handeln mit einem Peon nicht. Ich werde dir einen Peso für die Woche zahlen und selbstverständlich für Essen und Trinken sorgen.«

»Wird mir der Señor, wenn er mit mir zufrieden ist, einen Poncho schenken?« Tejada streifte den Mann mit einem flüchtigen Blick; sein Poncho befand sich in ziemlich üblem Zustand. »Gut«, sagte er, »du sollst ihn haben, wenn du fleißig und ordentlich bist.«

»Ich werde mit dem Señor gehen«, sagte der Mann.

»Wie heißt du?«

»Juan Moro.«

»Gehört dir das Maultier, auf dem du reitest?«

Der Indianer zögerte einen Augenblick, dann sagte er: »Ich habe es von einem Freunde geliehen.«

Tejada lachte. »Dein Freund hat jedenfalls recht gute Mulos«, sagte er. Er hatte sofort gesehen, dass der Indio ein vortreffliches Maultier ritt, und er war überzeugt, dass er das Tier gestohlen hatte, aber das beunruhigte ihn nicht weiter.

Nach einer Weile sagte der vorsichtige Indianer: »Wenn ich dem Señor als Peon dienen soll, muss er mir Handgeld geben.«

Tejada griff in die Tasche und gab ihm ein Silberstück. »Gut, Juan«, sagte er, »Ordnung muss sein, hier hast du einen Peso.« Der Indianer steckte die Münze sichtlich erfreut zu sich. »So«, sagte Tejada, »nun reite langsam hinter mir her, wie es sich für einen Peon gehört.«

Der Indianer verhielt und ließ seinem neuen Herrn einen angemessenen Vorsprung.

Sancho Tejada strich gut gelaunt seinen Schnurrbart. »So«, grinste er, »nun kommen wir wirklich als Caballero in die Llanos. Hoffentlich macht sich das Geschäft dort bezahlt.«

Er ahnte nicht, dass der soeben angestellte Diener Juan Moro in Wirklichkeit Maxtla hieß und dass ein auf seine Fährte gesetzter Spürhund hinter ihm ritt.

Alonzo und Eugenio

In hellem Sonnenschein lag das fruchtbare Land. Weithin dehnte sich nach Norden und Osten die unabsehbare Fläche, auf der zahllose Rinderherden weideten, von wohlberittenen Hirten bewacht. Westwärts in der Ferne ragten himmelanstrebend die gigantischen Felskegel der Berge. Der die Ebene durchrinnende wasserreiche Fluss führte seine Fluten dem Meta zu, der sie an den windungsreichen Orinoko abgab.

Die Ländereien und Liegenschaften Señor Vincente Vivandas erstreckten sich weit. Die Äcker und Weiden zeugten von sorgfältigster Pflege und Bewirtschaftung. Zerstreut in der Landschaft standen die kleinen sauberen Häuser der Arbeiterfamilien, die vielfach indianischer Herkunft waren.

Das niedrige, luftig gebaute und von schattigen Veranden eingefasste Herrenhaus lag innerhalb parkartiger Anlagen in der unmittelbaren Nähe des gemächlich dahinströmenden Flusses. Von hier aus hatte man einen freien Blick über die ausgedehnten, abwechselnd mit Mais, Tabak und Kaffeebäumen bestandenen Felder. Hier und da ragte dazwischen eine stattliche Palme oder ein alter Ceibabaum hervor.

Es war ein großer, prächtiger Herrensitz, den sich die Vivandas, die einer alten spanischen Familie entstammten, hier geschaffen hatten. Ihre Ländereien umfassten mehrere Quadratleguas. Die Bewachung der zahlreichen Herden und die Bewirtschaftung der ausgedehnten Ländereien erforderten eine große Schar von Hirten und Feldarbeitern.

Auf der nach Norden hin gelegenen Veranda des Hauses stand Alonzo, der Sohn Pedro d'Alcantaras. Er führte hier seinen Namen nicht, sondern wurde, mit dem Namen des Herrn von Otoño, Alonzo Vivanda genannt.

Fünf Jahre waren vergangen seit dem Tag, da er den Jaguar niederschoss; aus dem Knaben von damals war ein stattlicher junger Mann geworden. Er war hoch und schlank von Gestalt, aber die breiten Schultern, die muskulösen Arme und die gewölbte Brust verrieten körperliche Kraft. Das schmale Oval seines Gesichtes entsprach nur teilweise dem spanischen Rassetypus, es war in der Regel von einem dunklen Ernst überschattet. Die Jahre der Gefangenschaft in der Bergwildnis hatten es entscheidend geprägt; nur selten sah man Alonzo lächeln.

Don Sebastian Vivanda, der Cura, ein Bruder des reichen Hazienderos, hatte Alonzo in sein Herz geschlossen; er liebte ihn und behandelte ihn wie einen Sohn. Der Geistliche, ein Mann von vollendeter Herzens- und Geistesbildung, hatte früher als Pfarrer an der Kathedrale zu Bogotá gewirkt; angewidert von den Parteikämpfen und Intrigen in der Hauptstadt des Landes, hatte er sich in die Ruhe und Abgeschiedenheit der Llanos zurückgezogen und ging hier seinen geistlichen Verrichtungen nach.

Er war es, der dem jungen Halbwilden sehr bald klarmachen musste, dass er nicht eher als Sohn und Erbe seines Vaters auftreten könne, bis er Formen und Kenntnisse eines jungen Caballeros erworben habe. Alonzo war ja, als er den Aimaràs entkam, nicht einmal mehr seiner Muttersprache mächtig, konnte weder lesen noch schreiben. Auch hielt der Cura es für klug, die politische Entwicklung abzuwarten und einen günstigen Zeitpunkt herankommen zu lassen. Ein plötzlich aus dem Nichts auftauchender d'Alcantara konnte gar zu leicht als Betrüger gebrandmarkt werden. Denn die herrschende Partei, in der Hand des allmächtigen Ministers, verfügte nicht nur über die staatliche Macht, sondern auch über großen Einfluss im Lande.

Der Junge sah beides ein und fügte sich geduldig der Klugheit des väterlichen Beraters. Er fand sich nicht ohne Mühe in dem neuen Leben zurecht. Jahrelang hatte er die Luft der Berge geatmet; an die in der Niederung herrschende Hitze musste er sich ebenso erst gewöhnen wie an die Gewohnheiten zivilisierten Lebens. Gleichwohl arbeitete er unermüdlich an seiner geistigen Bildung. Da er über eine natürliche Intelligenz verfügte, fiel es ihm bald wie Schuppen von den Augen; er unterschied wieder die Lautzeichen seiner Sprache, und die ungeübte Hand gewöhnte sich schnell wieder an den Gebrauch der Feder. Elvira Vivanda, Don Vincentes Tochter, die Alonzo dereinst vor dem Prankenschlag des Jaguars bewahrt hatte, unterstützte ihren Oheim in seinen Bemühungen und wurde dem jungen Halbindianer bald eine liebenswürdige Lehrerin, deren zuweilen mit scherzhafter Überlegenheit vorgebrachten Weisungen er sich nur zu gerne fügte.

Die Vivandas hatten mit der gebotenen Vorsicht Nachforschungen nach Alonzos Verwandten und seinem Eigentum angestellt. Die Ergebnisse waren betrüblich genug. Der Onkel, seines Vaters Bruder, hatte als ein Verbannter das Land verlassen und lebte dem Vernehmen nach in Mexiko; die einzige Schwester war tot, ihr Mann dem Minister de Valla ergeben. Die Verwandten der Mutter wohnten fern an der Küste. Das Eigentum Pedro d'Alcantaras hatte seinerzeit der Staat, das heißt die derzeitige Regierung, eingezogen und dem Minister de Valla für seine Verdienste um das Land als Ehrengeschenk übereignet.

Der Staatspräsident Don Manuel Obanda war an sich ein sauberer und ehrlicher Mann, aber er war seiner Herkunft und Erziehung nach ein Soldat, zufolge seines geraden und unkomplizierten Charakters völlig unfähig, die Parteiwirren zu durchschauen; praktisch befand er sich völlig in der Hand Carols de Vallas.

Unter all diesen Umständen war es einstweilen nicht geraten, für Alonzo Schritte zur Wiedererlangung seines Eigentums einzuleiten. Der Cura hatte deshalb vorderhand nur einige wenige ihm ergebene Freunde ins Vertrauen gezogen und wartete einen günstigen Augenblick ab, um die Ansprüche seines Schützlings öffentlich anzumelden.

Alonzo stand auf der Veranda; er war für einen Ritt in die Steppe gekleidet. Als ein leises Geräusch hinter ihm ertönte, wandte er sich um und sah sich Elvira gegenüber.

»Oh, der Señorito will ausreiten«, sagte das Mädchen.

»Ja, Elvira, ich will nach Norden zu in die Llanos.«

»Warum? Was willst du da?«

»Der Sturm hat die Herden zerstreut. Wir müssen sie zusammentreiben. Wird wohl ein paar Tage dauern, bis ich wiederkomme.«

»Was für ein Unsinn!« sagte Elvira und zog das Näschen kraus. »Das können die Vaqueros doch allein. Warum musst du dich mit den Herden plagen?«

Alonzo lachte. »Du fragst wie ein Mädchen. Dein Vater will es, und es ist auch richtig. Man soll solche Aufgaben nicht den Leuten allein überlassen. Ich werde mich übrigens beeilen.«

»Gib doch ruhig zu, dass du gern reitest«, versetzte Elvira ziemlich schnippisch. »Du fühlst dich nun einmal am wohlsten auf dem Pferd.«

»Warum soll ich das leugnen? Ich habe gern einen Pferderücken unter und den Himmel über mir.«

»Eben. Ich bekenne, dass alle meine Erziehungsversuche gescheitert sind.«

»Sofern sie darauf hinausliefen, mich zum Stubenhocker zu machen – allerdings«, sagte Alonzo und sah dem Mädchen mit ruhigem Lächeln ins Gesicht. »Aber ich werde den Respekt, den ich meiner Lehrerin schulde, gewiss nicht darüber vergessen«, setzte er hinzu und nahm den Karabiner, der an der Wand lehnte. »Leb wohl, Elvira, wir sehen uns bald wieder.«

In Elviras Augen, als sie ihm nachsah, stand ein versonnenes Leuchten.

Alonzos Begleiter, vier kräftige Rinderhirten, drei spanischer Herkunft, der Vierte ein Vollblutindianer, warteten bereits auf den Pferden. Sie hatten die langen Lanzen am Arm befestigt; einer hielt ein mit Mundvorrat bepacktes Saumtier am Zügel. Ein Peon führte den Rappen Alonzos vor.

Der warf die Büchse am Riemen über die Schulter, schwang sich aufs Pferd, nickte noch einmal nach dem Hause zurück, denn er wusste recht gut, dass Elvira irgendwo stand, um ihm nachzusehen, und mit einem »Adelante!« sprengte er, die Vaqueros hinter sich, durch die Felder in nördlicher Richtung davon.

Ein gewaltiger Südsturm hatte vor zwei Tagen die Herden vor sich hergejagt und weit über das Land zerstreut; es ging darum, sie wieder zusammenzutreiben. Fast zwei Tage hatte Alonzo mit seinen Männern zu reiten, bis sie bei schon einbrechender Dämmerung auf die ersten Tiere trafen. Sie fanden die Vaqueros der Hazienda, die bei den Herden im Freien weilten, damit beschäftigt, die Rinder zusammenzutreiben. Sie verrichteten dieses Geschäft gleichzeitig mit einigen Llaneros, deren Tiere gleichfalls verjagt worden waren und sich nun mit den Vivandaschen Herden vermischt hatten.

Die sonnverbrannten Steppenbewohner freuten sich, den jungen Señor der Hazienda Otoño unter sich zu sehen und begrüßten ihn mit Hallo. Der Landessitte entsprechend war jedes Tier mit dem eingebrannten Zeichen des Eigentümers versehen; nur der jüngste Wurf war noch ungezeichnet. Reitergeschicklichkeit, Kraft und Ausdauer waren erforderlich, um die Tiere einzufangen und zusammenzutreiben. Unendlich schwieriger war es dann noch, Ordnung in den Wirrwarr der durcheinander gejagten Rinder zu bringen.

»Es ist gut, dass du gekommen bist, Don Alonzo«, sagte ein älterer Llanero, »wir haben schwere Arbeit hier.« Der junge Mann reichte dem Alten ungezwungen die Hand. »Wir werden es schon schaffen, Amigos«, sagte er und warf einen Blick über die auf weite Entfernung zerstreuten Tiere. »Wie wäre es, Compañeros«, fuhr er fort, »wenn wir uns vereinigten und alle gemeinsam vorgingen? Wir sondern zunächst eure Tiere aus, und ihr würdet uns dann helfen, die unseren nach Süden zu treiben.«

»Gut, Don Alonzo«, sagte der Alte, »machen wir's so! Auf diese Weise kommt schnell Ordnung in die Sache. Am besten ist es, du übernimmst die Führung und gibst gleich deine Anweisungen.«

Dies war schnell getan. Alonzo nahm die Einteilung vor, und bald begannen sämtliche Hirten in ausgedehnter Linie in die Herden hineinzureiten. Sie hatten die Anweisung, alle Tiere der Hazienda Otoño auszulassen und nur die Rinder der Steppenbewohner herauszutreiben, nach Osten und Westen, je nach dem Wohnsitz des jeweiligen Eigentümers. Die Lassos flogen und fielen über die Hörner widerspenstiger Tiere; von den Peitschen wurde, wo es notwendig war, Gebrauch gemacht, und noch bevor die Sonne endgültig sank, war so unter einheitlicher Leitung ein Großteil der Arbeit vollbracht.

Dann aber wurden Feuer entzündet, ein junges Rind geschlachtet und gebraten, Kaffee gekocht, Maiskuchen gebacken, und bald saßen die Hirten im Kreise um Alonzo geschart, ließen sich die Mahlzeit schmecken und freuten sich des vollbrachten Werkes. Die Gitarren erklangen, und die Llaneros sandten ihre schwermütigen Lieder in die dunkle Weite der Nacht.

Alonzo saß noch lange an dem niederbrennenden Feuer, während die Männer um ihn herum schliefen. Seine Gedanken suchten die ungewisse Zukunft zu durchdringen. Er fühlte sich wohl bei den Vivandas; das war es nicht. Sie hatten aus einem halbwilden Jungen einen Mann, einen Caballero gemacht; sie hatten alles getan, um ihn der Welt wiederzugeben, aus der ein grausames Schicksal den Knaben gerissen. Aber das im letzten ungelöste Rätsel, das den Untergang seiner Familie umgab, quälte ihn nach wie vor. Er war eine trotzige, entschlossene Natur und keinesfalls willens, die Vergangenheit ruhen zu lassen. Der jahrelange Umgang mit den grausamen und barbarischen Wilden war nicht dazu angetan gewesen, besänftigend auf seinen Charakter zu wirken; auch diese Zeit war nicht spurlos an ihm vorübergegangen. Er hasste die Mörder der Seinen und sehnte die Gelegenheit herbei, Vergeltung zu üben.

In all den Jahren, die er nun in den Llanos weilte, hatte man nichts mehr von den Aimaràs vernommen; sie mussten ihre Raubzüge eingestellt oder nach einer anderen Richtung hin verlegt haben. Er gedachte zuweilen auch der beiden jungen Männer, die er seinerzeit befreit hatte; er hatte nie mehr von ihnen gehört und zweifelte nicht, dass sie umgekommen seien. Er hatte ihre Namen nicht behalten. Gleichwohl waren von den Vivandas auf seine Veranlassung wiederholt Nachforschungen nach einem vermissten jungen Caballero und einem Mestizen angestellt worden; ohne jedes Ergebnis, was schließlich bei der dünnen Besiedlung des Landes und den endlosen Entfernungen nicht weiter verwunderlich war.

Es waren aber auch noch andere Betrachtungen, die der schweigsame Junge in all den Jahren immer wieder angestellt hatte und die ihn auch jetzt beschäftigten, als er an dem niederbrennenden Feuer saß und in die dunkle Nacht hineinstarrte.

Schon vielfache Äußerungen, die er in den Jahren seiner Gefangenschaft bei den Aimaràs aufgefangen hatte, ließen darauf schließen, dass weiße Leute bei dem Untergang seiner Familie beteiligt waren. Das Verhalten des alten Gomez ihm gegenüber war dazu angetan gewesen, diesen furchtbaren Verdacht zu festigen. Die Brüder Vivandas hatten sich zwar über diese Dinge nur sehr vorsichtig und zurückhaltend geäußert, doch wusste er durch sie immerhin, dass er als Sohn und Erbe seines Vaters mächtige Feinde habe. Und schließlich hatte er den Klang des Namens de Valla nicht mehr aus den Ohren bekommen, seit der sterbende Gomez ihn mit warnender Beschwörung genannt hatte.

Durch seine Erzieher war er mit der Geschichte seines Heimatlandes vertraut gemacht worden. Er wusste von dem langen Unabhängigkeitskampf der Kolonien gegen die spanische Macht unter Bolivar, dem Befreier. Er kannte die blutige Geschichte der Bürgerkriege, die nach dem Tode des trefflichen Mannes nicht mehr abrissen und zu neuen Staatenbildungen führten. Er wusste, dass sein Vater im Dienste des Landes tätig gewesen war und dass gegenwärtig der mächtigste Mann des Staates de Valla hieß. War dies der Feind, den er zu fürchten hatte? Es musste wohl so sein, denn warum sonst sollte er, Alonzo, seinen eigenen Namen geheim halten?

Er war entschlossen, diesen verworrenen Dingen auf den Grund zu kommen. Bei diesem Beginnen stand er allein. Gleichaltrige Freunde hatte er nicht. Sein Wesen war zu verschlossen und unzugänglich; die jungen Leute, die er nach und nach kennenlernte, wussten mit ihm und er mit ihnen nichts anzufangen. Sie alle waren unter dem Schutz eines Elternhauses aufgewachsen, sie sahen das Leben anders als er, der von Kindheit auf Einsame.

An den Brüdern Vivanda, vor allem an dem Cura hing er mit herzlicher Zuneigung; dennoch war zwischen ihnen und ihm so etwas wie eine unsichtbare Wand. Nur Elvira gegenüber gab er sich völlig unbefangen. Er hing an dem Mädchen mit der ein wenig rauen Zärtlichkeit eines Bruders. Von den düsteren Regungen seiner Seele, von dem verzehrenden Hass, der in ihm schlummerte, sprach er auch ihr gegenüber nicht. Der Cura mochte etwas davon ahnen; er mühte sich, den Dämonen in des Jünglings Seele durch Lehre und Beispiel entgegenzuwirken. Aber Alonzo hatte sich gut in der Gewalt. Er verstand es, sein Gesicht wie ein Indio zu beherrschen; die Schule, die er bei den Wilden durchgemacht hatte, wirkte nach.

Was wird die Zukunft bringen? Welche Wege wird sie mich führen? Dachte er, und sein umschleiertes Auge suchte die Sterne. Er fand keine Antwort. Tief in der Nacht erst sank er in Schlaf.

Früh am Morgen begann wieder die aufregende Tätigkeit der Vaqueros und Llaneros. Alonzo erkannte bald, dass seine weitere Anwesenheit nicht nötig war; er ritt weiter nach Norden zu, um vielleicht ein jagdbares Tier vor die Büchse zu bekommen. Bald war er den Hirten aus dem Gesicht.

Er hatte sich einige Leguas von seinen Männern entfernt, ohne bisher zum Schuss gekommen zu sein, als er, sein Tier am Zügel führend und langsam einherschreitend, plötzlich die Abdrücke eines menschlichen Fußes gewahrte. Er hielt und betrachtete die Spur aufmerksam. Es war ohne Zweifel kein Llanero, der hier gegangen war; seinem geübten Blick enthüllte sich die Spur alsbald als der Abdruck eines eleganten Stiefels, wie er von vornehmen Leuten in der Stadt getragen wurde. Wie kam solches Schuhwerk in die Llanos? Nirgendwo war der Abdruck eines Pferdehufes wahrzunehmen; in die Llanos kam man aber doch nur auf dem Rücken eines Reittieres. Frischer Tau lag auf der Spur; sie musste vom Vortage stammen.

Langsam folgte Alonzo der Fährte; die Folge der Abdrücke ließ darauf schließen, dass der Stiefelträger unsicher gegangen, vermutlich also sehr erschöpft gewesen sein musste. Was bedeutete das? Ein Stadtbewohner, allein ohne Pferd, in den Llanos?

Er sah sich um und erkannte bald, dass die Spur zu einem kleinen Gehölz führte, das unweit vor ihm lag. Ihr folgend, ging er darauf zu. Es dauerte auch nicht lange, da erblickte er am Rande des Gehölzes, ausgestreckt zwischen den Farnen, eine menschliche Gestalt. Alonzo war zu sehr Jäger und zu indianisch erzogen, um nicht zunächst den Saum des Gehölzes aufmerksam zu durchforschen und die Büchse schussfertig zu machen, obgleich in den Llanos im allgemeinen weder mordlustige Indios noch sonstiges räuberisches Gesindel zu befürchten waren. Nichts Verdächtiges bot sich seinem Blick, auch war weiter keine Spur, weder von Mensch noch von Tier, zu erblicken. Vorsichtig trat er näher.

Da lag unmittelbar vor ihm ein junger Mann, ein Spanier, in seinen Poncho eingewickelt. Der Mann war blass wie ein Toter. Seine Augen waren geschlossen; er regte sich nicht. War er tot?

Alonzo bückte sich und befühlte die Stirn des Fremden. Sie war warm, die Brust hob, und senkte sich schwach; der Mann lebte. Alonzo berührte seine Schulter und schüttelte sie leicht. Der Fremde öffnete die Augen und sah ihn mit einem starren Blick an. »Hunger!« sagte er leise.

Alonzo setzte ihm seine Flasche mit kaltem Kaffee an den Mund und reichte dem gierig Trinkenden daraufhin ein kleines Stück Maisbrot. Er betrachtete währenddessen die schlanke, grazile Gestalt, das schöne, ein wenig weichliche Gesicht, den modischen Sommeranzug, der unter dem Poncho sichtbar wurde, die eleganten Reitstiefel. »Auf welche Weise kommen Sie hierher, Señor?« fragte er.

Der junge Mann, bei dem die kleine Stärkung Wunder bewirkt hatte, richtete sich zu sitzender Haltung auf und sah den über ihn Gebeugten mit ein wenig hilflosem Lächeln an:

»Verzeihen Sie, dass ich Ihnen Mühe mache, Señor«, sagte er. »Der Sturm hat uns überrascht und mich von meinen Begleitern getrennt; mein Maultier ist mir entlaufen, ich war schon ziemlich verzweifelt. Bis hierher habe ich es geschafft, – gestern Abend; ich hatte mich schon aufgegeben.«

»Dann hat mich die Vorsehung zu Ihnen gesandt«, lächelte Alonzo.

»Oh, ich bin Ihnen dankbar, Señor.«

»Aber wie, um alles in der Welt, kommen Sie in diesen seltsamen Aufzug, der für die Stadt passen mag, aber in den Llanos denkbar ungeeignet ist«, staunte Alonzo, »noch dazu ohne Waffen?«

»Oh, Señor, ich war ja in guter Begleitung. Ich bin Naturalist.«

»Naturalist? Was heißt das?«

»Ich bin hier, um die Tier- und Pflanzenwelt der Llanos zu studieren.«

»Was es alles gibt!« lächelte Alonzo. »Aber immerhin, da ich nichts davon verstehe, werde ich mich hüten, Kritik zu üben. Indessen schlage ich Ihnen vor, mit mir zu frühstücken.« Damit ging er zu seinem ruhig grasenden Pferd, nahm den Beutel von dessen Sattel, und bald saßen die beiden jungen Männer beieinander und verzehrten kaltes Fleisch und Maisbrot.

»Sie sind ein Llanero, Señor?« fragte der Fremde während des Essens. Er fragte es mit einigem Zweifel in der Stimme, denn Pferd und Sattelzeug hatten ihm gezeigt, dass er keinen der gewöhnlichen Bewohner der Ebene vor sich hatte.

»Llanero, Montanero, wie es kommt, Señor«, sagte Alonzo.

»Oh, Sie kennen das Gebirge auch?«

»Bis zum ewigen Eis hinauf.«

»Aber hier unten sind Sie zu Hause?«

»Ja.«

Sie schwiegen eine Weile; der junge Fremde sah betrübt vor sich hin. »Wie finde ich nur meinen Professor und meine Peons wieder?« fragte er schließlich.

»Wo waren Sie, als der Sturm kam?«

»Ja, wenn ich das wüsste?«

»Sie sind leichtsinnig, mein Lieber. Da wird es freilich schwer halten, Ihre Begleitung wiederzufinden. Die Ebene ist weit.«

»Aber was beginne ich, mein Freund?« Der junge Mann schien völlig ratlos.

»Aber das ist einfach, Señor«, lachte Alonzo. »Ich nehme Sie mit. Ich denke, mein Cesar trägt uns beide, bis ich ein Reittier für Sie habe. Glauben Sie, den Ritt auszuhalten?«

»Oh, ich denke wohl.« Der Fremde erhob sich, er schwankte noch beträchtlich. »Es wird sich geben«, lächelte er.

»Nein, Señor Naturalist.« Alonzo schüttelte den Kopf. »Es wird nicht gehen. Sie sind noch zu erschöpft. Wir haben einen langen Ritt vor uns und einen rauen Weg.« Er stand auf und erkletterte gewandt die unteren Äste einer Tamarinde, um von hier aus Umschau zu halten. Wie er gehofft, gewahrte er am westlichen Horizont leichten Rauch, nur seinem ungewöhnlich scharfen Auge wahrnehmbar.

Er kam herunter und sagte: »Dort hinten wohnen Leute, ich will Sie dahin bringen; wir finden da ein Reittier, und, wenn es sein muss, auch ein Nachtlager.«

»Mille gracias, Señor, mir ist alles recht.«

»Also gut. Es ist Mittag vorüber, die Sonne steht nicht mehr lange am Himmel.« Alonzo rief seinen Cesar, der gehorsam wie ein Hund herankam, stieg in den Sattel und sagte: »Geben Sie mir die Hand, setzen Sie Ihren Fuß auf den meinen.« Der Fremde gehorchte und saß im Augenblick, von Alonzos Arm gehalten, vor diesem auf dem Pferd. Alonzo ließ das Tier, das sich die ungewöhnliche Belastung nach einigem Stutzen ruhig gefallen ließ, angehen, doch zeigte es sich bald, dass der aller Strapazen ungewöhnte Körper des Fremden unter der Bewegung und dem unbequemen Sitz heftig litt, so sehr er auch seine Schmerzen zu verbergen suchte. Sie mussten wiederholt halten.

So kam es, dass Cesar mit seiner doppelten Last erst kurz vor Sonnenuntergang vor der einfachen, von einigen Bäumen umstandenen Behausung eines Llaneros anlangte. Erschöpft stiegen beide ab, denn auch Alonzo hatte, besonders in der zweiten Hälfte des Weges, seine ganze

Kraft aufbieten müssen, um den erschöpften Verirrten vor sich auf dem Sattel zu halten.

Aus dem Hause heraus kam ihnen eine ältere Frau entgegen und begrüßte sie freundlich; mit Erstaunen sah sie, dass zwei Reiter auf einem Pferde saßen. Während sein halb geräderter Gefährte willenlos auf eine Bank sank, sagte Alonzo: »Ja, Madrecilla, wundere dich nur, die Mula meines Freundes hat der Sturm fortgetragen; wir mussten uns mit einem Pferderücken begnügen.«

»Geht auch«, sagte die Frau, »ich sitze oft genug hinter meinem Mann, wenn wir die Nachbarn besuchen. Aber sattelt Euer Tier ab, Señor, und macht es Euch bequem! Pferdefutter findet Ihr dort. Mein Mann ist den Rindern nachgeritten, aber deshalb soll es Euch doch an nichts fehlen.«

»Gib, was du hast, Mutter, wir sind dankbar für alles.« Alonzo sorgte für das Pferd und setzte sich dann neben seinen Gefährten. Die Frau brachte gleich darauf frischen Kaffee, Eier, Maisbrot und kalten Braten. Das stellte die Lebensgeister der jungen Männer bald wieder her; auch der Naturalist erholte sich zusehends. Die Sonne sank, ein leichter Abendwind kam auf, erquickend und wohltuend nach dem heißen Tag. Die beiden Gefährten saßen noch ein Weilchen im Freien und gingen dann in das Haus. Sie betraten das durch eine kleine Lampe freundlich erhellte Gemach und ließen sich dort nieder.

Alonzo betrachtete den Verirrten sehr aufmerksam; sein kluges, offenes Gesicht gefiel ihm ungemein, überhaupt hatte er einen ausgezeichneten Eindruck von dem Fremden, so sonderbar dessen Tun ihm auch vorkam. »Also Schmetterlinge und Käfer haben Euch in die Llanos gelockt?« fragte er mit einem scherzhaft spöttischen Lächeln.

»Nicht sie allein«, antwortete der andere ernsthaft. »Es fehlt unserem Vaterland, das die unterschiedlichsten Klimata vereinigt, von der Terra caliente bis zur Terra fria noch an einer genauen Kenntnis seiner Tier- und Pflanzenwelt. Das ist nicht nur eine Frage der Wissenschaft, Señor; die Kenntnis dieser Dinge ist auch von praktischem Wert. Außerdem hoffe ich, dass Ihr von der Wissenschaft nicht gering denkt.«

»Im Gegenteil, Señor, obgleich, oder vielleicht, weil ich ziemlich ungelehrt bin, nur – das möchte ich Euch ganz offen sagen – ich verstehe nicht recht, dass dergleichen Forschungen einen Mann zu befriedigen vermögen.«

»Oh, es ist wunderbar, der Natur ein wenig hinter den Schleier zu sehen«, sagte der andere. »Die Beschäftigung mit diesen Dingen kann ein ganzes Leben ausfüllen.«

»Ich will es Euch ohne Weiteres glauben, Señor.« In Alonzos Augen erschien ein unruhiges Leuchten. »Obgleich mein Ideal ein wenig anders aussieht«, setzte er hinzu.

Der Fremde lächelte. »Freilich«, sagte er. »Man muss Euch ja nur ansehen. Übrigens, wollt Ihr mir nicht verraten, wem ich eigentlich mein Leben verdanke?«

Der Befragte zögerte ein wenig, dann sagte er: »Man nennt mich Alonzo Vivanda. Ich wohne an einem Nebenfluss des Metas.«

»Ich heiße Eugenio de Valla«, sagte der Fremde.

Das traf wie ein Schlag; unwillkürlich zuckte Alonzo zurück, doch hatte er sich sofort in der Gewalt. De Valla! Dachte er, de Valla! Dieser harmlose, liebenswürdige junge Mann als Träger des dunkel gehassten Namens? Es war wie eine Enttäuschung. Und wie ein neues unlösbares Rätsel.

»De Valla?« Alonzo dehnte den Namen, indem er ihn aussprach. »Ihr seid der Sohn des Ministers?«

»Ja, Amigo mio, Carlos de Valla ist mein Vater.«

Der andere schwieg. Nach einem Weilchen fühlte er sich von einem fragenden Blick getroffen.

»Ihr staunt, Señor«, sagte Eugenio, »dass mein Vater, der so große Verdienste als Staatsmann erwarb, mir gestattet, bescheiden der Wissenschaft zu leben? Mein Vater liebt mich, Señor, und er weiß, was zu mir gehört. Er ist der beste Mann unter der Sonne; auch Ihr werdet ihn lieben, wenn Ihr ihn erst kennt.«

Alonzo äußerte sich nicht; er sah starr vor sich hin. Bald erhob er sich. »Es ist spät geworden, Señor«, sagte er, »wir müssen schlafen. Ein anstrengender Tag wartet auf uns. Wo hofft Ihr, Eure Freunde zu treffen?«

»Vermutlich in Villavicencio am Rio Negro. Dort wollten wir haltmachen.«

»Das könnt Ihr von hier aus ohne große Mühe erreichen.«

Während er noch sprach, trat der Llanero ein und sah überrascht auf die Fremden. »Oh, Don Alonzo« - er erkannte den jungen Señor Vivanda - »welche Freude, Euch bei mir zu sehen«, sagte er. Alonzo begrüßte ihn und erklärte ihm die Zusammenhänge, sprach auch die Hoffnung aus, dass er Señor de Valla nach Villavicencio führen könne. Der Llanero bejahte das bereitwillig.

Auf Alonzos Bitten wies die Señora den beiden jungen Männern ihre Schlafstätten an, und sich eine gute Nacht wünschend, trennten sie sich.

Alonzo ging noch einmal hinaus, um nach seinem Pferd zu sehen. Dabei sagte er zu dem Llanero: »Ich will abreiten, ehe die Sonne aufgeht und den jungen Herrn nicht im Schlaf stören. Sage ihm, ich ließe ihn grüßen. Pflege ihn gut und bringe ihn, sobald er im Sattel sitzen kann, sicher zu den Seinen. Ich werde dir dankbar sein, Amigo.«

»Verlass dich auf mich, Don Alonzo.«

Der Jüngling suchte die eigene Lagerstätte auf. Düstere Bilder standen vor seiner Seele. »Schade!« sagte er, und sah Eugenio de Vallas gutes offenes Gesicht vor sich, »schade!«

Noch ehe sich die Sonne im Osten erhob, galoppierte er bereits in die Weite der Llanos hinein.

Señor Tejada und sein Peon

Sancho Tejada ritt in ausgezeichneter Laune am felsigen Ufer des Rio Negro einher; gleich den strömenden Wassern des Flusses gedachte er die Niederungen aufzusuchen. Hinter ihm ritt sein Peon Juan; das Gesicht des Mannes sah stumpfsinniger aus denn je.

Der Bandit rauchte behaglich seine Zigarette und sann darüber nach, was er tun könnte, um seine Glücksumstände weiter zu verbessern. Tejada war wirklich nicht mehr als ein Bandit, obgleich er aus guter Familie stammte. Er war in den blutigen Bürgerkriegen, die die kaum vom spanischen Joch befreiten Republiken des nördlichen Südamerika durchtobten, schnell verwildert und im Laufe der Zeit zum Straßenräuber abgesunken.

Für seinen Peon, der sich übrigens als ein brauchbarer Diener erwiesen hatte, hieß er Señor Molino und war ein Haziendero vom Magdalena. Den Namen Tejada vermied er selbst in diesen Bereichen, in denen er an sich kaum bekannt war.

Seine Aufgabe bestand jetzt darin, den Sohn Don Pedro d'Alcantaras ausfindig zu machen. Als er vor einigen Wochen das ihm gut bekannte Versteck seines früheren Spießgesellen Gomez durchsuchte, waren ihm die Briefe Carlos de Vallas in die Hand gefallen, anstelle des Goldstaubes, den er dort gesucht und vermutet hatte. Der kleine Rancho Gomez' war nach dessen Tode in den Besitz eines unweit wohnenden großen Hazienderos übergegangen, der ihn Gomez' langjähriger Dienerin abgekauft hatte; er wurde jetzt von einem seiner Aufseher bewohnt. Bei diesem des Lesens und Schreibens unkundigen Manne als harmloser Reisender einkehrend, hatte er die Niederschrift des Bekenntnisses aufgefunden, die der schwerverwundete Gomez zu Papier brachte, während Alonzo den Cura herbeiholte.

Der gerissene Bandit hatte sofort begriffen, welche Wirkung die wenigen Zeilen von Gomez' Hand auf de Valla haben mussten, selbst wenn die aufgefundenen Briefe ihren Zweck nicht erfüllen sollten. Er hatte sich unverzüglich nach Bogotá auf den Weg gemacht und dort durch sein freches Auftreten erreicht, was er wollte.

Nun galt es, den jungen Mann aufzufinden, der sich zu Recht oder Unrecht Alonzo d'Alcantara nannte. Tejada sagte sich, dass er die Spur am besten dort aufnähme, wo der Jüngling zuerst aufgetaucht war, also in

Gomez' Rancho. Auf dem Wege dahin befand er sich jetzt mit seinem Peon.

Die Vorgeschichte der Tragödie d'Alcantara war allgemein bekannt. Don Pedro entstammte einem sehr alten spanischen Geschlecht. Er gehörte zu den Großgrundbesitzern des nach Bolivars[1] Tod neu gebildeten Staates Neugranada, von dem sich Venezuela und Ecuador nach blutigen Kämpfen abgezweigt hatten: er war überdies einer seiner edelsten und einflussreichsten Bürger und gehörte zu den führenden Männern der liberalen Partei. Die politischen Wirren ließen jene Länder damals nicht zur Ruhe kommen. Kaum hatte ein der liberalen Partei angehöriger Präsident einige Jahre das Regiment geführt, als sich ein blutiger Aufstand gegen ihn erhob und die Republikaner ihn stürzten, um einen Mann ihrer Partei mit dem höchsten Amt zu bekleiden. Carlos de Valla, öffentlich gleichfalls den Liberalen anhängend, hatte heimlich den Republikanern wichtige Dienste geleistet und stand bei ihnen in hohem Ansehen.

D'Alcantara, der sich seines selbstlosen Patriotismus' wegen der Achtung von Freund und Feind erfreute, war der Verfolgung, die nach dem Sieg der republikanischen Partei über die Libertados hereinbrach, zwar entgangen, selbst sein Eigentum hatte man ihm gelassen, in der Hoffnung, ihn für die Sache der Republikaner zu gewinnen. Doch hatte er es vorgezogen, Bogotá zu verlassen und seinen Wohnsitz im Süden des Landes, in den Llanos, fern von allem Parteigetriebe, zu nehmen.

Diese Reise brachte ihm und den Seinen ein schreckliches Ende im Tal der drei Quellen. Er selbst mit seiner Gattin, seinen Söhnen Alonzo und José, den Töchtern Maria und Juana fanden, wie die Nachrichten seinerzeit lauteten, unter den Messern der Aimaràs den Tod. Alonzo, der Erstgeborene, war damals zehn, - Juana, die Jüngste, kaum zwei Jahre alt.

Der Name d'Alcantara war nicht in Vergessenheit geraten, er war für alle ehrlichen Leute der Name eines Patrioten, der redlich für die liberale Ausgestaltung der Verfassung gekämpft hatte.

Einen besonderen Klang hatte der Name noch für die Llaneros, die Don Pedro zu wiederholten Malen in blutigen Kämpfen angeführt hatte.

---

[1] Simon Bolivar (1783-1830) befreite Südamerika von Spanien und gründete die Staaten Kolumbien und Bolivien.

Sancho Tejada wusste das alles. Er sagte sich auch, dass der wie durch ein Wunder am Leben gebliebene Alonzo, immer vorausgesetzt, dass er wirklich existierte, in den Llanos treue Freunde gefunden haben musste. Freunde, die genauestens mit den Gefahren vertraut waren, die ihn bedrohten, und sicherlich wussten, warum sie ihn vor dem mächtigen und allwissenden Mann in Bogotá jahrelang verborgen hielten.

Es war also sicherlich keine einfache Aufgabe, Don Alonzo ausfindig zu machen. Sancho Tejada, am Ufer des Rio Negro dahinreitend, gab sich darüber keinen Täuschungen hin.

Sein Denken wurde gestört, als aus einem Seitenweg heraus plötzlich ein Reiter vor ihm auftauchte. Der Mann war nach Art der Hazienderos des Landes gekleidet und ritt auf einem vorzüglichen Maultier im raschestem Passgang daher; er schien es außerordentlich eilig zu haben. Er blickte kaum auf, als er an Tejada vorüberritt, und war dessen Blicken bald entschwunden.

Es mochte eine Viertelstunde vergangen sein, – Tejada war gemächlich weitergeritten und gedachte des Vorfalles schon nicht mehr, als er den Klang von Pferdehufen hinter sich hörte. Er blickte sich um und sah, dass der Erste von drei in schnellem Galopp näherkommenden Reitern die Uniform der Landespolizei trug. Zwei schwer bewaffnete Lanzeros ritten hinter ihm. Tejadas erster Gedanke war Flucht; er hatte gar nicht gern mit der Polizei zu tun. Freilich gewann er sofort seine Fassung zurück; schließlich hätte er nichts Törichteres tun können, als jetzt, da er längst gesehen worden war, zu flüchten. So setzte er denn seinen Weg, wenn auch nicht ohne Beklemmungen, ruhig fort.

Die Reiter hatten ihn bald eingeholt. Der Alguacil, an seine Seite reitend, grüßte sehr höflich. Don Sancho erwiderte den Gruß und sah fragend zu dem Reiter auf.

»Haben Sie unlängst auf Ihrem Weg einen Reiter auf einem ungewöhnlich schnellen Maultier bemerkt, der nach Pflanzerart gekleidet war?« fragte der Alguacil.

Der Befragte fühlte jede Besorgnis für seine eigene Person schwinden. Trotzdem, Vertreter der Obrigkeit waren ihm widerwärtig; er hätte am liebsten geleugnet, den Mann gesehen zu haben. Doch bezwang er diese Anwandlung, es dünkte ihn wichtig, zu erfahren, worum es da ging. »O ja, Señor«, sagte er deshalb, »vor zehn, fünfzehn Minuten etwa tauchte ein Reiter auf einem guten Maultier vor mir auf; ich hielt ihn für einen Haziendero. Er ritt sehr eilig in südlicher Richtung.«

»Dann ist er uns vorläufig entkommen«, sagte der Alguacil ärgerlich, »denn ich kann ihm jetzt nicht nachsetzen. Ich brauche frische Pferde, die unseren sind völlig erschöpft.«

»Es handelt sich um einen Verbrecher?« fragte Tejada.

»Das kann man wohl sagen.« Der Polizeioffizier lachte grimmig. » Und zwar um einen Gefährlichen. Señor sind in den Llanos zu Hause?«

»Nein, ich bin am Magdalena ansässig und werde nur durch vorübergehende Geschäfte nach Süden geführt.«

»So suchen Sie doch sicherlich Naëva auf, des großen Jahrmarktes wegen?«

»Wahrscheinlich ja. Offengestanden, ich weiß es noch nicht recht, mein Reiseziel liegt am Ocoa.« Er bot dem neben ihm reitenden Polizeioffizier seinen Tabakbeutel; der dankte erfreut und drehte sich eine Cigarrito.

»Darf ich mir eine Frage erlauben, Señor« - Sancho Tejada fühlte sich ganz als Caballero - »was hat denn der Mann, den Sie da verfolgen, auf dem Kerbholz?«

»Das will ich Ihnen sagen, es ist weiter kein Geheimnis.« Der Alguacil setzte die Cigarrito in Brand - »es ist mir im Gegenteil ganz lieb, wenn Sie verbreiten, was ich Ihnen sage. Wir suchen da eine Bande von Flusspiraten - weiß der Teufel, was seit den Bürgerkriegen aus unserem schönen Vaterland geworden ist - die Kerle hausen hier irgendwo in den Gewässern - den genauen Ort wissen wir leider nicht, doch jedenfalls am Orinoko oder in einem seiner größeren Zuflüsse. Ich sage Ihnen, Señor, das ist wie ein Spinnennetz.«

»Was Sie nicht sagen!« Tejada schien sehr erstaunt.

»Es ist leider so.« Der Polizist hob resigniert die Schultern und ließ sie wieder fallen. »Die Departements sind nur schwach bevölkert, dichtere Ansiedlungen weisen nur die Flussläufe auf, und unsere Pflanzer haben keinen anderen Weg den Orinoko hinab, wenn sie ihre Erzeugnisse zur Küste bringen und ausführen wollen. Nun haben wir schon seit ein paar Jahren festgestellt, dass immer wieder Flusskähne und Flöße auf dem

Orinoko verschwinden, mitsamt ihrer Ladung und ihrer ganzen Bemannung. Der Orinoko ist der Felsen und Stromschnellen wegen ein wilder, gefährlicher Strom und fordert alljährlich seine Opfer; außerdem sind seine Ufer auf Hunderte von Meilen von unzugänglichen Wäldern umsäumt, in denen nur der Todfeind aller Weißen, der wilde Guarani, haust. Trotzdem, es wurde immer klarer, dass hier noch etwas anderes im Spiel war. Man achtete nun besonders auf die Stapelplätze an den Flussläufen, vor allem am Meta, fand aber nichts.«

Das denke ich mir, dachte Tejada und hätte am liebsten gegrinst. Er wusste von dem räuberischen Treiben auf den Flussläufen viel mehr als der Alguacil, aber nun schien er sich vor Erstaunen und Empörung nicht fassen zu können. »Nun und -«, fragte er, »und - -?«

»Mir war schließlich ein in Orocue ansässiger Handelsagent aufgefallen«, fuhr der Polizeioffizier fort. »Der Mann kaufte für eine Firma in Trinidad auf und ermunterte die Hazienderos, ihren Kaffee, Tabak, Kakao, ihre Häute und Felle nach der Küste zu senden. Die meisten von diesen Ladungen verschwanden spurlos auf dem Strom. Schließlich erfuhren wir etwas mehr von den Zusammenhängen. Einer unserer Stromschiffer nämlich wurde auf dem Orinoko von einem schwerbewaffneten Piratenboot angefallen und entkam. Auf diese Weise erfuhren wir von den unheimlichen Zusammenhängen, und nun begann sich auch der Agent in Orocue verdächtig zu machen. Es wurde uns klar, dass es sich da um einen ganz gefährlichen Zutreiber der Piratenbande handele. Nun, und als wir genügend Material in Händen hatten, da griffen wir zu. Das heißt, wir wollten zugreifen, aber der Mann hatte eine gute Witterung; er entkam uns. Ich fand seine Fährte wieder und war jetzt eben hinter ihm her - wie es scheint, wieder vergebens.«

Weder der Polizeioffizier noch Tejada achteten darauf, dass der Peon Juan während der ganzen Zeit, da der Alguacil erzählte, dicht hinter ihnen ritt.

»Das ist freilich eine große Gefahr für Leben und Eigentum, Señor«, bemerkte Don Sancho, »hoffentlich gelingt es Euch, dem gefährlichen Treiben dieser Burschen ein Ende zu machen.«

»Ja«, seufzte der Beamte, »wenn wir nur die Schlupfwinkel der Banditen kennen würden. Die Ströme mit ihren einsamen Ufern bieten leider Gelegenheit genug, sich verborgen zu halten. Immerhin, wenn ich den Burschen vor mir erwische, werden wir der Sache schon auf den Grund kommen.«

»Das wäre wirklich zu wünschen!« stellte Tejada im Brustton der Überzeugung fest. »Bei uns am Magdalena macht sich nur selten ein Pirat bemerkbar. Sonderbare Zustände sind das hier im Süden.«

»Gott sei's geklagt, Señor«, versetzte der Beamte bekümmert. »Im Vertrauen, es liegt an der Regierung in Bogotá, sie greift nicht durch; es hätte längst etwas geschehen müssen. Ich begreife es offengestanden nicht. Bei der Stimmung, die ohnehin unter den Llaneros herrscht, hätten die Herren in Bogotá alle Veranlassung, sich zu rühren.«

Die Berge blieben allmählich zurück, und nach kurzer Zeit erreichten die Reiter eine seitab ihres Weges gelegene Posada. Tejada beschloss, hier zu übernachten.

Der Alguacil fragte zunächst nach dem von ihm Verfolgten, erfuhr aber nichts. Er wollte dem Mann unter keinen Umständen einen großen Vorsprung lassen, deshalb ließ er sich frische Pferde beschaffen, speiste mit seinen Lanzeros und ritt unverzüglich mit ihnen nach Süden weiter, um seinem Wild auf der Fährte zu bleiben.

Don Sancho hatte mit gutem Appetit eine vorzügliche Mahlzeit zu sich genommen; nun rauchte er höchst befriedigt seine Cigarrito und sann dem soeben Erfahrenen nach. Nein, viel Neues hatte der Alguacil ihm nicht gesagt. Das Piratenwesen auf dem Orinoko war ihm recht gut bekannt; er hatte selbst einige Genossen unter der verwegenen Bande, die die Flüsse unsicher machte. Ja, er hatte einige Male sogar selbst Neigung verspürt, sich den Piraten anzuschließen, als die Verfolger ihm gar zu nahe auf den Fersen waren; nur die Hoffnung, doch noch ein sicheres Asyl auf dem Lande zu finden, hatte ihn immer wieder davon zurückgehalten.

Aber die Leute auf dem Orinoko, die auf einer Insel eine geheime Niederlassung unterhielten, hatten auch zu Lande weitreichende Verbindungen. Vielleicht brauche ich sie demnächst, dachte Tejada, vielleicht finde ich im Notfall da eine Zuflucht. Denn ohne Frage habe ich mich auf eine gefährliche Sache eingelassen. – Er kannte die Llaneros aus Erfahrung. War Don Alonzo einer der Ihren, und das war ja in hohem Grade wahrscheinlich, dann gehörten viel Vorsicht und Klugheit dazu, ihm einen Streich zu versetzen, ohne selbst in Gefahr zugeraten. Diese wilden

Rinderhirten mit ihren langen Lanzen und mit ihrer verblüffenden Sicherheit im Gebrauch des Lassos, zugleich mit ihrer Findigkeit im Spurenlesen, konnten furchtbare Gegner sein. Sancho Tejada, der ehemalige Teniente im Dienste der Republik, hatte gar keine Neigung, sich ihrem Grimm auszusetzen.

Vielleicht, dachte er, gelingt es mir, eine Verbindung mit den Männern auf der Insel aufzunehmen. Vielleicht finde ich unter den Leuten sogar einen Mann für meine Zwecke. Es ist immer gut, wenn man solche Dinge von einem anderen tun lässt. Nein, es war ihm gar nicht unangenehm, durch die Begegnung mit dem Alguacil die Erinnerung an die Räuberinsel aufgefrischt zu sehen.

Nun, man würde jedenfalls sehen. Zunächst galt es, diesen sonderbaren, von den Toten auferstandenen jungen Mann ausfindig zu machen. Hoffentlich fand sich in der Nähe von Gomez' Rancho irgendeine Spur, die weiterführte. Das Übrige mussten dann die Umstände ergeben.

Tejada, der im Besitz einer Summe Geldes war, wie er sie lange nicht mehr besessen hatte, und der sich hier absolut sicher fühlte, war bester Laune und malte sich eine Zukunft aus, die er mit Hilfe von de Vallas Geld ganz nach seinem Belieben gestalten wollte.

Unweit von ihm saß sein indianischer Peon. Er blickte mit nach innen gekehrten Augen stumpfsinnig und teilnahmslos vor sich hin.

Naëva

In der kleinen Stadt Naëva fand alljährlich, nachdem die Regenzeit vorüber war, ein großer Markt statt, der die Menschen von weit her anlockte. Da kamen die Hazienderos von den Flüssen, die Llaneros aus der Steppe, die Ackerbauern und Viehzüchter aus den Bergen, ja selbst die Indianer der Anden und der Ebene zusammen, um zu kaufen und zu verkaufen, Geschäfte zu besprechen und zu erledigen und Neuigkeiten aus dem Lande zu erfahren.

Selbstverständlich fehlten auch Händler aller Art nicht, die den Landleuten und Indianern ihre mannigfachen Waren anboten, von der Kugelbüchse bis zum Kinderspielzeug, oder Käufe mit ihnen abschlossen.

Dieser Zusammenfluss verschiedenartigster Menschen aus allen Teilen des Landes nahm in der Regel den Charakter eines Volksfestes an. Neben derben Vergnügungen aller Art wurden dann auch Wettrennen, Preisschießen und sonstige Wettkämpfe veranstaltet.

Señor Vivanda pflegte regelmäßig auf dem Markt in Naëva zu erscheinen. Für diesmal hatte er darauf verzichtet und seinen Administrator und Alonzo mit der Durchführung der Geschäfte und der Vertretung der Familie beauftragt. Er hatte Alonzo schon wiederholt mit nach Naëva genommen, um ihn in größerem Kreis bekannt zu machen, und der junge Mann hatte dort unter zahllosen Altersgenossen trotz seines zurückhaltenden Wesens manchen guten Kameraden gewonnen.

Für dieses Jahr hatte Vincente Vivanda auf die Reise nach Naëva für seine Person verzichtet, weil er beabsichtigte, mit seiner Tochter die Berge aufzusuchen. Elvira, die in Erinnerung an das Erlebnis mit dem Jaguar jahrelang auf diesen Ausflug verzichtet hatte, war in diesem Jahr selbst an den Vater herangetreten; sie wollte die Anden wiedersehen. Alonzo hätte sie am liebsten begleitet, doch Vivanda hatte ihm vorgestellt, dass seine Anwesenheit in Naëva um so wichtiger sei, als langsam der Tag herannahe, wo der Kampf um seine ererbten Rechte aufgenommen werden müsse. Es schien notwendig, die Bekanntschaft mit den Bewohnern der Berge und der Ebene zu vertiefen. Die Brüder Vivanda wussten wohl, dass Alonzo nicht ohne Weiteres der Mann war, sich Freundschaft und Wohlwollen zu erwerben, obwohl er durch seine ganze Persönlichkeit alle Voraussetzungen mitbrachte, sich die Herzen der Menschen zu gewinnen. So sollte Alonzo also als Vertreter des Hauses Vivanda auf der Versammlung der einflussreichsten Grundbesitzer des Departements erscheinen und sich später nach den Bergen aufmachen, um dort mit Señor Vivanda und Elvira einige Tage zu verbringen.

Alonzo hatte seinen väterlichen Freunden von seiner Begegnung mit Eugenio de Valla berichtet, auch nicht verschwiegen, dass ihm der junge Mann einen ausgezeichneten Eindruck gemacht habe. Beide Herren waren von diesem Zusammentreffen im höchsten Grade betroffen gewesen, und der Señor hatte mit nachdrücklichem Ernst erklärt, dass ein näherer Verkehr oder gar eine Freundschaft mit dem Sohn des Ministers de Valla für Alonzo unter keinen Umständen infrage kommen könne. Es sei gut, wenn er vorerst nicht mehr darüber erfahre; die Tatsachen sprächen für sich selbst und würden ihm bald genug bekannt werden. Alonzo hatte sich selbst ja schon Ähnliches gesagt, und es hatte ihm leidgetan, denn dieser junge Mensch, der so ganz anders war als er selbst, hatte in ihm mehr als ein flüchtiges Interesse erweckt.

Einige Tage, nachdem Vincente Vivanda mit seiner Tochter nach den Bergen aufgebrochen war, machte sich Alonzo in Begleitung des Administrators, von einigen Peons der Hazienda gefolgt, auf den Weg nach Naëva.

Das kleine Städtchen, dessen Häuser vorwiegend aus Adobeziegeln errichtet und mit Stroh gedeckt waren, lag eingebettet in das vielfältige Grün von Manga, Ceibabäumen, Palmen und Bananen, am Ufer eines Wasserlaufs. Fern im Westen erhoben sich die höher und höher aufragenden Felsmassive der Anden.

Alonzo fand die Stadt von Fremden überfüllt. Zahllose Gäste, die nicht mehr untergekommen waren, hatten sich in Wagen und roh zusammengeschlagenen Buden niedergelassen. Für ihn war freilich rechtzeitig ein Haus gemietet worden.

Gleich beim Einreiten in den Ort stieß Alonzo auf ein buntes Gewühl. Die reichen Grundbesitzer der Llanos, die Landleute aus den Bergen und die rauen Montaneros waren da. Kaufleute vom Meta, vom Orinoko und aus den Städten des Nordens, Pferde- und Rinderhirten in ihrer wilden, malerischen Tracht, Indianer aus den Pueblas in den Bergen und von den Flussläufen, die kaufen und verkaufen wollten, Neger und Mulatten, die zu allen Diensten willig waren. Auch Spieler und allerlei Raubgesindel trieben sich herum, denen eine besonders für den Jahrmarkt zusammengestellte berittene Polizei nachdrücklich auf die Finger sah. Ein Leben und Treiben herrschte in Naëva, wie es überall da entsteht, wo

Menschen aller Art und Interessen an einem Punkt kurzfristig zusammenströmen.

Alonzo wurde gleich bei seinem Einreiten von einer Schar junger Männer, Söhnen von Hazienderos der Llanos, begrüßt, und auch mancher graubärtige Vaquero zog vor ihm den Hut. Mehrere junge Männer begleiteten den Ankömmling nach seinem Quartier und überschütteten ihn mit Fragen und Mitteilungen.

»Wo ist Señor Vivanda?«

»Und Doña Elvira?«

»Weißt du schon, dass wir um die Wette reiten wollen? Don Sylvio hat einen silbernen Becher ausgesetzt.«

»Du reitest doch mit?«

»Die Montaneros, die ja nicht reiten können, wollen ein Schießen veranstalten.«

So kreuzten sich Fragen und Neuigkeiten; der schweigsame und zurückhaltende Alonzo musste Rede und Antwort stehen, ob er wollte oder nicht. Ja, es interessiere ihn. Nein, Doña Elvira komme nicht, sie weile in den Bergen. Mit ihrem Vater, ja. Gewiss, er werde am Wettrennen teilnehmen, selbstverständlich.

Sie kamen an einer überfüllten Posada vorbei. Es standen viele Menschen davor, schwatzend und lachend und Neuigkeiten austauschend. Mitten unter ihnen stand der ehrenwerte Haziendero Molino alias Sancho Tejada. Ja, er war doch nach Naëva gekommen. Es würde gut sein, hatte er sich überlegt. Gott und die Welt kamen hier zusammen, und er hatte noch immer keine Spur von dem jungen d'Alcantara. Hier, wo so viele Menschen zusammenströmten, war vielleicht etwas zu erfahren. – Hinter Tejada stand Juan, sein Peon, alias Maxtla. Er sah den jungen Alonzo inmitten seiner Kameraden, und in seinen dunklen Augen leuchtete es auf. Für den Bruchteil einer Sekunde nur, niemand nahm es wahr. Es war einer dieser stumpfsinnigen Indios, der dort stand, ein Peon, ein Nichts.

Aber auch Señor Tejada hatte den hochgewachsenen, schlanken jungen Mann mit dem stolzen, verschlossenen Gesicht gesehen. »Wer war das?« fragte er einen neben ihm stehenden Vaquero.

»Der Señorito de Vivanda, Señor«, antwortete der Mann, »einer der reichsten Erben des Landes.«

»Gutes Blut«, stellte Tejada fest, »ein echter Caballero.«

Maxtlas dunkle Augen folgten Alonzo, solange er ihn zu erblicken vermochte.

Als Alonzo am Nachmittag sein Quartier verließ, um einige Besuche bei angesehenen Großgrundbesitzern zu machen, wurde er angesprochen, kaum dass er die Straße betreten hatte. »Don Alonzo! Welche Freude!« sagte eine freudig erregte Stimme. Vor dem Angesprochenen stand Eugenio de Valla. Alonzo, von widerstreitendsten Empfindungen durchzuckt, trat unwillkürlich einen Schritt zurück; er zwang sich zu kühler, gelassener Höflichkeit. »Schön, dass ich Euch wohlbehalten vor mir sehe, Señor«, sagte er.

Der andere mochte eine herzlichere Begrüßung erwartet haben; Alonzo fühlte sich von einem leicht befremdeten Blick getroffen. Ich war traurig damals, Euch nicht mehr vorzufinden«, sagte der Sohn des Ministers, »und ich habe fortgesetzt darüber nachgedacht, was ich tun könnte, Euch eine Freude zu machen.«

»Überschätzt doch eine Selbstverständlichkeit nicht so«, wehrte Alonzo ab; »jeder Mensch hätte Euch in solcher Lage geholfen.«

»Ja, das mag wohl sein«, stammelte Eugenio, der über der kühlen Reserve seines Gegenübers immer mehr an Sicherheit verlor. »Ich bin auf dem Weg in die Anden«, setzte er nach einer Weile hinzu, »ich will meine Studien wieder aufnehmen. Señor Pinola, in dessen Begleitung ich mich befinde, wollte schon heute Abend weiterreisen, aber nun« – er zögerte etwas und sah Alonzo dann mit einem offenen Blick in die Augen – »nun möchte ich ihn überreden, noch etwas länger in Naëva zu bleiben.«

Alonzo hatte sich vollkommen in der Gewalt. Es ist schade, dachte er, es ist jammerschade, aber es darf nicht sein. »Hoffentlich nicht meinetwegen, Señor«, versetzte er, immer mit der gleichen kühlen Gelassenheit, »ich bin nämlich während meiner kurzen Anwesenheit hier so in Anspruch genommen, dass es mir unmöglich sein wird, Euch etwas von meiner Zeit zu widmen.«

So also war das. Was hieß das nur? Eugenio de Valla begriff die jäh verwandelte Haltung des jungen Mannes, in dem er einen Freund gewonnen zu haben glaubte, in keiner Weise. Aber auch er war ein Spanier, auch er war empfindlich. Sein gutes, offenes Gesicht verschloss sich. »Das ist bedauerlich, Señor«, sagte er knapp, nun auch auf die vertrauliche Anredeform verzichtend, »ich werde Euch jedenfalls nicht vergessen und hoffe, Euch meinen Dank für Eure Hilfe in großer Not eines Tages abstatten zu können.« Damit verneigte er sich kurz und war gleich darauf in der auf und ab wogenden Menge untergetaucht.

Alonzo sah ihm nach; ihm war gar nicht wohl zumute. »Das alles ist widerlich«, murmelte er vor sich hin; »es wird höchste Zeit, dass Klarheit in diese Dinge kommt. Diesem Burschen tue ich unrecht, das ist zweifellos; ist sein Vater ein Schurke, so ahnt er es nicht. Er weiß nichts von den Menschen und nichts von der Welt.« Ein warmes Gefühl wallte in ihm hoch. Man müsste ihn vor dem Zugriff der Welt behüten, dachte er; es möchte sich lohnen.

Aber konnte man das überhaupt? De Valla! Dachte er, er heißt de Valla! Es hat keinen Sinn.

Er setzte seinen Weg fort, machte die Besuche, die er sich vorgenommen hatte, erzählte und ließ sich erzählen und bekam allerlei zu hören. Er stellte fest, dass Abneigung und Hass gegen die herrschende Regierung allgemein waren, dass nur die Furcht vor einem neuerlich ausbrechenden Bürgerkrieg die besten Männer abhielt, sich offen gegen diese Regierung zu wenden, die die Entwicklung des Landes hemmte und jede freiheitliche Regung mit brutaler Gewalt unterdrückte. Es wurde oft, und nicht eben mit guten Worten, von de Valla, dem Vater, gesprochen. Auch seine dunkle Vergangenheit, seine geschickte Mantelträgerei und seine Bedenkenlosigkeit in der Wahl der Mittel fanden immer wieder Erwähnung. Er vernahm aber auch, dass der Minister sich auf eine zahlreiche Anhängerschaft, insbesondere unter der indianischen Bevölkerung des Landes, stützen konnte und dass auch einflussreiche Kreise der weißen Bevölkerung fest zu ihm hielten.

Man sprach Alonzo gegenüber ganz offen über diese Dinge, galt der junge Mann doch als Vetter oder naher Verwandter und jedenfalls als

Erbe der Brüder Vivanda, deren entschiedene Gegnerschaft zu de Valla allgemein bekannt war.

Der Abend sah die kleine Stadt in bunter Bewegung. Die Nacht war lau. Häuser und Posaden waren hell erleuchtet, die Menschen standen und saßen auf den Straßen, schwätzten und sangen zur Gitarre ihre Lieder. Auch das Lager, das sich außerhalb der Stadt gebildet hatte, strahlte in hellem Licht. Es waren vor allem Farbige und kleine Besitzer, die sich hier niedergelassen hatten.

Alonzo hatte es hinausgetrieben; er schritt gedankenvoll durch die Lagergassen und besah sich das bunte, erregende Treiben. Vor den Zelten waren die Händler noch immer bemüht, ihre Waren anzupreisen. Hier in dem äußersten Ring, zwischen den Zelten, war die Beleuchtung nur schwach. Hier und da warf ein am Boden brennendes Feuer sein zuckendes Licht in die Nacht.

Während Alonzo in der Nähe eines solchen Feuers stand, hörte er plötzlich hinter sich Worte der Aimaràsprache. Das traf ihn wie ein Blitz; er musste sich zusammennehmen, um nicht jäh herumzufahren. Als er sich, selbst in den Schatten tretend, langsam umwandte, sah er vor sich das vom Feuer hell beleuchtete Gesicht Guatis, und dicht daneben das dunkle, zerfurchte Antlitz Tucumaxtlis, des Kaziken. Beide Aimaràs trugen die einfache Tracht der ringsum wohnenden friedlichen Indianer.

Alonzos Hand zuckte unwillkürlich nach der Waffe - die er nicht trug. Es stieg blutrot in ihm hoch und schwamm vor seinen Augen wie Nebel. Er fühlte das brennende Bedürfnis, dem Kaziken an die Kehle zu fahren. Aber er bezwang sich. Da traf ihn für den Bruchteil einer Sekunde ein aufflammender Blick aus den Augen Guatis. Im gleichen Augenblick kam singend und johlend eine Schar betrunkener Neger vorbei; die Umherstehenden wichen zurück, dadurch entstand Verwirrung. Als Ruhe eintrat, war von den beiden Aimaràs nichts mehr zu erblicken.

Der junge Mann beschloss, sofort den obersten Alguacil der Marktpolizei aufzusuchen, obgleich er sich sagte, dass es völlig sinnlos sein würde, in der Dunkelheit der Nacht nach den Aimaràs zu suchen. Außerdem - was konnte er gegen sie sagen, wenn er sich und sein Anliegen nicht vorzeitig verraten wollte? Trotzdem, die Meldung würde er machen; die Aimaràs waren als räuberisch bekannt, die Polizei konnte sie hier inmitten des Marktgetriebes nicht dulden.

Während er, mit solchen Überlegungen beschäftigt, zwischen dunklen Bäumen der Stadt zuschritt, drangen plötzlich die melodischen Töne eines einfachen Liedes an sein Ohr, wie es die Maultiertreiber singen, wenn sie mit ihren Tieren die Llanos durchziehen. Er fühlte sich, unwillkürlich lauschend, sonderbar angeweht von diesen Tönen. Das Lied hatte er oft gehört, wann - wann? Es musste endlos zurückliegen. Irgendwann, als er ein Kind war. Er blieb stehen und sann der Melodie nach und den Erinnerungen, die sie weckte.

Da tauchte, schattenhaft gleitend, eine dunkle Gestalt vor ihm auf, eine Stimme flüsterte in gebrochenem Spanisch: »Kennt der Señorito das Lied?«

Alonzo, heftig erschrocken, fuhr zurück. »Wer bist du, Mann?«

»Dein Vater, Don Pedro, hat mir viel Gutes getan, Don Alonzo«, flüsterte der Mann, fraglos ein Indianer. »Maxtla wollte wissen, ob du es bist. Er weiß es. Nenne deinen Namen hier nicht, Don Alonzo. Du hast Feinde hier. Unter den Weißen. Hüte dich vor dem Mann mit dem Raubvogelgesicht!«

Fackeln näherten sich, lachende Stimmen ertönten. »Maxtla«, hauchte Alonzo und lauschte dem Klang des Wortes nach, »Maxtla, warte! Bleibe doch!« Aber der Indio war schon in die Dunkelheit zurückgetaucht; nicht einmal sein Gesicht hatte Alonzo gesehen. »Was war das?«, flüsterte er vor sich hin, »was war das?«

Eine helle Stimme riss ihn aus seinem Sinnen. »Seht, da steht Don Alonzo und treibt Astronomie!« sagte die Stimme. »Wir suchen dich, Hermano, komm mit, wir wollen uns eine vergnügte Nacht machen!« Es waren ein paar bekannte Burschen, von fackeltragenden Peons begleitet.

Alonzo hatte gar keine Neigung, der Einladung zu folgen, doch konnte er nach Lage der Dinge nicht gut ablehnen und ließ sich also mitziehen. Insgeheim hoffte er, den beiden Aimaràs noch einmal zu begegnen. Die Burschen suchten eine im Feld errichtete Tienda auf, wo der an den Abhängen der Kordilleren gewachsene Wein ausgeschenkt wurde. Auf dem Wege dorthin begegneten sie dem Administrator Señor Vivandas, einem erfahrenen älteren Manne, der hoch im Vertrauen seines Chefs stand. Alonzo nahm ihn beiseite, besprach einige gleichgültige Dinge mit ihm und äußerte dann nebenher: »Wenn ich einige von den Montaneros recht verstanden habe, treiben sich unter den Indios hier auch einige der Räuber aus den Anden herum. Sollte man die Polizei nicht davon verständigen?«

»Aimaràs meinen Sie?« fragte der Administrator. »Oh, die sind jedes Jahr hier, sie kaufen Waffen und Munition und sind im Übrigen ungefährlich.«

»Glauben Sie wirklich? Ich hörte, es sollten gefährliche Bandidos darunter sein.«

»Nun ja. Sie bestehlen zuweilen die angesiedelten Indios und auch die Montaneros von Zeit zu Zeit. Was soll man tun? Sie sind nur schwer von den Indios reducidos zu unterscheiden, wenn sie spanisch sprechen, und übrigens fürchten sich die christlichen Indianer, sie anzuzeigen, um sich nicht ihrer Rache auszusetzen.«

»Aber ermorden sie nicht auch von Zeit zu Zeit Weiße?«

Der Administrator zuckte die Achseln. »In der einsamen Bergwildnis möchte ich keinem von ihnen begegnen«, sagte er; »hier unten werden sie sich hüten, etwas anzustellen. Sie erledigen in der Regel ihre Einkäufe und verschwinden schweigend, wie sie gekommen sind. Es wäre auch völlig vergeblich, ihrer habhaft werden zu wollen, und gelänge es wirklich, so wäre ein Gerichtsverfahren gegen sie noch schwieriger. Waren wirklich Aimaràs hier, dann können Sie sicher sein, dass sie sich bereits wieder auf ihren flinken Tieren außerhalb der Stadt befinden.«

Alonzo musste sich aus eigener Erfahrung sagen, dass der Administrator recht habe und dass jeder Versuch, des Kaziken und seines Sohnes habhaft zu werden, fruchtlos sein würde, wenn sie ihm nicht der Zufall in die Hände spielte. Hatten sie ihn erkannt - und das war ziemlich sicher -, dann waren sie jetzt gewiss schon auf dem Heimweg.

In der luftigen Tienda, die er gleich darauf mit seinen Gefährten betrat, ging es ziemlich hoch her. Sie nahmen an einem der roh gefertigten Tische Platz, und bald herrschte hier eine heiter gelöste Stimmung. Alonzo freilich vermochte seiner ernsten Gedanken nicht Herr zu werden, doch waren die anderen gewöhnt, ihn selten fröhlich zu sehen. Ein buntes Stimmengewirr war in dem niedrigen Raum, alle möglichen Sprachen und Dialekte klangen hier durcheinander. Plötzlich hörte der junge Mann an einem der anderen Tische den Namen seines Vaters nennen. Er wandte sich vorsichtig um, erkannte an jenem Tisch einige Hazienderos, und mitten unter ihnen einen Mann mit einer adlerartigen Physiognomie. Der Mann trug einen Knebelbart und hatte dunkle, stechende Augen. Wo habe ich dieses Gesicht schon gesehen? Dachte Alonzo, aber trotz allen Grübelns wollte es ihm nicht einfallen.

Es war der Mann, der den Namen seines Vaters genannt haben musste, denn Alonzo hörte ihn jetzt sagen: »Ich habe unter Don Pedro gedient, Caballeros, damals, als es gegen Venezuela ging. Teufel nochmal! Es war ein glorreicher Capitano! Ein Jammer, dass er ein so frühes Ende finden musste.«

Alonzo war es, als kröche ihm eine Schlange über den Rücken, aber er zwang sich zu Ruhe und äußerer Gleichgültigkeit. Gespannt lauschte er, ohne es im geringsten zu erraten, was dieser angebliche Kriegskamerad seines Vaters weiter berichten würde.

»Bei uns in Bogotá«, sagte der Mann, »laufen neuerdings Gerüchte um, ein Sohn Don Pedros sei damals den Mördern entgangen. Es wäre nicht auszudenken, aber ich fürchte, es bleibt ein Gerücht.«

Einer der Hazienderos schüttelte ernst den Kopf. »Wer weiß, was da ausgestreut wurde«, sagte er; »wahr ist es sicherlich nicht. Bei dem Gemetzel damals ist niemand entkommen, das ist gewiss.«

»Ein Jammer!« sagte der mit der Raubvogelvisage, »was gäben wir darum, wenn heute, gerade heute ein Nachkomme Don Pedros lebte!«

Die anderen schwiegen düster, aber man sah ihnen an, dass sie ebenso dachten. Auch der Redner versank in Schweigen.

Alonzo aber durchfuhr es wie ein Blitz. Er wusste, wo er das Gesicht dieses Mannes gesehen hatte. Damals, vor nunmehr fünf Jahren, im Wald, kurz bevor er das Tal der drei Quellen betrat. Er sah wieder einen blaugestreiften Poncho durch die Büsche leuchten, als er den schwer verwundeten Gomez im Arm hielt. Kein Zweifel, das war der Mann, der mit hoher Wahrscheinlichkeit den tödlichen Schuss auf Gomez abgefeuert hatte. Allerdings, jener Mann damals hatte einen Vollbart getragen. Trotzdem, Alonzo hatte ein untrügliches Gedächtnis für Physiognomien, das hatte er sich bei den Indios angeeignet, – das war jener Mann! Und wie zur Ergänzung seiner bohrenden Gedanken hörte er die Stimme des Indios raunen: "Hüte dich vor dem Mann mit dem Raubvogelgesicht!"

Weshalb sprach dieser Mann hier von seinem Vater? Alonzo kannte die eigentlichen Gefahren nicht, vor denen die Brüder Vivanda ihn immer wieder nachdrücklich gewarnt hatten, aber er wusste, dass etwas in der Dunkelheit lauerte, bereit, ihn zu vernichten. Er wusste, dass es notwendig war, seine Abkunft zu verbergen; die Äußerungen dieses Mannes verstärkten sein immer waches Misstrauen. Er wandte sich seinen Gefährten zu, hörte auf ihr Geschwätz und sprach auch mit ihnen, derweilen er unverwandt nach dem anderen Tisch hinüberlauschte. Aber dort fiel nun kein verfängliches Wort mehr. Aber mit unerschütterlicher Sicherheit wusste er, dass der Mann mit dem Knebelbart derjenige war, dessen Gesicht er zwischen den Bäumen erblickt hatte, als der Schuss auf Gomez gefallen war. Er beschloss, ein wachsames Auge auf den Mann zu haben. Nach einiger Zeit brach die Gesellschaft der jungen Leute auf, und auch Alonzo begab sich in sein Quartier.

Tags darauf fand das Wettrennen statt, an dem praktisch nur die Söhne reicher Hazienderos teilnehmen konnten, weil nur auf den großen Gütern Rassepferde gezüchtet wurden. Dieses Rennen bedeutete für die jungen Leute stets ein besonderes Vergnügen, da es ihnen Gelegenheit gab, vor den Señoras und Señoritas ihre Reitkünste zu zeigen.

Nun bestand seit undenkbaren Zeiten der Brauch, die Landleute aus den Bergen, von denen man wusste, dass sie sowohl hinsichtlich ihres Pferdematerials als auch ihrer Reitkünste mit den Llaneros nicht konkurrieren konnten, zu diesem Rennen einzuladen. Die Einladung wurde stets abgelehnt, aber gleichzeitig mit einer Einladung zum Wettschießen beantwortet, wobei die Montaneros sehr wohl wussten, dass die Bewohner der Ebene dabei den kürzeren ziehen würden. Und auch diese Einladung wurde stets höflich abgelehnt. Der uralte Brauch beeinträchtigte die fröhliche Geselligkeit in keiner Weise.

Die Reiterspiele begannen. Für die Damen und die älteren Herren waren im Schatten hochragender Bäume bequeme Sitzgelegenheiten errichtet worden; die ganze Bevölkerung des Lagers war versammelt.

Eröffnet wurden die Spiele mit einem Ringstechen, darauf folgten allerlei Reiterkunststückchen, wobei vor allem staunenswerte Leistungen im Lassowurf gezeigt wurden. An all diesen Dingen beteiligte Alonzo sich nicht; er hatte im vergangenen Jahr verschiedene Preise davongetragen. Dagegen hatte er für das Reiten auf ungesattelten Pferden, den Glanzpunkt des Festes, seine Beteiligung zugesagt und zu diesem Zweck einen von ihm selbst zugerittenen Fuchs mitgebracht.

Siebzehn junge Leute aus angesehenen Familien, alles vorzügliche Reiter auf edlen Pferden, nahmen an der Veranstaltung teil. Die Aufgabe bestand darin, die raue, ungeebnete Bahn entlangzusprengen, einen Pfahl zu umkreisen und zurückzujagen. Das Ziel befand sich vor der Damentribüne.

Die schlanken Reiter auf den wundervollen Pferden boten ein prachtvolles Bild. Auf das Startzeichen hin sprengten sie gleichzeitig los. Das Gelände war ungünstig, zeigte Büsche und Vertiefungen, die Hauptschwierigkeit aber bestand darin, den fest eingerammten Pfahl zu umkreisen.

Drei Pferde stürzten bereits vorher; zwei Reiter wurden abgeworfen, ehe nur der Erste den Pfahl erreichte. Als dieser die Wendung eben mit großer Eleganz vollführt hatte, prallten die drei Nächstfolgenden dort so hart aufeinander, dass einer das Rennen aufgeben musste und das Pferd eines anderen zu Boden geworfen wurde. Die Nächsten kamen ziemlich glatt herum, Alonzo als Letzter.

Kaum aber hatte dieser den Pfahl hinter sich, da beugte er sich über die Kruppe seines Pferdes, flüsterte ihm ein paar Worte ins Ohr und begann nun überhaupt erst, seine Kraft zu entfalten. Vor ihm stürzten Reiter, Pferde strauchelten und blieben zurück. Noch liefen sieben Pferde vor ihm. In Sekunden hatte er vier überholt und hatte nunmehr nur noch die drei besten Reiter vor sich. Die Aufregung der Zuschauer war unbeschreiblich, als die Vier sich jetzt auf ungefähr gleicher Höhe dem Ziel näherten.

Allen voran war der junge Leon Castillo auf seinem Rappen, in weitem Umkreis als der beste Reiter bekannt. Alonzo aber begann nun seine ganze Kunst zu entfalten, in einigen Sprüngen nahm sein Fuchs zwei der Vorreiter, vierhundert Schritt waren es noch bis zum Ziel, zwanzig Schritt vor ihm ritt Leon Castillo.

Eine kleine muldenartige Vertiefung liegt vor den Reitern. Castillos Rappe, dem sein Reiter nicht rechtzeitig die Sporen gegeben, gerät mit den Vorderhufen hinein; wie ein Pfeil schießt der Fuchs an ihm vorbei. Unter dem tobenden Viva! Der Zuschauer und dem begeisterten Tücherschwenken der Señoritas geht er zwei Pferdelängen vor dem Rappen durchs Ziel.

Doña Juana Mendoza überreicht dem stürmisch bejubelten Sieger einen Lorbeerkranz und dem jungen Castillo einen schön verzierten silbernen Becher.

»Das nächste Mal mache ich's, Don Alonzo!« sagte Leon Castillo.

»Ich bin überzeugt«, entgegnete Alonzo, »es war ein Zufall, dass ich als Erster durchs Ziel ging.«

Und freundschaftlich schütteln sich beide Sieger die Hände.

Nicht lange danach nahte sich eine Deputation der Montaneros und lud die Señores und Señoritas als Zuschauer beim Wettschießen ein. Wer sich selbst mit der Büchse versuchen wolle, sei herzlich willkommen.

Es wussten nur wenige, dass Alonzo Vivanda ein Meister der Büchse war. Diejenigen, die darum wussten, redeten ihm eifrig zu, und da er Wert darauf legte, sich auch unter den Bergbewohnern Freunde zu schaffen, entschloss er sich, die Einladung anzunehmen. Die Bereitschaft erregte nicht geringes Staunen. Seit Jahren hatte es kein Llanero mehr gewagt, es mit den Schützen der Berge aufzunehmen. Doch wurde der Señor de Vivanda selbstverständlich mit großer Herzlichkeit willkommen geheißen.

Alonzo ließ sich Büchse und Kugelbeutel holen und begab sich, von seinen Gefährten begleitet und mit dem Gefolge einer stattlichen Anzahl Hazienderos und ihrer Damen, zu den Schießständen.

Hier war das Vorschießen bereits beendet. Mehr als hundert Schützen hatten auf hundert Schritt Entfernung nach der Scheibe geschossen. Elf von ihnen hatten die für das eigentliche Schießen vorgesehene Bedingung, von sechs Schüssen dreimal das Zentrum zu treffen, erfüllt. Alonzo musste, um teilnehmen zu können, die Bedingung nachträglich erfüllen.

Die Ordner und Richter am Schießplatz empfingen den jungen Haziendero mit einem Lächeln; die Niederlage des Llaneros schon beim Vorschießen schien ihnen sicher. Die Nachricht, dass der Sieger im Pferderennen sich auch beim Schießen beteiligen werde, hatte sich mit Windeseile verbreitet; scharenweise waren die Menschen zu den Schießständen geströmt. Unter ihnen befand sich auch Sancho Tejada, von seinem Peon begleitet. Alonzo wurde mit den Bedingungen des Wettkampfes bekannt gemacht. Er durfte sechsmal nach den Hundert Schritt entfernten Scheibe schießen. Traf er dreimal das Zentrum, durfte er als Zwölfter an der Hauptentscheidung teilnehmen. Die elf bereits Ausgewählten begrüßten den neuen Bewerber mit leicht ironischer Höflichkeit und dankten ihm für die Ehre, sich mit ihnen messen zu wollen.

Alonzo, mit gleicher Höflichkeit dankend, lud seine Büchse. Er wolle sein Bestes tun, sich solch ausgezeichneten Schützen gewachsen zu zeigen, sagte er.

Er hob die Büchse, zielte kurz und schoss. Zentrum! Zeigten die Beobachter an.

Das erregte nicht geringes Aufsehen, hatten doch alle gesehen, dass der Schütze kaum gezielt hatte. Doch der trat bereits wieder mit der geladenen Büchse an. Er hob sie und schoss. Zentrum! Tönte es von der Scheibe herüber. Die allgemeine Aufregung stieg. Ein Llanero, der so schoss? Das konnte kein Zufall sein.

Der dritte Schuss fiel, und wieder hatte Alonzo kaum gezielt. Zentrum! Zeigte die Scheibe an.

Die Llaneros wussten sich nicht zu lassen vor Freude, und die Montaneros zeigten ernste Gesichter. Das war ja ein Schütze ersten Ranges, dieser junge Llanero!

Sancho Tejada machte ein sehr nachdenkliches Gesicht. »Das ist ja sonderbar«, murmelte er vor sich hin. »Wo hat der Bursche das gelernt? In den Llanos gewiss nicht; so schießt man nur in den Bergen.« Die funkelnden Blicke seines Peons gewahrte er nicht. Da Alonzo die Vorbedingungen zum Wettkampf erfüllt hatte, rüsteten sich nun die zwölf Schützen zu der eigentlichen Aufgabe. Jeder Schütze hatte drei Schüsse. Es gab bald ausgezeichnete Ergebnisse, trotzdem traf nur einer von zehn einmal das Zentrum. Dreihundert Schritt sind, wenn man frei aus der Hand schießen soll, eine bedeutende Entfernung.

Christiano Montez und Alonzo de Vivanda waren als letzte übrig geblieben. Don Christiano galt bisher unbestritten als der beste Schütze auf ähnlichen Veranstaltungen. Alonzo hatte von den anderen erfahren, dass dessen Braut anwesend sei, in der Hoffnung, ihn als Sieger begrüßen zu können. Auf Alonzos Vorschlag hin vereinbarten beide, dass nicht jeder seine drei Schuss hintereinander abgeben sollte, sondern dass sie Schuss um Schuss abwechselnd feuern wollten.

Don Christiano begann; er zielte sehr sorgfältig. Zentrum! Wurde von der Scheibe gemeldet. Lauter Jubel erhob sich bei den Montaneros.

Auch Alonzo Vivanda schien diesmal sehr genau und sorgfältig zu zielen. Der Schuss fiel und - Zentrum! Meldete die Scheibe. Eine lebhafte Bewegung entstand. Das waren zwei Schützen!

Christiano Montez aber schoss auch zum zweiten Mal Zentrum. Das sollte ihm einer nachmachen! Die Montaneros tobten vor Begeisterung. Lächelnd trat Alonzo vor, und auch seine Kugel saß wieder mitten im Ziel. Lautlose Stille antwortete. Das hatte niemand erwartet. Die Freunde Alonzos waren so erregt, dass sie darüber das Trampeln und Klatschen vergaßen.

Als Don Christiano zum dritten Mal vortrat und die Büchse hob, zitterte seine Hand; er zielte sehr lange. Und er hatte einen ausgezeichneten Schuss zu verzeichnen. Zehn Ringe! Meldete die Scheibe.

Alonzo trat vor, und nun hätte man eine Stecknadel fallen hören können; die Menschen wagten kaum zu atmen. Der Schütze, dessen Hand mit der Büchse verwachsen schien, zielte diesmal noch sorgfältiger. Der Schuss krachte und - neun Ringe! Wurde gemeldet. Die Kugel saß haarscharf neben der Don Christianos.

Der Montanero war damit Sieger. Alonzo war der Erste, der ihm mit liebenswürdigem Lächeln gratulierte. Christianos Gesicht war dunkelrot angelaufen; er schüttelte den Kopf. »Ihr habt mich geschont, Ihr habt absichtlich schlechter geschossen«, stammelte er.

»Ich werde mich hüten, einen solchen Schützen zu schonen«, lächelte Alonzo. »Beruhigt Euch, Señor, der Preis ist ehrlich verdient. Ich bin stolz darauf, ihn dem besten Schützen der Berge beinahe streitig gemacht zu haben.«

Die liebenswürdige Bescheidenheit gewann ihm im Sturm alle Herzen, denn da waren noch mehr Leute, die aus dem sorgfältigen Zielen und dem Sitz der Kugel schlossen, dass Alonzo den Rivalen nicht des Preises berauben wollte. Christiano Montez erhielt die prachtvolle Büchse ausgehändigt, die als Preis ausgesetzt war, und beide Schützen wurden mit

Lobsprüchen überhäuft. Grenzenlose Freude und maßloser Jubel herrschte bei den Llaneros, die bisher noch nicht erlebt hatten, dass einer der Ihren beim Schießwettbewerb beinahe gesiegt hätte. Die Montaneros, ordentliche Männer, denen der Neid fremd war, hießen Alonzo in ihrer Mitte herzlich willkommen und wetteiferten untereinander, ihm Liebenswürdigkeiten zu erweisen. Sancho Tejada aber schüttelte um noch vieles nachdenklicher den Kopf. Wer hat dem Burschen das Schießen beigebracht? Fragte er sich. Es war offensichtlich, dass hier ein Geheimnis obwaltete, das er gerne enträtselt hätte.

Alonzo de Vivanda saß im Kreise heiter beschwingter Menschen. Um ihn herum ertönten zur Gitarrenmusik fröhliche Lieder; zahllose Paare drehten sich im Tanz. Selbst die sonst so trübselig und stumpfsinnig dreinschauenden Indios schienen von dem festlichem Treiben angesteckt; als man sie mit Fleisch und Schokolade bewirtete, tauten sie vollends auf.

Die ausgelassene Stimmung wurde plötzlich gestört, als in der Ferne ein Reiter sichtbar wurde, der mit der letzten Kraft seines Pferdes, im Sattel wankend, in aller Eile den Festplatz zu erreichen strebte. Das konnte nichts Gutes zu bedeuten haben; alles sprang auf, wirre Rufe tönten durcheinander:

»Seht da! Was bedeutet das?«

»Ein zuschanden gerittenes Pferd!«

»Der Mann wankt ja, kann sich kaum noch im Sattel halten.«

Der Tanz wurde unterbrochen, die Gitarren schwiegen; aller Augen waren auf den Reiter gerichtet, der allem Anschein nach vom Gebirge kam. Dicht vor den Zelten brach das Pferd des Reiters zusammen; der Mann kam glücklich aus dem Sattel, er hinkte heran. Alonzo aber war blass geworden; er kannte den Mann. Es war einer der Peons Señor Vivandas, einer von denen, die den Herrn in die Berge begleitet hatten.

»Don Alonzo!« rief der Mann, »Don Sebastian!« Letzteres galt dem Administrator, der nun ebenfalls herankam.

»Mann, was gibt's? Rede doch!«Aber der Peon konnte zunächst vor Erschöpfung nicht sprechen. Alonzo war um ihn bemüht; der Administrator war blass wie die Wand.

Man gab dem Reiter Wein zu trinken; er erholte sich bald. Unter dem atemlosen Schweigen der Versammelten berichtete er, die Señorita Elvira habe, im Schutze eines Jägers der Hazienda, einen Spaziergang in den Wald gemacht. Plötzlich seien sie von Indianern überfallen worden; der Jäger habe sich mit dem Mut der Verzweiflung gewehrt und eine schwere Verwundung davongetragen, Doña Elvira aber sei von den Banditen davongeführt worden. Don Alonzo, der Administrator und die in Naëva versammelten Vaqueros sollten unverzüglich zu Señor Vivanda kommen, der krank daniederliege.

Lähmendes Entsetzen breitete sich über die festliche Versammlung.

»Das waren die Aimaràs!« rief ein junger Montanero; »es wird höchste Zeit, dass mit den Räubern aufgeräumt wird!«

Der Administrator wusste sein Entsetzen kaum zu verbergen, seinen Zorn kaum zu meistern, Alonzos Antlitz glich einer Maske; kein Muskel regte sich darin.

»Wann geschah der Überfall?« fragte er sachlich.

»Vorgestern Abend.«

»Gut.« Er wandte sich dem Administrator zu. »Nehmen Sie sich des Burschen an, Don Sebastian«, sagte er, »lassen Sie mir den Rappen satteln und die Vaqueros aufsitzen, Mundvorrat und Munition nehmen; wir reiten unverzüglich.«

Der Administrator ging eilig zur Stadt zurück, um die erforderlichen Anstalten zu treffen.

»Wir begleiten dich, Don Alonzo«, riefen die jungen Männer aus den Llanos, »wir holen die Señorita zurück.«

»Ich danke euch«, - Alonzo schüttelte den Kopf - »ich danke euch herzlich für eure Bereitschaft, aber es hat keinen Sinn. Ihr seid die Berge und Felsen, die kalte Höhenluft nicht gewöhnt, und würdet bald unterliegen.«

»Nimm uns mit, Don Alonzo«, rief Christiano Montez. »Wir kennen die Berge und haben schon lange ein Wort mit dem Raubgesindel dort oben reden wollen. Wer ist dabei, Compañeros?«

An die dreißig Leute, junge, wetterbraune Gestalten, drängten sich herbei und erklärten ihre Bereitwilligkeit, sich an dem Zug zu beteiligen.

Alonzos Antlitz leuchtete auf. »Ich nehme euer Anerbieten dankbar an«, sagte er. »Nur Bergbewohner können in jenen Schluchten mit den schlauen Wilden kämpfen. Also lasst uns satteln und reiten; es ist keine Stunde zu verlieren.« Augenblicklich begaben sich die Montaneros zu ihren Pferden, um alles für die Fahrt vorzubereiten. Alonzo aber ging zur Stadt zurück und fand vor seinem Quartier den Administrator und die Vaqueros zum Abreiten fertig. Er ging in sein Zimmer, kleidete sich in seinen Jagdanzug, nahm Kugelbeutel und Pulverhorn an sich, steckte die Machete in den Gürtel, warf den Poncho um, nahm die Büchse und erschien bereits nach wenigen Minuten wieder zwischen seinen Leuten.

Draußen fand er alle Freunde aus den Llanos und die älteren Haziendéros, die noch ganz erschüttert von dem Gehörten waren. Alle begleiteten die Reiter zur Stadt hinaus. Auf dem Festplatz fand Alonzo eine kleine Schar Montaneros bereits im Sattel.

»Wer von den Señores kennt den nächsten und besten Weg zum rauschenden Wasser?« fragte er. Es war dies der Name eines Baches, der in einzelnen Fällen aus den Felsen in die Ebene einbrach. Ein junger Mann meldete sich.

»Führen Sie uns, Señor«, sagte Alonzo.

Unter den guten Wünschen aller Anwesenden ritt Alonzo mit seinen Gefährten davon. Bald sank die Sonne über den Bergen, und dunkle Nacht entzog die Reiter den Zurückbleibenden.

Der Rächer

Als Alonzo mit seinen Begleitern im Lager Señor Vivandas eintraf, fand er dort an die sechzig entschlossene und gut ausgerüstete Montaneros vor, die bereit waren, den Zug in die Berge anzutreten, um die geraubte junge Dame zu befreien. Der Vater des Mädchens war völlig gebrochen; augenscheinlich setzte er keine große Hoffnungen in das Unternehmen.

Alonzo tröstete ihn, so gut er es vermochte, vor allem suchte er ihm die Überzeugung beizubringen, dass es die Wilden beim Raub eines Mädchens nur auf Lösegeld abgesehen haben könnten. Ganz wohl war ihm bei dieser Tröstung freilich selber nicht.

Ein älterer erfahrener Bergbewohner, der das Gebirge bis weit hinauf kannte, schüttelte Alonzo besonders herzlich die Hand. Alsdann sagte er, zu dem alten Vivanda gewandt: »Wir haben uns überlegt, Don Vincente, wie wir dir und deiner Tochter am besten helfen können. Es wäre uns wahrscheinlich nichts lieber, als diese Räuber in ihren Bergschluchten zu vertilgen, aber der Versuch wäre von vornherein aussichtslos. Die Banditen wohnen in solch sicheren natürlichen Festungen, dass sie mit Leichtigkeit jedem Angriff spotten. Zudem haben sie deine Tochter als Geisel. Wir müssen versuchen, mit ihnen zu verhandeln.«

Alonzo schaltete sich ein. »Gut«, sagte er, »meinetwegen. Aber der Unterhändler muss dreißig Männer und dreißig Gewehre hinter sich haben. Mit dreißig entschlossenen Männern unternehme ich es, den ganzen Stamm auszurotten.«

Der Montanero schüttelte bedächtig den Kopf. »Große Worte, junger Mann«, sagte er, »du kennst das Gebirge nicht.«

»Ich kenne es und weiß, was ich sage«, versetzte Alonzo.

»Und er ist ein gottbegnadeter Schütze!« rief einer der jungen Männer, die mit Alonzo gekommen waren. »Wir haben es gesehen. Ist es nicht so, Compañeros?«

Alle bestätigten, dass sie selten einen so guten Schützen gesehen hätten, selbst unter den Meisterschützen der Berge.

Ein junger Mann kam schnellen Schrittes auf Alonzo zu. »Ist es möglich«, rief er und strahlte über das ganze Gesicht, »ist es denn möglich?«

Vor dem völlig Überraschten stand Antonio, der Mestize, den er vor fünf Jahren aus der Gefangenschaft der Aimaràs befreit hatte, und starrte ihn mit leuchtenden Augen an. »Er ist es, er ist es wirklich!« rief er und wurde ganz blass vor Freude.

Und auch Alonzo fühlte sich freudig überrascht, einen der Totgeglaubten von damals vor sich zu sehen. Er reichte dem Mestizen die Hand. »Ich bin es, Amigo mio«, sagte er, »welches Glück, Euch unter den Lebenden zu wissen. Doch«, setzte er gleich darauf leise hinzu, »sprecht bitte nicht davon, auf welche Weise wir miteinander bekannt wurden.«

»O, Don Alonzo, das hätte ich nicht mehr zu hoffen gewagt«, stammelte der Mischling; »ich habe Euch so lange gesucht. Und Ihr sollt wissen: Ich bin auf Leben und Tod Euer Mann! - Compañeros!« rief er, sich an die Umstehenden wendend, »wenn einer uns gegen die Mörder in den Bergen zu führen vermag, dann ist es Don Alonzo hier, ich weiß es aus Erfahrung, und ich folge ihm bedingungslos, wohin er uns führt.«

Der Mestize, bekannt als geübter Bergsteiger und Jäger, erfreute sich in weiten Kreisen großer Beliebtheit; sein Wort wog hier schwer. Der ältere Mann, der vorher Zweifel geäußert und der Unterhaltung zwischen Alonzo und dem Mestizen aufmerksam gelauscht hatte und der wusste, dass Antonio durch die Tapferkeit und Klugheit eines bei den Aimaràs gefangen gehaltenen weißen Jungen gerettet worden war, streifte den jungen Vivanda nun mit einem nachdenklichen Blick. »Gut«, sagte er, »wenn Antonio Minas das sagt, bin auch ich bereit, Don Alonzo zu folgen.«

»Wir gehen alle mit«, riefen die anderen.

Man hatte eben begonnen, sich über die zunächst zu unternehmenden Schritte zu unterhalten, als zwei Reiter auf die Versammelten zukamen. Der erste der beiden, ein älterer Herr in leichtem Sommeranzug, der nichts von einem Jäger oder Landmann an sich hatte, schien in heftiger Erregung. Sein Begleiter war ein Peon.

»Ich suche Señor Vivanda«, sagte mit bebender Stimme der Herr. Der Haziendero ging ihm entgegen und nannte seinen Namen.

»Oh, wie gut, dass ich Sie treffe, Señor«, begann der Fremde. »Ich bin Professor Pinola aus Bogotá und befinde mich zur Zeit als Forscher in den Bergen. Ich habe von Eurem Unglück gehört und ich habe - oh, es ist entsetzlich - das gleiche Unglück zu beklagen. Das jüngste Mitglied meiner Expedition, Don Eugenio de Valla, ist uns von Wilden in die Berge entführt worden. Mein Gott, Señor! Sie können nicht ahnen, in welcher Verfassung ich bin. Der junge Herr ist der Sohn des Ministers. Er ist mir von seinem Vater anvertraut worden. Ich muss ihn wohlbehalten zurückhaben. Sie lassen selbst Ihre Tochter suchen, o lassen Sie uns unsere Anstrengungen vereinen. Der Vater Don Eugenios wird zweifellos jedes geforderte Lösegeld für seinen Sohn zahlen und jeden reich belohnen, der an der Befreiung des Entführten mitwirkt.«

Über die schmerzdurchfurchten Züge Vincente de Vivandas flog ein düsterer Schatten: der Sohn de Vallas in den Händen der Aimaràs? War die ewige Vergeltung schon auf dem Wege?

Auch Alonzo war tief erblasst. Wie stets im Zusammenhang mit Eugenio de Valla wurde er von widerspruchsvollen Gefühlen bewegt und hin und hergerissen. Aber sogleich stellte er jeden persönlichen Gedanken und jedes persönliche Gefühl zurück; selbstverständlich musste auch Eugenio de Valla aus der Hand der Wilden befreit werden. »Wann geschah der Raub?« wandte er sich an den Professor. »Und woher wissen Sie, dass Aimaràs ihn geraubt haben?«

»O Señor«, erwiderte der Gelehrte, »Don Eugenio ist ein eifriger Entomologe. Als er vor drei Tagen nicht zum Lager zurückkam, suchten wir ihn mithilfe der indianischen Jäger, die wir bei uns hatten, denn wir fürchteten, dass er sich verirrt habe oder dass ihm ein Unfall zugestoßen sei. Wir suchten vergeblich, erfuhren aber durch einen Eingeborenen, dass berittene Indios einen jungen Weißen, dessen Beschreibung auf Don Eugenio passte, in die Berge geführt hätten. Und nun hörte ich gestern von der Entführung der Doña Elvira. Also bitte lassen Sie uns vereint handeln, um die Gefangenen zu befreien. Kein Preis ist zu hoch dafür, und keine Mühe darf gescheut werden.«

Die Montaneros hörten mit wachsendem Grimm den Bericht. Seit Jahren hatten die gefürchteten Räuber nicht mehr von sich reden gemacht; plötzlich waren kurz hintereinander wieder zwei Menschen Ihr Opfer geworden. Der allgemeine Zorn machte sich in heftigen Drohungen Luft.

»Verlasst Euch darauf, Señor, dass alles geschehen wird, was überhaupt geschehen kann«, sagte Vincente de Vivanda zu dem Professor; »diese Männer hier sind entschlossen, alles Mögliche zu unternehmen, um mein

Kind zu retten. Sie werden selbstverständlich auch nach Don Eugenio forschen.«

Der völlig verzweifelte und ratlose Professor hatte Mühe, die Tränen zurückzuhalten. Hilf- und ratlos blickte er um sich, und sein Auge fiel auf Alonzo. »Dies ist Euer Sohn, Señor?« fragte er.

»Ja, Herr Professor, das ist mein Sohn, Don Alonzo«, versetzte Vivanda.

»O Señor, Sie ahnen nicht« - der Professor streckte Alonzo beide Hände entgegen - »dieser junge Caballero hat Don Eugenio schon einmal das Leben gerettet; sein Name ist in unser Herz geschrieben. Wenn Sie wüssten, Señorito«, - er wandte sich unmittelbar an Alonzo - »wenn Sie wüssten, wie sehr Eugenio Sie liebt, Sie würden stolz darauf sein. O, ich bin sicher. Sie werden ihn auch jetzt nicht verlassen.«

»Wir werden tun, was wir können«, sagte Alonzo warm, »verlassen Sie sich darauf, Señor.«

Rasch wurde nun beschlossen, dass unter Alonzos und des alten Jägers Führung die dreißig besten Bergsteiger und Schützen in die Berge ziehen sollten, um die Gefangenen durch Lösegeld, mit List oder Gewalt zu befreien. Die Leute wurden ausgewählt und rasch alle Vorbereitungen für den gefährlichen Zug getroffen. Bald darauf ritten zweiunddreißig entschlossene und wohlausgerüstete Männer auf guten Maultieren die Schluchten hinan; es waren nur Montaneros.

Allen voran ritt Geronimo Corazon, der Jäger. Etwas hinter den anderen ritten Alonzo und Antonio, der Mestize, der sich noch immer vor Freude nicht zu fassen wusste.

»Glaubt nicht, Don Alonzo, dass wir Euch damals verlassen haben«, sagte er. »Wir haben lange im Nebel auf Euch gewartet, mussten aber schließlich aufbrechen, um nicht doch noch in die Hände der Wilden zu fallen. Unsere Tiere führten uns sicher durch den Nebel. Ob wir verfolgt wurden, weiß ich nicht, wir haben nichts davon bemerkt. Am dritten Tage trafen wir auf Leute, die Chinarinde suchten, und wir waren gerettet.«

»Und Euer Gefährte«, fragte Alonzo, »wo steckt er jetzt?«

»Oh, Don Fernando? Er machte sich nur Euretwegen große Sorge, sonst war er stets guter Laune. Seitdem wir uns damals trennten, habe ich nichts mehr von ihm gehört. Er war der Sohn eines großen Mannes und wird jetzt vermutlich selber ein großer Mann sein.«

Alonzo erzählte, warum er seinerzeit nicht in der Lage war, den verabredeten Ort des Zusammentreffens aufzusuchen; der Mestize lauschte staunend. »Ach, ich bin glücklich, Euch wohlbehalten wiederzusehen«, sagte er; »ich begreife nur nicht, dass ich nie etwas von Euch hörte, da ich doch gar nicht so weit ab von den Llanos wohne.«

»Das ist eine sonderbare Sache«, versetzte Alonzo; »ich kann Euch im Augenblick noch nichts darüber sagen. Aber es sind Gründe vorhanden, meine Gefangenschaft bei den Aimaràs vorerst noch zu verschweigen. Deshalb gab ich Euch vorher einen Wink, nicht darüber zu sprechen und bitte Euch, es auch jetzt noch nicht zu tun.«

»Oh, ich schweige wie ein Grab«, versicherte Antonio Minas. »Aber eine unbändige Freude würde es mir bereiten, wenn ich jetzt in Eurer Gesellschaft den Roten die Angst vergelten könnte, die ich damals ausgestanden habe.«

Es wurde ein anstrengender Ritt für Mensch und Tier. Die Kordilleren haben ihre Tücken. Gegen Abend des dritten Tages hatte die kleine Schar eine Höhe erreicht, zu der außer Alonzo und Antonio bisher nur der Jäger Geronimo gelangt war. Der war bis hierher der Führer gewesen. Als er nun, nachdem sie ein kleines Tal durchritten hatten, nach links abbiegen wollte, ritt Alonzo an ihn heran und sagte: »Wir müssen nach rechts, Don Geronimo, wenn wir das Dorf der Aimaràs erreichen wollen.«

»Rechts gibt es keinen Weg, Señor«, versetzte der Montanero.

»Verlasst Euch darauf, dass es ihn gibt«, antwortete Alonzo. »Dort«, und er deutete nach links, »kommt man ins Hochgebirge, aber nicht zu den Aimaràs.«

Geronimo sah ihn erstaunt an. »Da wäre ich doch begierig.«

Alonzo zeigte nach rechts: »Seht Ihr dort, neben jenem Felszacken die Gentiansträucher? Dort führt der Weg zu den Aimaràdörfern.«

Der Alte sah ihn zweifelnd an. »Wenn Ihr recht hättet, dann wüsstet Ihr mehr vom Hochgebirge als irgendein anderer«, sagte er.

»Ich habe hier einen Teil meiner Jugendjahre zugebracht«, sagte Alonzo ruhig. »Ihr dürft mir aufs Wort glauben.«

»Ihr habt - hier oben?« Geronimo streifte ihn mit einem scheuen Blick. »Das ist merkwürdig«, sagte er.

Alonzo blieb unentwegt sachlich. »Wir sind bis jetzt von den Aimaràs sicherlich nicht entdeckt«, sagte er. »Sie haben sich selbstverständlich mit ihrer Beute sofort in ihre Felshöhlen zurückgezogen, fürchten vermutlich auch keine Verfolgung, denn sie wissen, dass niemand außer ihnen die Zugänge kennt. Nun, ich kenne sie. Von hier an beginnt für uns die Gefahr, entdeckt zu werden. Von jetzt an sind Wachen aufgestellt, und Ihr werdet bald sehen, wie leicht die Schluchten zu verteidigen sind. Lasst unsere Männer lagern. Freilich dürfen auf keinen Fall Feuer angezündet werden. Dann kommt mit mir, ich will Euch den Weg zeigen.«

Die Montaneros lagerten sich, versorgten ihre Tiere und holten ihren Mundvorrat hervor. Die Luft war noch mild; sie konnten das Feuer entbehren.

Alonzo winkte Antonio heran, und mit diesem und Geronimo ging er zu den Gentianbüschen hinüber. Zu seinem maßlosen Erstaunen erkannte der alte erfahrene Jäger, dass hier ein Pfad in die Berge begann, gangbar für Maultiere.

»Die Sonne sinkt«, sagte Alonzo, »heute ist nichts mehr zu tun, morgen sehen wir weiter. Nur List kann uns zum Ziele führen.«

Sie begaben sich zu den anderen zurück, und bald lagen alle bis auf zwei, die als Wachen aufgestellt waren, in tiefem Schlaf.

Es war noch dunkel, als sich Alonzo schon wieder erhob und nach kurzer Verständigung mit den Wächtern der Schlucht zu schritt, in der er gleich darauf verschwand. Die Schlucht erweiterte sich bald; schroff ragten zur Linken und Rechten steile Felswände empor. Ein nur dem geübten Auge erkennbarer Felspfad führte auf der rechten Seite nach oben. Ihn schritt Alonzo hinan, immer höher und höher. Der Pfad war schmal, er gab eben Raum für ein Maultier; rechts war die senkrecht ansteigende Wand, links gähnte der Abgrund.

Gewandt und sicher schritt Alonzo bergan. Endlich hielt er und betrachtete die Felswand zu seiner Rechten, dann ging er vorsichtig noch einige Schritte weiter. Schattenhaft zeigte sich dem Auge eine nach oben führende Rinne. Behände und mit unendlicher Vorsicht folgte der Kletterer ihr und gelangte schließlich auf die Höhe.

Zerrissene Felsen, Steinbrocken und Büsche zeigten sich seinem Blick; schon begann die Nacht langsam zu weichen. Er ging noch einige Hundert Schritt weiter und ließ sich dann hinter einem Busch nieder, der am Fuß des Felsens emporschoss. Hier wartete er geduldig.

Die Sterne erblassten, im Osten wurde es hell. Rötliche Strahlen, am Himmelsbogen aufschießend, verkündeten das Nahen der Sonne. Schon schimmerten die Häupter der fernen Bergriesen in zauberhafter Glut, von wehenden Nebelschleiern umflattert. Und endlich stieg am Horizont der purpurne Sonnenball aus dem Nichts, und eine Flut von Licht ergoss sich über Felsen, Wälder und Berge, alles ringsum zu neuem Leben weckend.

Alonzo sah das alles, und es blieb nicht ohne Eindruck auf ihn. Aber eine noch zauberhaftere Schönheit hätte nicht vermocht, ihn von seiner Aufgabe abzulenken. Vorsichtig durchforschte sein scharfes Auge die Felsen; er wusste, hier wurde von den Aimaràs in Zeiten der Gefahr eine Wache aufgestellt. Sollte er sich täuschen, sollte der Zugang zum Dorf an dieser Stelle unbewacht bleiben? Mit ruhiger Geduld wartete Alonzo, einem Jäger gleich, der auf dem Anstand sitzt. Und seine Geduld wurde belohnt.

Ein leichtes Geräusch ließ ihn aufhorchen; er wusste, er hatte richtig gerechnet. Ein bewaffneter Aimarà kam anscheinend völlig sorglos daher, er warf einen flüchtigen Blick auf den Felspfad und ließ sich dann nieder, entnahm seiner Tasche Maisbrot und begann in Seelenruhe zu essen. Es war ein noch junger Mann, und Alonzo glaubte, ihn zu erkennen.

Der Mann saß kaum hundert Schritte entfernt; ein Schuss hätte seinem Leben leicht ein Ende gemacht. Aber Alonzo wollte nicht schießen; es schien ihm, wachsamen Feinden gegenüber, zu gefährlich. Der Wächter musste unschädlich gemacht werden, doch wollte Alonzo nur im äußersten Notfall die Waffen gegen jüngere Leute erheben, die an dem Tod seiner Angehörigen persönlich unschuldig waren.

Nun erkannte er auch den Wächter. Es war Junma, ein junger Mann, mit dem er früher oft gespielt hatte. Geräuschlos verließ er seinen Busch, und Schritt vor Schritt, Büsche und Felsbrocken zur Deckung ausnützend, näherte er sich von hinten dem Indianer. Der war ganz sorglos und seiner Mahlzeit hingegeben.

Bis auf drei Schritte war Alonzo hinter ihn gelangt. Nun zog er die Machete; das Leben des Wilden hing an einem Haar, denn Alonzo war entschlossen, die Waffe zu gebrauchen, ehe er sein Opfer entfliehen oder auch nur schreien ließ.

Vorsichtig richtete er sich auf - ein Sprung nach vorwärts, und mit der Linken des Mannes Hals umklammernd, warf er den gänzlich Überraschten zu Boden. In der Aimaràsprache flüsterte er dem unter ihm Liegenden zu: »Keinen Laut oder meine Machete macht dich stumm!« Der Mann lag regungslos auf dem Rücken, die Hand seines Gegners an der Kehle, die blitzende Machete vor den Augen; erschrocken blickte er in Alonzos Gesicht.

Der lockerte ein wenig den Griff seiner Hand und ließ den Mann Atem holen, ohne freilich die Machete aus der Nähe seiner Kehle zu entfernen.

»Techpo!« murmelte der Aimarà, und sein braunes Gesicht drückte Ratlosigkeit und Entsetzen aus.

»O, Junma kennt mich noch? Das ist gut. Junma weiß, dass ich sein Freund bin.«

»Hat der Erdgeist dich zurückgeführt?« flüsterte der Aimarà.

Alonzo lachte. »Nein, der Windgott hat mich gerettet. Junma sieht, dass die Götter der Aimaràs mir wohlwollen«, fuhr er fort, »sie haben mich jetzt in die Berge zurückgeführt. Leider weiß ich nicht, ob Junma noch mein Freund ist, deshalb muss ich ihn binden. Es wird ihm aber kein Leid geschehen, wenn er ruhig ist.«

Der abergläubische Wilde, der sich weder Alonzos Verschwinden vor fünf Jahren noch sein jetziges plötzliches Wiederauftauchen zu erklären vermochte, dachte gar nicht an Widerstand; er ließ sich ruhig binden; in seinen Augen, die sich am Gesicht des jungen Weißen festzusaugen schienen, stand das nackte Grauen.

»Wo hast du dein Maultier. Junma?« fragte Alonzo.

»Es grast im Tal.«

»Gib keinen Laut von dir, Junma, ich würde dich nur sehr ungern töten«, warnte der Weiße. Er nahm die gegen den Felsen gelehnte Büchse des Aimaràs an sich und stieg ins Tal hinab. Er fand das gesattelte Maultier und führte es auf den Felsenpfad bis jenseits der Rinne, in der er hinaufgeklettert war. Umkehren konnte das Tier nicht, dafür war der Pfad zu schmal! Alonzo ließ es also stehen, ging wieder hinauf und fand den Gefangenen ruhig in seinen Banden liegen.

»Was willst du, Techpo?« fragte der junge Wilde. »Ich habe dir nie etwas getan!«

»Nein, Junma, das hast du nicht, und auch dir wird jetzt nichts geschehen. Ich bin nur gekommen, das weiße Mädchen zu holen, das ihr geraubt habt - es ist meine Schwester -, und den jungen Blanco, den eure Leute fortgeführt haben.«

Junmas Gesicht verriet heftiges Erstaunen.

»Haben die Aimaràs den jungen Weißen schon getötet?« fragte Alonzo.

»Nein.«

»Gut. Das Mädchen werden sie ja wohl gegen blankes Silber hergeben. Es nützt ihnen nichts.«

»Guati will das Mädchen zu seinem Weibe machen«, sagte der Aimarà.

Alonzo erschrak bis ins Herz hinein, aber kein Zug in seinem Gesicht verriet, was er empfand.

»Junma muss mit mir zu meinen Freunden gehen«, sagte er, »er würde den Seinen sonst verraten, dass ich da bin.«

Der Aimarà blieb stumm. Alonzo löste die Bande seiner Füße, half ihm auf die Beine und legte ihm die Schlinge des Lassos um den Hals. »Komm«, sagte er, »und keinen Laut. Bei deinem Leben.« Sie gingen, der Aimarà voran, nun beide die Rinne hinab bis zu der Felskante. Das Maultier stand noch da, wo es Alonzo gelassen hatte.

Der Aufforderung des Weißen folgend, hieß Junma es vorwärtsgehen; kurze Zeit später standen sie mit dem Maultier unter den Montaneros. Jetzt erst schien der Bann von dem Aimarà genommen; als er die weißen Männer erblickte, flammte wilder Hass in seinen Augen auf. Alonzo gewahrte es wohl.

Er sagte den Freunden, dass er in der Person des Aimarà einen gefährlichen Wächter unschädlich gemacht habe, und dass Doña Elvira und Don Eugenio im Dorf der Indianer weilten. Er ließ Junma auch die Füße wieder binden und übergab ihn der Aufsicht zweier Leute. Er schärfte den Männern ein, dass diese Wilden über eine außerordentliche Schlauheit verfügten und dass der Gefangene unter keinen Umständen entweichen dürfe, da dies gleichbedeutend mit dem Scheitern der Expedition wäre und große Gefahren über sie alle brächte.

Mit Geronimo, dem Mestizen und einigen der älteren Montaneros beriet er nun, was weiter zu tun sei. Zur maßlosen Verblüffung seiner Zuhörer, die mit Ausnahme Antonios nicht begriffen, woher er seine Kenntnisse habe, entwickelte er die Anlage des Indianerdorfes. Er sagte ihnen, dass das Tal der Aimaràs drei Zugänge habe, deren einer unmittelbar vor ihnen läge und durch Bewaffnete besetzt sei. Der zweite Zugang öffnete sich nach Norden hin; von ihm aus seien die höher gelegenen Niederlassungen der Aimaràs zu erreichen. Der Dritte führe nur in die unfruchtbaren, eisigen Höhen der Gebirgswelt, in der Flüchtlinge rettungslos zugrunde gehen müssten. Diesen Ausweg würden die Aimaràs zweifellos nur im äußersten Notfall wählen.

Er sagte ihnen, dass die Aimaràs über etwa hundert bewaffnete Männer verfügten. Um sie in Schach zu halten und die Wilden zur Herausgabe ihrer Gefangenen zu zwingen, schlug er vor, die beiden Ausgänge des Tales, den vor ihnen liegenden und den nördlichen, zu besetzen. Einige Schützen würden hier genügen, den Weg zu verteidigen. Er erbot sich weiter, die geübtesten Bergsteiger auf gefährlichen Wegen zum nördlichen Ausgang zu führen und dann das vor ihnen liegende Wächterhaus in Besitz zu nehmen. Alles Weitere müsse den Umständen überlassen bleiben. Am Tage wolle er die jungen Männer nach Norden führen, bei Nacht das Wächterhaus überraschen. Gegen Abend sollte Geronimo auf dem vor ihnen liegenden Pfad langsam emporrücken bis zu einem Bach; dort solle er das Weitere erwarten.

Die Zuhörer waren von diesen genaueste Ortskenntnis verratenden Ausführungen völlig verblüfft, aber Alonzo hatte so sicher und so überzeugend gesprochen, dass sich weder Einspruch noch Frage hervorwagten. Alle fügten sich schweigend; zehn junge Männer wurden bestimmt, die Alonzo begleiten sollten, während Don Geronimo den Befehl über die anderen übernahm. Antonio blieb bei ihm.

Alsdann hieß Alonzo den gefangenen Aimarà sich seiner Kleider zu entledigen und zog sie an, ließ den Gefesselten in seinen Poncho hüllen und überzeugte sich, dass seine Fesseln unlösbar waren. Daraufhin verabschiedete er sich von Geronimo und den anderen und schritt mit zehn kräftigen jungen Männern in die Schlucht hinein und den Felspfad hinan. Er führte sie über schwer zu ersteigende Felsen im Halbkreis um das Tal herum, bis sie nach mühevoller Wanderung den Eingang im Norden erreichten. Hier lagerten sie sich an versteckter und gut gesicherter Stelle. Geduldig erwarteten sie hier den Einbruch der Nacht.

Alonzo verteilte seine Gefährten dann an geschützten Stellen, von wo aus sie den Pass zu bestreichen vermochten, und schärfte ihnen ein, vorzudringen, sobald sie schießen hörten. Im Übrigen müsse er ihnen für diesen Fall überlassen, nach den Umständen zu handeln.

Als es völlig dunkel war, nahm er die Büchse und schritt in den Kleidern Junmas, des Gefangenen, tiefer in das Tal hinein, getreu den eigenartigen Gang der Indios nachahmend.

Es begegnete ihm niemand; die Aimaràs suchten mit Einbruch der Nacht ihre Häuser auf.

Alonzo kannte jeden Fußbreit der Niederlassung; er fand sich ohne Weiteres zurecht, denn nichts hatte sich während seiner Abwesenheit verändert. Seine Gedanken galten vor allem Elvira. Mit hoher Wahrscheinlichkeit hatte er sie im Hause des Kaziken zu suchen; er musste versuchen, in das Gebäude zu kommen, das er ja bis in den kleinsten Winkel in Erinnerung hatte.

Während er, vorsichtig lauernd, durch die nächtlichen Straßen ging, wachten Erinnerungen auf; er gedachte der langen, furchtbaren Jahre, die er, ein Gefangener, gewaltsam von seiner Welt Getrennter, in dieser abgeschlossenen Einsamkeit verbracht hatte. Und der Hass wollte hoch in ihm, der Hass und der Rachedurst. Er bezwang das Gefühl. Es ging jetzt darum, zwei andere, darunter das Mädchen, das er wie eine

Schwester liebte, vor einem schrecklichen Schicksal zu bewahren. Nur ruhigste Kaltblütigkeit, gespannteste Aufmerksamkeit konnte zum Ziele führen. Oh, er wusste sich zu beherrschen. Er hatte von den Indios gelernt, er war den Aimaràs immer noch gewachsen. Er ging an dem Corral vorüber, der die Pferde und Maultiere des Dorfes umschloss. Er kehrte um und betrat die Einfriedung. Die Tiere mit sanften Schmeichelworten beruhigend, sah er sich um und fand ein kräftiges noch gesatteltes Maultier; das führte er vorsichtig heraus.

Er war kaum draußen, als er aus der Dunkelheit heraus eine Stimme vernahm. »Wo willst du hin?« fragte sie leise. »Zu den Wächtern im Osten«, antwortete Alonzo im Aimaràdialekt ebenso leise, »der Kazike befiehlt es.« Er führte das Tier an einigen Häusern vorbei und band es in der Nähe des Kazikenhauses an einen Baum. Wurde es hier gesehen, so konnte es doch keinen Verdacht erregen, denn in dieses Haus kehrten oft Boten ein.

Im Dunkel der Hecken und Büsche schlich er sich zum Eingang des Gartens, die blanke Machete in der Hand. Im Hause war Licht; er trat an eines der verhangenen Fenster und lauschte. Da vernahm er die Stimme des Kaziken.

»Törichte Worte, Guati«, sprach Tucumaxtli, in zorniger Stimmung, »das weiße Mädchen würde uns viel Gold einbringen.« Und er hörte Guati in verbissenem Trotz antworten: »Das weiße Mädchen wird Guatis Weib, oder - stirbt! Mit dem weißen Mann mache, was du willst«, fuhr die Stimme fort, »verkaufe ihn oder opfere ihn den Göttern. Das Mädchen ist *meine* Beute und bleibt mein.«

»Es ist nicht gut«, sagte Tucumaxtli nach einer Weile, und in seinen Worten war ein dunkles Raunen. »Die Unsichtbaren zürnen; seit fünf Sommern gaben sie keinen Weißen in unsere Hand. Sie wollen kein Opfer mehr. Aber sie werden noch mehr zürnen, wenn der Sohn des Kaziken eine Weiße zum Weibe nimmt!«

Guati stieß ein kurzes Lachen aus. »Warum sollen sie zürnen?« sagte er. »Sie gaben das weiße Mädchen in Guatis Hand. Das Mädchen wird Guatis Weib.«

»Du hast Techpo in der Stadt der Weißen gesehen. Er wird kommen und das Mädchen holen.«

»Ich glaube nicht mehr, dass es Techpo war. Der Weiße in der Stadt sah ihm ähnlich. Techpo hat der Erdgeist verschlungen.«

»Der Raub des weißen Mädchens wird alle Weißen gegen uns ergrimmen. Guati war töricht. Er dachte nur an sich und nicht an sein Volk.«

Und wieder das kurze Lachen: »Die Weißen mögen kommen. Sie werden ihre Knochen in den Bergen lassen!«

Eine Zeit lang vernahm Alonzo nichts; die Stille war beklemmend. Der junge Mann hörte den rasenden Schlag seines Herzens. Er presste die Hand gegen die Brust. »Ruhig«, flüsterte er, »nur ruhig bleiben jetzt!«

Dann ward die nun müde klingende Stimme des Kaziken wieder vernehmbar: »Wo ist der weiße Mann? Bei den Priestern?«

Und Guatis Antwort: »Er liegt in der Hütte Huaxtlas. Die Priester hatten Scheu, ihn dem Tempel anzuvertrauen.«

Ein Geräusch war hinter dem Fenster; dann noch einmal Tucumaxtlis Stimme: »Wir reden morgen weiter. Die Götter werden gute Träume senden.«

Der junge Mann barg sich tief im Schatten der Wand; im Haus erklangen Schritte. Wahrscheinlich suchte Guati sein Lager auf. Wo war Elvira? – Vorsichtig umschlich Alonzo das Haus, lauschte immer wieder angestrengt, aber kein Laut ward drinnen vernehmbar.

Das Haus hatte noch ein paar kleine Räume unter dem Dach; in einem schien Licht zu brennen. Der junge Mann sah sich um. Unweit stand eine hohe, schlanke Fichte; er kletterte an ihren Ästen empor. Das Gemach unter dem Dach war erleuchtet, das Fenster aber mit einem Vorhang verhangen. Er lauschte und spähte vergebens. Schon wollte er wieder hinabsteigen, da wurde drinnen der Vorhang gelüftet; er konnte einen Blick in die Kammer werfen. Ein altes Indianerweib erschien für einen Augenblick im Fensterrahmen und ließ dann den Vorhang wieder fallen. Der Lauscher hatte im Hintergrund des Raumes einen nicht näher zu deutenden Schatten bemerkt, aber er wusste plötzlich: Elvira war hinter diesem Fenster; sein Gefühl sagte es ihm.

Einen Augenblick überlegte er, dann ahmte er täuschend den Ruf der Bergeule nach. Eine dumme Spielerei, eine Spekulation auf den Aberglauben, denn er kannte die Indios doch. Er wusste, dass dieses Tier ihnen unheimlich war, sie mit abergläubischer Scheu erfüllte. Es war damit zu rechnen, dass kein Indio sich der Gegend nähern würde, aus der der Unglücksruf erklungen war. Behände kletterte er wieder hinab.

Er überzeugte sich unten, dass das Maultier noch an seinem Platz war, und wartete geduldig, bis alle Lichter in den Häusern erloschen waren. Er sann und sann währenddessen, auf welche Weise er sich Elvira nähern könnte, wie er es anstellen sollte, sie unbemerkt aus dem Haus des Kaziken herauszubringen.

Die Schwierigkeit bestand nicht darin, in das Haus und auch in das obere Stockwerk zu gelangen; das war ohne Weiteres möglich. Doch fürchtete er das Geschrei des alten Weibes, das vermutlich der Gefangenen als Wächterin beigegeben war. Er dachte auch an Eugenio; auch ihn wollte er befreien, sobald nur erst Elvira in Sicherheit war. Er sann und sann und die Nacht rückte vor; er sah es an den Sternen.

Und dann kam ihm der entscheidende Einfall: Er würde das Tempelhorn ertönen lassen; alle Männer würden auf das Signal hin aus den Häusern stürzen. Er beschloss, dem Gedanken unverzüglich die Tat folgen zu lassen. In hastigen Sprüngen, an Hecken und Zäunen geduckt, eilte er zum Tempel, dessen pyramidenartig aufragender Bau bald schattenhaft vor ihm lag. Er wusste genau, wo das Horn hing. Mit wenigen Sprüngen war er auf der Terrasse, tastete die Nische ab und hielt das Hörn in der Hand. Einen Augenblick zauderte er noch. Er täuschte sich nicht über die Gefahren, die er nun selbst heraufbeschwor; trotzdem: Es war am besten so. Er setzte das Horn an den Mund, blies mit aller Kraft seiner Lungen hinein, und der dumpfe, markerschütternde Ton hallte durch die Nacht und weckte das Echo der Schluchten.

Und noch ein zweites Mal ließ er den gellenden Warnruf erschallen, dann war er, das Horn fallen lassend, mit wenigen Sprüngen von der Terrasse herunter, erreichte den mächtigen Eibenbusch und sank lautlos zur Erde.

Es vergingen kaum Minuten, da wurde es lebendig in den Häusern. Lichter flammten auf, Stimmen ertönten, Schritte klangen auf. Alonzo wusste: Alle würden zum Tempel eilen, um dort zu hören, woher die Gefahr drohte. Außer sich, am meisten überrascht, eilten die Priester aus ihren nahegelegenen Häusern herbei. Wer hatte es gewagt, das Horn des Unheils zu berühren?

Einem Schatten gleich glitt Alonzo durch die Nacht; sobald Schritte aufklangen, warf er sich nieder. Er erkannte Tucumaxtlis Stimme, der eilig von seinem Hause herankam, er vernahm die Stimme Guatis, der aufgeregt auf seinen Vater einsprach. Lautlos schlich er zu dem verlassenen Haus. Nachdem er sich überzeugt hatte, dass das Maultier noch immer an seinem Platz war, hastete er durch den Haupteingang in das Haus und die Treppe hinauf. Einen Augenblick musste er suchen, aber dann sah er Licht durch eine Türritze fallen. Er öffnete sie lautlos, schlug den Vorhang beiseite und sah im düsteren Licht der Kienfackel Elvira.

Das Mädchen lag auf einem aus Decken und Fellen geschichteten Lager in der äußersten Ecke; sie hatte den Kopf in den Händen, und ein Zittern lief durch ihren Leib. Am offenen Fenster, sich hinauslehnend, stand das Indioweib.

Mit einem Sprung stand Alonzo hinter der Alten; die fuhr herum, sah einen jungen hochgewachsenen Aimaràkrieger vor sich und fuhr entsetzt zurück. »Techpo!« stammelte sie verstört. Aus der Ecke kam ein Geräusch. Das Mädchen hatte sich aufgerichtet. Aus weit geöffneten, flackernden Augen starrte es auf die Szene. Ihre Lippen bewegten sich, als wolle sie einen Namen formen.

»Nieder, Catha!« zischte Alonzo, den dürren Arm des alten Weibes umklammernd, »keinen Laut - bei deinem Leben!« Die Alte sank zusammen; fassungslos, aus stieren Augen sah sie auf die Erscheinung. Denn Techpo war doch tot, so lange schon. Der Erdgeist hatte ihn geholt vor fünf Sommern.

Mit wenigen kunstgerechten Griffen fesselte Alonzo die Alte, die das starr vor Entsetzen geschehen ließ, zwang ihr einen zusammengeknüllten Lappen in den Mund und wandte sich nun erst Elvira zu, die inzwischen begriffen hatte, was da geschah. Doch hatte das gänzlich Unerwartete ihr nahezu die Fassung geraubt. Sie zitterte am ganzen Leibe und war weiß wie eine Tote. Nur ihre Augen brannten in dem blassen Gesicht. »Alonzo«, flüsterte sie tonlos, »Alonzo, bist du es denn wirklich?«

»Komm!« raunte Alonzo, riss den Vorhang von der Tür, hüllte das Mädchen darin ein, nahm es auf seine Arme und trug es hinab. Draußen war irgendwo Lärm und Getöse, Geschrei und Geklirr. Zuckende Lichtbündel flammten in der Ferne. Aber vor dem Hause des Kaziken war alles dunkel und still. Alonzo hob das Mädchen auf das Maultier, schwang sich hinter ihr auf und flüsterte dem Tier beruhigend zu.

Wohin aber nun? Schon näherten sich aufgeregte Stimmen in der Ferne. Er hatte erst zum nördlichen Ausgang gewollt, aber er sagte sich nun, da er vor der Entscheidung stand, da es um alles ging, dass der Weg über die Felsen für das zarte Mädchen nicht passierbar sei. Er musste zum Wächterhaus im Westen; der Kampf dort musste gegebenenfalls aufgenommen und bestanden werden; es gab keinen anderen Weg. Er ließ das Tier laufen; niemand begegnete ihnen.

»Alonzo«, flüsterte es vor ihm, »Alonzo! Dass du da bist!« »Still, Elvira. Ich rette dich. Du bist schon gerettet. Nur still!« Sie durchritten das Dorf; er kannte den Weg. An einer dunklen Stelle hielt er an, hob Elvira herab, trug sie durch eine schwarz gähnende Schlucht über Felsgeröll und betrat mir ihr die Höhle, in der er einst mit Don Fernando und dem Mestizen Antonio geweilt hatte. »Warte hier, Elvira«, flüsterte er, »du bist ganz sicher: Niemand findet dich hier. Ich hole dich bald.«

»O, Alonzo, komm bald, komm bald, ich vergehe sonst vor Angst!« stammelte das Mädchen.

Er presste ihre Hand. »Verlass dich auf mich«, flüsterte er. »Du bist schon gerettet. Ich hole dich. Ich bin bald wieder da.« Und fort eilte er; es war keine Zeit mehr zu verlieren, denn die schützende Nacht nahte sich bereits ihrem Ende.

Als er den Hohlweg betrat, sah er eine dunkle Gestalt neben dem Maultier stehen. »Wer bist du? Was tust du hier?« fragte eine raue Stimme in der Aimaràsprache.

Nur sekundenlang zögerte Alonzo; nein, es gab keine Wahl, er durfte nun nichts mehr gefährden. Blitzschnell fuhr seine Machete in des Mannes Brust; lautlos brach er zusammen. Alonzo schwang sich auf sein Tier und ritt in rasender Eile weiter. Er näherte sich dem Wächterhaus. Er wusste: Waren die Aimarà ihrer alten Gewohnheit treu geblieben, dann waren dort jetzt, nachdem er einen Mann ausgeschaltet hatte, noch zwei Wächter. Sie mussten beseitigt werden, um den Weg für die Freunde freizumachen. Er hoffte zwar, dass Antonio, der den Weg ja kannte, die Dunkelheit benutzt haben möchte, um weiter vorzudringen, aber er hatte keine Gewissheit. Zudem fürchtete er das Zusammentreffen mit den Aimaràs nicht, doch ging es ihm gegen die Natur, unvorbereitete Feinde zu überfallen. Gleichwohl musste es sein; Elviras Leben stand auf dem Spiel.

Da war das Wächterhaus; es sah im Dunkeln aus wie eine Ruine. Seine Konturen standen scharf vor dem sich mählich aufhellenden Hintergrund. In vollem Lauf seines Maultieres jagte Alonzo nach Botenart heran; aus der Felsspalte traten zwei Männer, schattenhaft wahrzunehmen.

»Ho - ah«? Schallte es ihm entgegen.

»Bote des Kaziken!« rief Alonzo.

Ein älterer Mann mit finsterem Gesicht trat ihm entgegen; Alonzo kannte es gut. Oh, er kannte es, es gehörte zu den unvergessenen Gesichtern. Es gehörte zu einem der Männer, die damals im Tal der drei Quellen dabei gewesen waren. Es gehörte einem Mörder. Er sprang vom Maultier herunter; heiß stieg der Hass in ihm hoch, er fühlte, dass er zitterte. Er trat dicht an den Mann heran; der, ihn urplötzlich erkennend, stieß einen unartikulierten Laut grenzenloser Überraschung aus. »Techpo!« stammelte er dann. Schon saß ihm die Machete im Hals; gurgelnd sank er zu Boden.

Der zweite Aimarà stand ob der überraschenden Vorgänge, ob der plötzlichen Erscheinung des auf geheimnisvolle Weise Verschwundenen, wie versteinert. Doch als sich Alonzo ihm jetzt zuwandte, riss er die Büchse hoch. Alonzo schlug sie zur Seite, aber, in den Felsen widerhallend, entlud sich der Schuss. Fernes Rufen antwortete dem Echo.

Alonzo stieß einen gellenden Schrei aus und warf sich so plötzlich auf den überraschten und im Augenblick wehrlosen Wilden, einen noch jungen Mann, dass dieser am Boden lag, ehe er wusste, wie ihm geschah.

»Rühre dich nicht«, raunte Alonzo, »oder meine Machete fährt dir in den Hals.«

Der Indianer war still.

Draußen hörte man den leichten Hufschlag sich schnell nähernder Mulos; gleich darauf standen Geronimo, Antonio und andere der Montaneros neben Alonzo.

»Dem Kerl eine Kugel durch die Schläfe!« sagte der Jäger.

»Nein, binden! Der Mann ist mein Gefangener!« erwiderte Alonzo.

Der Aimaràkrieger wurde gefesselt.

Und abermals ließ sich Hufschlag vernehmen; diesmal von der Dorfseite her.

»Deckt euch! Feuert, sobald sie auftauchen!« befahl Alonzo.

Die Dämmerung war da; deutlich sah man Reiter heranstürmen, deren dunkles Haar wild um die Köpfe flatterte. Auf Hundert Schritt ließ man sie herankommen.

»Feuer!« kommandierte Alonzo.

Die Büchsen krachten; gellende Schmerzensschreie hallten in den Hohlweg wider, Menschen und Tiere wälzten sich auf dem Boden.

Und abermals: Feuer!«

Wieder entluden sich die Gewehre, aber schon hatten sich die überraschten Aimaràs zur Flucht gewandt; nur noch von fernher vernahm man den Hufschlag ihrer Tiere.

Die Montaneros jubelten Alonzo zu. Antonio drückte ihm die Hand und sagte leise: »Das hier war die verhängnisvolle Stelle.«

Alonzo nickte stumm. »Elvira ist in Sicherheit«, sagte er dann, »aber Señor de Valla muss noch befreit werden. Du kennst die Örtlichkeit hier, Antonio«, wandte er sich an den Mestizen, »was rätst du zu tun?«

»Wir können nicht ohne ihn gehen«, sagte Antonio.

»Nein, nein, gewiss nicht!« riefen die anderen.

»Also rücken wir vor«, entschied Alonzo. »Sind wir im Dorf, werden unsere Freunde von Norden her angreifen, und die Aimaràs befinden sich zwischen zwei Feuern.«

»Vorwärts!« rief der alte Geronimo.

Alonzo hielt es für nötig, dass drei gute Büchsenschützen auf alle Fälle im Wächterhaus zurückblieben. Drei der älteren Männer wurden bestimmt. Die anderen zogen weiter die Schlucht entlang dem Dorfe zu, nachdem sie einige tote Maultiere und mehrere gefallene Aimaràs beiseitegeräumt hatten.

Alonzo ritt als Letzter. Er hatte einen der drei, die im Wächterhaus zurückbleiben sollten, mitgenommen. Sie langten an der Höhle an, er holte Elvira aus ihrem Versteck und übergab sie dem Mann. Sorgfältig gegen die Morgenkälte in eine Decke gehüllt, wurde sie auf ein Maultier gesetzt. Das Mädchen war nun völlig gefasst. Als sie indessen feststellen musste, dass Alonzo sich erneut in Gefahr begeben wollte, brach sie in fassungsloses Weinen aus. Der Jüngling beruhigte sie, so gut er vermochte. »Es muss sein«, flüsterte er. »Wir sind bald zurück.« Und riss sich los, den Vorausgerittenen nachsprengend.

Während der Montanero das Mädchen nach dem Wächterhaus brachte, trabte Alonzo mit den anderen auf das Dorf zu. Als sie sich der Stelle näherten, wo der Hohlweg in das Tal auslief, ließ der junge Mann halten. Er erkletterte den Felsen zur Linken und ließ einen der anderen rechts des Weges emporsteigen. Sie gewahrten keinen der Feinde, sahen nur Weiber und Kinder bei den Häusern, die angstvoll und verwirrt umherliefen, saßen auf und ritten geschlossen in das Tal.

Da knallten Büchsen vom Norden her. Dort schien bereits ein Gefecht im Gange. Die Sache war die, dass die Wilden völlig verwirrt waren. Tucumaxtli hatte zwanzig Krieger nach dem Wächterhaus gesandt. Als die, stark dezimiert, von Todesangst gehetzt, zurückkamen und die Nachricht verbreiteten, dass das Wächterhaus im Besitz zahlloser Weißer sei, machte sich wilde Panik breit und alles strömte dem nördlichen Ausgang zu. Jetzt erst erfuhr Guati, das Haus des Kaziken betretend, von der gebundenen Alten, dass Techpo da gewesen sei und die Gefangene entführt habe.

Doch schon kamen auch Aimaràs vom Nordtor zurück; die Büchsen der dort im Hinterhalt liegenden Montaneros hatten sie blutig zurückgeschlagen.

Als nun Alonzo mit den Seinen aus der Schlucht herankam, war die Verwirrung grenzenlos. Und doch hatten nicht alle Aimaràs den Kopf verloren. Die erfahrensten Krieger hatten bald erkannt, dass die Gesamtzahl der Weißen nur klein sei, und so schickten sie sich an, Widerstand zu leisten. Bald blitzten hinter Hecken und Häusern die Büchsen auf, sodass auch die Montaneros gezwungen waren, Deckung zu suchen.

Alonzo stieg nicht von seinem Tier. Stolz, Grimm und Verachtung im Antlitz, sah er auf die Stätte, die ihn so lange gefangengehalten hatte. Er wusste nur: Der Tag der Vergeltung war gekommen; als Sieger war er eingezogen in das Tal, das ihn als Sklaven beherbergt hatte. Er bot dem Feinde die Stirn. Mit weithin hallender Stimme rief er in der Sprache der Aimaràs, deren Kleidung er trug: »Techpo ist da! Denkt an das Tal der drei Quellen!« Wütendes Geheul antwortete ihm, Büchsen krachten und Kugeln umflogen ihn. Er sprang ab und gesellte sich den zu Fuß kämpfenden Montaneros zu.

Die der Zahl nach ja erheblich überlegenen Aimaràs wehrten sich sehr nachdrücklich; zwei junge Montaneros waren bereits verwundet. Sie kauerten hinter Felsen und schossen, luden und schossen. Ein paar junge Männer eilten zu Alonzo und reichten ihm ihre Büchsen. »Schieß du, Alonzo, wir wollen laden«, sagten sie. Und nun traf jede Kugel.

Da, gänzlich unerwartet, sprangen die Aimaràs auf, sich durch Büsche, Hecken und gefallene Maultiere so gut wie möglich deckend, und eilten, den Kampf aufgebend, dem dritten, in die vereisten Regionen der Höhe führenden Dorfausgang zu. Ein Ruf des Entsetzens ward bei den Montaneros laut: sie sahen, zwischen den Davonjagenden saß, auf einem Maultier festgebunden, Eugenio de Valla.

Alonzo durchzuckte es heiß: lieber Gott, dass er im Eifer des Kampfes daran nicht gedacht hatte! »Vorwärts!« brüllt er, »rettet Don Eugenio!« Und die Büchse schwingend, blind gegen jede Gefahr, sprang er auf. Er wusste: Gewannen die Aimaràs die Felsenhöhen, war eine Verfolgung, eine Rettung des Gefangenen unmöglich; der Eingang zur Schlucht war spielend zu verteidigen. »Vorwärts!« brüllte er abermals. Die Montaneros folgten ihm. Auch die im Norden fechtende Abteilung näherte sich jetzt. Doch auch die Indianer bewegten sich in großer Eile auf das Felsentor zu, das ihnen Rettung bot.

Es war eine wilde, gespenstige Szene. Alle sahen sie den Gebundenen, der inmitten der Räuber davongeführt wurde.

»Schießt auf die Maultiere!« rief Alonzo. »Nur auf die Maultiere!«

Die Kugeln der unentwegt schießenden und ladenden und wieder schießenden Montaneros schlugen zwischen den ohnehin verwirrten und geängstigten Tieren ein; Verwirrung entstand, viele stürzten. Einige Aimaràs liefen zu Fuß den Felsen entgegen.

Schon war der atemlose Alonzo heran. Da sah er, wie sich eine Schulter, ein Arm, eine blitzende Machete über Eugenio hob. Er stand, schoss, der

Arm sank herab. Die Wilden jagten davon, das Maultier, das Don Eugenio trug, brach zusammen.

Die erbitterten Montaneros drangen vor. Schon war Alonzo dem unter dem Maultier liegenden Gefangenen nahe, da sah er Guati, der, sich umwendend, stehen geblieben war und jetzt mit hassverzerrtem Gesicht seine Büchse auf ihn abfeuerte. Die Kugel fehlte, Guati zog die Machete und eilte auf den hilflos Liegenden zu.

Alonzo, heranstürzend, stieß ihm den Büchsenkolben gegen den Leib; der Indio taumelte, gleich darauf umklammerten ihn Alonzos Arme.

Aber Guati war stark, stark und gewandt, und er kämpfte, er wusste es wohl, um sein Leben. Die beiden Gegner, ineinander verbissen, wälzten sich am Boden; mit ungeheurer Anstrengung gelang es Alonzo schließlich, seinen rechten Arm aus der Umschlingung des unter ihm liegenden Wilden zu lösen; er versetzte ihm einen wuchtigen Faustschlag zwischen die Augen; Guati fiel um wie ein Klotz.

Alonzo hielt die wütenden Montaneros fast gewaltsam zurück; er befahl, den Bewusstlosen zu binden. Und so groß war die Achtung, die der junge Caballero seinen Gefährten einflößte, dass sie selbst in diesem Augenblick äußerster Erregung gehorchten. Gleich darauf lag Guati in unzerreißbaren Banden am Boden.

Hochaufgerichtet, einen Zug stolzer Verachtung im Gesicht, stand Alonzo d'Alcantara auf dem Boden, wo er dereinst geknechtet worden war, und überblickte das Schlachtfeld. Die Aimaràs flohen, ringsumher lagen ihre Toten, das Raubnest war zerschlagen, der Mord an den drei Quellen, der Mord an seinen Eltern und Geschwistern war gesühnt.

Leider hatten auch zwei junge Montaneros das Leben geben müssen, viele andere waren verwundet. Unverletzt, aber totenbleich und an allen Gliedern zitternd, bar jeder Fassung, stand Eugenio de Valla vor seinem Retter. Er vermochte noch nicht zu sprechen; er fasste kaum, was da geschehen war. Er erlebte noch einmal das Grauen der vergangenen Stunden. Aber dann erkannte er ihn, seinen Retter, und in seinen matten Augen leuchtete es auf. »Alonzo«, stammelte er, »Alonzo!« Und plötzlich schoss brennende Röte in sein Gesicht. »Ruhen Sie, Señor«, sagte Alonzo, den Befreiten mit einem ernsten Blick streifend, »wir sprechen uns später.« Und er wandte sich ab und dem Mestizen Antonio zu, der glückstrahlend vor ihm stand; er drückte ihm stumm die Hand.

An eine Gartenwand gelehnt, saß finsteren, aber ruhigen Angesichts Tucumaxtli, der Kazike. Alonzos Schuss hatte ihm die Schulter zerschmettert, als er die Machete hob, um Eugenio zu töten; eine weitere Kugel hatte ihn im Rücken getroffen; er rang bereits mit dem Tode.

Alonzo, um den sich alle seine Waffengefährten gesammelt hatten, wandte sich dem Hockenden zu. »Du kennst mich, Kazike?« fragte er.

Ein dunkler, schon halb verschleierter Blick traf ihn. »Natter!« zischte der Wilde.

»Höre zu, Kazike«, sagte Alonzo. »Dort drüben liegt gefesselt Guati, dein Sohn. Du wirst bald vor dem höchsten Richter stehen, aber Guati kann weiterleben, wenn du sagst, hier vor diesen weißen Männern, wie du mich einst in deine Gewalt gebracht hast.«

Ein Aufblitzen finsteren Hasses war die Antwort.

»Du kannst auch schweigen, Kazike. Dein Sohn Guati wird dann am Halse aufgehängt werden. Er wird am Baum hängen, bis die Geier sein Fleisch fressen.« Der junge Mann ließ keinen Blick von dem Sterbenden.

Der begann plötzlich zu zittern; sein Gesicht wurde fahl. »Guati wird leben?« flüsterte er.

»Er wird leben, wenn er bei seinen Göttern schwört, nie wieder die Hand gegen einen Weißen zu erheben.«

Der Kazike richtete sich etwas höher; er ächzte: »Tucumaxtli will reden.«

Alonzo bat alle Umstehenden, den Worten des sterbenden Häuptlings sehr aufmerksam zu lauschen; es komme ihm darauf an, dass sie das Gehörte jederzeit bezeugen könnten. »Ihr habt euch alle gewundert, dass ich mit der Örtlichkeit hier so vertraut war«, sagte er. »Nun, ich habe fünf Jahre als Gefangener dieser Wilden hier gelebt, bis ich vor fünf Jahren, zusammen mit Don Antonio, diesem Tal entfloh.«

»Bis Don Alonzo mich vor einem grauenvollen Tode rettete«, rief der Mestize. »Wenn schon gesprochen werden soll, dann so, wie es wirklich war.«

»Sprich!«, wandte Alonzo sich an den Kaziken.

Mit matter, oft versagender Stimme sprach der in holprigem Spanisch, aber allen verständlich:

»Tucumaxtli geht zu seinen Vätern. Es ist gut. Guati soll leben. Zehn Sonnen sind vergangen, da kam Gomez, der Goldsucher, zu mir. Ich solle einen großen spanischen Caudillo gefangen nehmen und in die Berge führen, sagte er. Er gab mir Gold, und meine Krieger lauerten auf den Mann. Der Zorn kam über sie, und sie erschlugen die Weißen. Männer, Frauen und Kinder, bis auf den da«, – er wies auf Alonzo. »Den brachte ich hierher in die Berge und zog ihn auf. Ich wollte, dass die Weißen mir eines Tages viel Gold für ihn geben sollten, wenn er ihnen gefährlich würde, als der Sohn des großen Caudillo. Ich habe einen Panther mit mir geführt. Er hat mich und die Meinen zerrissen. Vor fünf Jahren ist er entflohen, um heute zurückzukehren. Tucumaxtli schwört bei seinen Göttern: Er hat die Wahrheit gesagt.«

»Er hat die Wahrheit gesagt«, sprach ihm Alonzo nach; er flüsterte es fast. Aber dann hob er den Kopf und sah sich mit freiem und stolzem Blick im Kreis der Gefährten um. »Bewahrt, was ihr gehört habt, in euren Herzen, bis die Stunde kommt, wo ich euer Zeugnis brauche«, sagte er.

Alle gelobten es. Tucumaxtli aber hauchte bald darauf seinen letzten Seufzer aus.

Nach den furchtbaren Anstrengungen der letzten Stunden bedurften die Montaneros der Ruhe. Sie fanden genügend Nahrungsmittel, auch Futter für die Tiere und Wasser, und rüsteten sich, die Nacht in dem Aimaràdorf zu verbringen. Auch Maultiere und Pferde fingen sie noch genügend ein, um die Schar derer, die über die Felsen geklettert waren, beritten zu machen. Die Verwundeten, deren Verletzungen in der Hauptsache glücklicherweise leicht waren, wurden sorgsam behandelt und gepflegt, die beiden Toten unter einer ragenden Fichte zur Ruhe gebettet. Alonzo aber entfernte sich, nachdem all dies getan, um seiner inneren Erregung Herr zu werden.

Erst nach längerer Zeit kam er zurück, sah nach den Verwundeten und nach Eugenio, der sich schon recht gut erholt hatte. Seine stürmischen Dankesbezeugungen lehnte er ernst, aber freundlich ab und entschuldigte sich damit, dass er zu seiner Schwester reiten wolle, die sicherlich sorgenvoll auf ihn warte.

Für den nächsten Morgen wurde der Rückmarsch bestimmt.

Elvira fand er im Wächterhaus ruhiger und gefasster vor, als er erwartet hatte. Das tapfere Mädchen hatte die ausgestandenen Schrecken überwunden; in ihren Augen, als er sie herzhaft begrüßte, leuchtete es warm. Er ließ den noch immer gefangenen Junma befreien und in die Berge gehen. Dann warf er selbst die Indianertracht ab und zog seine eigenen Kleider wieder an. Er sorgte für Elviras ungestörte Nachtruhe und sank schließlich selbst in einen tiefen, traumlosen Schlaf.

Als er mit Sonnenaufgang erwachte, machte er sich auf den Weg nach dem Dorf. Er fand Tempel und Häuser in lodernden Flammen. Die Montaneros, entschlossen, das finstere Raubnest für immer zu zerstören, hatten sie angezündet. Nachdem er eine sanfte Mula für Elvira ausgesucht hatte, ließ er Guati vor sich führen, ihn in der Weise seines Volkes schwören, Frieden mit den Weißen zu halten, und gab ihn dann frei.

Gemeinsam ritten sie zum Wächterhaus, setzten Elvira auf die für sie bereitgehaltene Mula und traten den Heimweg nach den Llanos an. Einen Boten, der Señor Vivanda die Rettung seiner Tochter melden sollte, hatte Alonzo vorausgeschickt. Langsamer, der Verwundeten und Elviras wegen, folgte der Zug.

Am dritten Tage trafen sie auf eine starke Schar Bergbewohner, die auf dem Wege waren, ihnen zu Hilfe zu eilen. Mit Jubel nahmen die Männer die Nachricht von dem bestandenen Kampf auf und wandten ihre Reittiere wieder abwärts. Nicht lange danach traf die Kolonne auf Vincente de Vivanda, um den sich zahlreiche Llaneros gesammelt hatten. Alonzo legte Elvira in die Arme des fassungslos schluchzenden Vaters. Auch Professor Pinola war da; er bekam einen Weinkrampf, als er seinen Pflegebefohlenen wohlbehalten wiedersah.

Señor Vivanda belohnte die Montaneros mit fürstlicher Freigebigkeit und versprach, für die Gefallenen Messen lesen zu lassen. Antonio Minas war nicht von Alonzos Seite zu bringen. Der kluge Halbindianer hatte wohl erkannt, dass Alonzos Zukunft von Unheil bedroht war; als er sich schließlich von ihm verabschieden musste, um heimwärts zu ziehen, sagte er: »Wenn Ihr mich jemals braucht, Don Alonzo, dann ruft mich, und ich bin mit allem, was ich habe, zur Stelle.« Ähnliche Versicherungen erhielt der junge Mann noch von vielen Seiten.

Während des ganzen langen Rittes hatte sich Alonzo von Eugenio de Valla ferngehalten. Als ihre Wege sich schließlich trennten, hielt der seine Hand mit krampfhaftem Druck und sah ihm fest in die Augen. »Zum zweiten Mal«, sagte er, »zum zweiten Mal und diesmal unter furchtbaren Umständen, habt Ihr mich gerettet. Und doch - - was ist da, was ich nicht begreife? Wollt Ihr nicht sprechen? Ich gehöre Euch für das Leben, Don Alonzo und Ihr - -«. Schmerz und Ratlosigkeit standen in seinen Augen.

Alonzo befreite seine Hand; über sein stolzes, verschlossenes Gesicht glitt ein flüchtiger Schatten; seine Stimme klang brüchig. Er sagte: »Was ich für Euch tat, Don Eugenio, war Menschenpflicht. Nicht mehr. Es bedarf keines Dankes. Aber sagt Eurem Vater, wenn Ihr ihn wiederseht, dass Alonzo d'Alcantara Euch gerettet hat, Alonzo d'Alcantara, der Sohn Don Pedros!«

Er riss sich los und folgte den bereits Vorangerittenen.

Halb betäubt, nichts begreifend, sah Eugenio de Valla ihm nach.

Don Eugenios Vater

Carlos de Valla ging langsam, in tiefes Sinnen versunken, in seinem Arbeitszimmer auf und ab. Seine Mienen waren zerfurcht; eine drohende Falte stand zwischen den Augen, in denen ein dunkles Feuer glühte. Er hatte Grund, düster zu blicken, der Herr Staatsminister; dunkle Wolken hatten sich am Horizont zusammengezogen. Alles, was er in einem wilden, abenteuerlichen, durch Höhen und Tiefen geschleuderten Leben zusammengetragen und für alle Zukunft gesichert zu haben glaubte, war plötzlich in Gefahr.

Carlos de Valla hatte eine fantastische Laufbahn hinter sich. Er entstammte einer sehr alten und sehr reichen spanischen Familie; schon als ganz junger Mann war er der unbeschränkte Erbe eines riesigen Vermögens. Aber das Geld war in seiner Hand zerronnen wie Spreu; eines Tages war er ein Bettler. Damals begann die Erhebung der Kolonie gegen das spanische Mutterland. De Valla stellte sich auf Spaniens Seite und kämpfte bald als Offizier, bald als Führer einer unabhängigen Freischar.

Als dann die Aufständischen Sieg um Sieg errangen und Spaniens Stern in jenen Landen sank, sagte de Valla sich rechtzeitig von den bisherigen Machthabern los und trat auf die Seite der Patrioten. Der Friede wurde geschlossen, und de Valla sank schnell von Stufe zu Stufe. Er geriet bis in jene dunklen Bezirke hinein, in denen ein Tejada und seine Genossen zu Hause waren. Aber er blieb nicht lange unten. Sein Instinkt, sein niemals erlahmender Ehrgeiz und seine Rücksichtslosigkeit spülten ihn bald wieder nach oben. Während der folgenden Bürgerkriege, die das gesamte staatliche und bürgerliche Leben unterminierten und eine beispiellose Korruption zur Folge hatten, begann er langsam wieder eine Rolle im öffentlichen Leben des Landes zu spielen. Seine unbestreitbaren Fähigkeiten, seine vorbildlichen Umgangsformen und sein nicht zu bezwingender Ehrgeiz ließen ihn schnell steigen und schließlich zu einer Machtstellung gelangen, von der aus er einen Mantel über die Vergangenheit zu breiten vermochte.

Er wurde bald von zahllosen Patrioten gehasst. Andererseits hatte er es aber auch verstanden, sich eine starke Anhängerschaft zu sichern. Er brachte es immer wieder fertig, die einander bekämpfenden Parteien gegeneinander auszuspielen und dabei seine eigene Stellung auszubauen. Das Ziel seines Ehrgeizes war, die höchste Würde im Staat zu gewinnen. Der Präsident war alt und kränklich. Gelang es de Valla, seine

Gegner in Schach zu halten, dann bestand bei der neuen Präsidentenwahl ohne Weiteres die Möglichkeit, zu dessen Nachfolger gewählt zu werden.

Da tauchte, wie schon einmal vor nun zehn Jahren, der Name d'Alcantara auf. Es war wie ein Ruf aus dem Grabe. War dieser geheimnisvolle junge Mann wirklich Don Pedros Sohn und gelang es ihm, sich im Kreise seiner Gegner Anerkennung zu verschaffen, musste er zwangsläufig zum Mittelpunkt jenes Kreises werden. Dann war nicht nur der Zusammenbruch seiner Präsidentschaftskandidatur, dann war schlechthin alles, der Zusammenbruch seiner ganzen Existenz zu befürchten.

Der junge Mann, echt oder unecht, durfte nicht existieren.

Schritt um Schritt, hin und her; die jagenden Gedanken wollten keinen Ruhepunkt finden.

Dieser Tejada war ein käuflicher, zu allem fähiger Schurke; das war klar. De Valla traute ihm nicht; von ihm war alles zu erwarten. Eher noch war dem Indio zu trauen. Ein Indio, dachte der Minister, handelt nicht selbständig. Er arbeitet für den, der ihn bezahlt. Er kannte den Mann seit Jahren, hatte ihn seinerzeit mit dem Gesinde Don Pedros übernommen; er hatte sich als treu und zuverlässig erwiesen.

Wo war dieser echte oder angebliche d'Alcantara? Schon dies: nicht zu wissen, wo der Feind saß, war in höchstem Maß beunruhigend. Wusste Tejada seinen Aufenthaltsort, oder hatte er geblufft? So oder so, die Ungewissheit musste ein Ende haben. De Valla hatte allerdings vor Tagen schon an einen in den Llanos wohnenden Vertrauensmann geschrieben und gebeten, Nachforschungen nach einem angeblich wieder aufgetauchten d'Alcantara anzustellen. Doch weder von diesem Mann noch von Tejada lag bisher irgendeine Nachricht vor; es war widerwärtig!

Zudem hatte der Minister noch andere private Sorgen. Von seinem Sohn, der mit diesem Professor in die Berge gezogen war, fehlte seit geraumer Zeit gleichfalls jede Nachricht. Und das war gar nicht Eugenios Art; der Zustand war in höchstem Maß beunruhigend.

Entsetzlich, wenn man nichts tun kann, einer lähmenden Ungewissheit ein Ende zu bereiten. Der Minister, in seinem Gemach auf und abschreitend, erwog Pläne und verwarf sie wieder, er kam zu keinem Ziel.

Ein Klopfen an der Tür unterbrach seine hastenden Gedanken. Auf seine Aufforderung hin erschien ein Diener und überreichte ihm einen Brief. Er riss das Schreiben hastig auf und hieß den Diener gehen. Ein Blick auf die Unterschrift ließ ihn aufatmen. Der Brief kam von seinem Vertrauensmann in den Llanos. Der Minister las:

»Euer Excellenza habe ich die Ehre zu berichten, dass ein Mensch, der den Namen d'Alcantara für sich in Anspruch nimmt oder sich gar auf eine direkte Abstammung von Don Pedro beruft, in den Llanos nicht aufgetaucht ist. Da der Name d'Alcantara weithin bekannt ist und gerade in den Llanos noch heute über eine außerordentliche Anziehungskraft verfügt, wäre ein solcher Vorgang, hätte er stattgefunden, zweifellos sehr bald in weitesten Kreisen bekannt geworden. Indessen konnte ermittelt werden, dass auf der Señor Vincente de Vivanda gehörenden Hazienda Otoño am Ocoa sich seit fünf Jahren ein junger Mensch aufhält, der unter eigenartigen, nie ganz geklärten Umständen plötzlich aufgetaucht ist und der bei seinem Erscheinen ein mangelhaftes Spanisch neben einer indianischen Mundart sprach. Vermittelt wurde die Bekanntschaft des jungen Mannes mit Señor Vivanda bzw. seinem Bruder, dem Cura, durch einen gewissen Gomez, eine anrüchige Persönlichkeit, die inzwischen verstorben ist. Der junge Mann führt den Namen Alonzo de Vivanda und gilt allgemein als entfernter Verwandter des Hauses. Ich beeile mich, Euer Excellenza die Versicherung meiner Ergebenheit und meiner ausgezeichneten Hochachtung zu übermitteln.«

De Valla legte den Brief aus der Hand, er war über dem Lesen blass geworden. Als er das Schreiben auf den Tisch legte, zitterte seine Hand. »Es ist kein Zweifel«, murmelte er, »die Toten stehen auf.«

Er beruhigte sich schnell, und ein Ausdruck grimmiger Entschlossenheit erschien auf seinem Gesicht. »Also die Vivandas halten den jungen Panther verborgen«, sagte er, »sie denken ihn bei passender Gelegenheit auf mich loszulassen? Gut, wenigstens weiß ich also, wo der Feind im Hinterhalt liegt. Überfallen werden wir uns nicht lassen. Sie waren mir nie gewogen, die Herren de Vivanda, weder der Haziendero noch der Cura. Sie haben Einfluss auf die Llaneros; unter ihrem Schutz könnte dieser Herr d'Alcantara möglicherweise gar gefährlich werden. Es hilft alles nichts: Dieser Mensch muss unschädlich gemacht werden, ehe das Land sich zur Präsidentenwahl rüstet.«

Er klingelte; Sekunden später stand der Diener im Zimmer.

»Ist Don Ignacio anwesend?« fragte der Minister.

»Sehr wohl, Excellenza.«

»Er soll kommen.«

Der Diener entfernte sich, und nach wenigen Minuten stand ein noch junger Mann mit nicht unschönen, aber verlebten Zügen im Raum; seine Kleidung zeigte eine schäbige Eleganz.

Der Minister maß ihn mit einem scharfen Blick; der Mensch senkte verlegen die Augen.

»Deine Verhältnisse sind, wie ich hörte, einigermaßen zerrüttet«, sagte der Minister.

»Ich kann es nicht bestreiten, Excellenza. Indessen, ich hoffe –«

»Zudem liegen einige recht schwerwiegende Beschuldigungen gegen dich vor.«

Der Mann zuckte zusammen, richtete sich aber gleich wieder auf, Angst und Frechheit stritten in seinem Gesicht. »Es gibt Verleumder, denen man nicht gewachsen ist«, sagte er. Und, nachdem er sich offenbar zur Frechheit durchgerungen hatte, »Verleumder, vor denen zuweilen selbst höchste Staatspersonen nicht sicher sind.«

De Valla maß ihn mit einem kalten Blick und wandte sich ab. Nach einer Weile sagte er, dem anderen den Rücken zuwendend, mit unpersönlicher, beinahe tonloser Stimme:

»Ich habe möglicherweise einen Auftrag für dich, der dir einige Pesos eintragen könnte, sagen wir tausend, und der möglicherweise deine Angelegenheiten in ein günstigeres Licht wenden könnte.«

Der Mann verneigte sich, ein glattes Lächeln auf dem Gesicht. »Excellenza wollen befehlen«, sagte er.

»Es gehören ein entschlossener Sinn und eine feste Hand dazu.«

»Excellenza dürften wissen, dass es mir an beidem nicht fehlt.«

»Wir wollen sehen« – der Minister sprach noch immer abgewandten Gesichtes. »Hör zu: In den Llanos lebt ein junger Mensch, der nach seinen mir bekannt gewordenen Plänen als Staatsfeind erster Ordnung anzusprechen ist.«

Und wieder verneigte der Mann sich hinter dem Rücken des Ministers. »Excellenza, ich komme nicht gern in den Verdacht, ein schlechter Patriot zu sein. Die Feinde des Staates sind auch meine Feinde. Excellenza bezeichne den Mann, und er wird dem Staat nicht länger gefährlich werden.«

De Valla wandte sich um; sein Gesicht war kalkweiß, seine Augen brannten. Er sah seinem Gegenüber mit düsterem Blick ins Gesicht. »Du findest auf der Hazienda Otoño am Ocoa einen jungen Herrn, der sich Alonzo de Vivanda nennt. Von ihm droht dem Lande Unheil«, sagte er.

»Da ich es weiß, ist es meine Staatsbürgerpflicht, das Unheil abzuwehren«, entgegnete Don Ignacio.

»Hör zu!« Der Minister sprach nun mit ruhiger, sachlicher Stimme, als handele es sich um irgendein belangloses Geschäft. »Ich habe bereits einen vertrauten Mann abgesandt in dieser Angelegenheit. Doch konnte ich diesem Vertrauten seinerzeit nicht sagen, unter welchem Namen der Staatsverbrecher auftritt und wo er sich aufhält. Ich wusste lediglich, dass er in den Llanos weilte. Mein Abgesandter schweigt, und ich muss befürchten, dass er seinen Auftrag bisher nicht durchführen konnte. Heute bin ich, wie du siehst, besser unterrichtet; deine Aufgabe ist also leichter. Melde mir, dass die Gefahr für den Staat beseitigt ist, und du erhältst tausend Pesos und darfst auch sonst auf meine Hilfe in deinen Angelegenheiten rechnen.«

»Und wenn das Werk, während ich reite, schon getan ist?« erkundigte sich der Mann.

Der Minister winkte ab: »Es geht mir um das Ergebnis. Bringe mir die sichere und verbürgte Nachricht, dass der Regierung von diesem Menschen keine Gefahr mehr droht, und du erhältst deinen Lohn.«

Don Ignacio lächelte. »Excellenza sind ein vollendeter Caballero.«

Der Minister schüttelte sich. Er wandte sich brüsk ab, entnahm seinem Schreibtisch eine Rolle und legte sie auf die Platte. »Hier hast du Geld«, sagte er, »es wird vorerst reichen. Brauchst du ein Pferd oder ein Mulo, so wende dich an den Majordomo und lass es dir geben. Ich erwarte schnellste Erledigung. Geh!«

Don Ignacio steckte die Geldrolle zu sich, verneigte sich schweigend und verließ das Zimmer. Der Minister fiel in seinen Sessel und schlug die Hände vor das Gesicht. Ein Krampf schüttelte seinen Körper.

Er hatte noch nicht lange so gesessen, als ihm ein reitender Bote gemeldet wurde. Der Mann, der mehrere Pferde zuschanden geritten hatte, brachte einen Brief des Professors Pinola. Der tödlich erschrockene Minister riss das Schreiben mit fliegenden Fingern auf und brach, nachdem er die wenigen Zeilen gelesen hatte, über seinem Schreibtisch zusammen. Der Brief enthielt die Mitteilung, dass sein Sohn, Don Eugenio, von räubernden Aimaràs in die Berge verschleppt worden sei.

Der Schlag war vernichtend. Er traf den harten, kalten und vom Ehrgeiz zerfressenen Mann, der Ehre und Ruhe seinem Machtstreben geopfert hatte, an der empfindlichsten Stelle. Dieser Sohn war sein Abgott, er trieb seinen Kult mit ihm; Eugenio war nahezu der einzige Mensch, der von seines Vaters dunkler Vergangenheit, von seinen fragwürdigen Machenschaften und von den Abgründen seiner Seele nichts ahnte. Dieser kindliche, harmlose und leichtgläubige Jüngling von den Aimaràs verschleppt! De Valla war noch nicht so verrottet in seinem Inneren, als dass ihm das furchtbare Geschehen nicht als Gegenschlag des Schicksals, als eherner Vollzug einer höheren Gerechtigkeit erscheinen musste. Er hatte einst seinen gefährlichsten Gegner in die Hände der Aimaràs gespielt. Er hatte seinen Tod nicht gewollt und gewiss nicht den Tod seiner Angehörigen. Aber das Schicksal hatte zugeschlagen. Der Gegner war gefallen, Frauen und unschuldige Kinder hatten sein schreckliches Geschick teilen müssen. Und nun?

Der Minister war dem Wahnsinn nahe. Dennoch unterließ er, nachdem er den ersten, furchtbarsten Schreck überwunden, nichts, um seinem Sohn Hilfe zu bringen. Bote um Bote flog auf eilenden Rossen nach dem Gebirge. Unsummen sollten als Lösegeld geboten werden; die Montaneros, die Chibchas in den Bergen sollten in Marsch gesetzt werden; mit Mühe ließ er sich abhalten, selbst aufzubrechen, um den Entführten zu holen.

Das Geschehen verbrauchte alle seine Kraft. Die Staatsgeschäfte ruhten; Carlos de Valla war nicht imstande, einen anderen Gedanken zu fassen.

Er vergaß auch völlig des jungen Mannes in den Llanos, dem er die Bluthunde auf die Spur gehetzt hatte. Jeder Gedanke, jede Handlung kreiste um Eugenio.

So vergingen fünf entsetzliche Tage, Tage, in denen das Wesen des allmächtigen Ministers von Grund auf umgeformt, sein Innerstes nach außen gekehrt wurde. Da, am sechsten Tage, traf ein Correo ein. Er brachte einen persönlichen Brief, und schon auf dem Umschlag leuchteten ihm die Schriftzüge des Sohnes entgegen. Und zum zweiten Male brach er zusammen.

Wieder zu sich gekommen, las er, von der Hand Eugenios geschrieben, was sich zugetragen hatte. Er las die Geschichte der Entführung und die weit abenteuerlichere der Rettung. Er las, dass ein junger Mann dem Sohne zum zweiten Male das Leben gerettet habe, dass dieser Mensch dem Sohn ans Herz gewachsen sei wie kein anderer, den Vater ausgenommen, und er las den Namen des Retters: Alonzo d'Alcantara. Er legte den Brief aus der Hand und biss sich auf die Lippen.

Welch sonderbare, furchtbare, unbegreifliche Wege das Schicksal ging! Carlos de Valla fühlte sich besiegt, ratlos, verzweifelnd, niedergeschmettert durch eine Fügung, die da Segen brachte, wo schwerer Schuld die Strafe folgen musste. Eugenio gerettet durch den Sohn Don Pedros! Es war nicht zu fassen.

Aber es musste etwas geschehen. Entsetzliches musste verhindert werden. Schon bei dem bloßen Gedanken fühlte de Valla, wie ihm die Ruhe, die Möglichkeit zur Planung und Überlegung wiederkehrte. Es war klar: Alonzo d'Alcantara durfte nicht sterben, nun nicht mehr! Mochte dann geschehen, was da wollte; gegen den Retter seines Sohnes konnte er die Hand nicht erheben. Er befahl, die beiden zuverlässigsten Staatskuriere herbeizurufen und setzte sich an seinen Schreibtisch.

Seine Hand zitterte, als er zu schreiben begann, aber sie wurde mit den wachsenden Zeilen ruhiger und sicherer. Er schrieb an Vincente de Vivanda. Er habe soeben erfahren, dass ein Angehöriger seines Hauses, Alonzo de Vivanda, seinem Sohne zweimal das Leben gerettet habe, das zweite Mal unter persönlichem Einsatz des eigenen Lebens. Es dränge ihn, dem Señorito seinen unaussprechlichen Dank zu übermitteln. Wie Eugenio ihm weiter mitgeteilt habe, nenne der junge Herr sich in Wirklichkeit Alonzo d'Alcantara und gehöre vermutlich der Familie des ermordeten Don Pedro an. Sollte dies der Fall sein, so solle er ihm doppelt willkommen sein. In jedem Fall könne er auf ihn und seine Dienste rechnen.

Als der Correo, ein als klug und entschlossen bekannter Mann, vor ihm stand, sagte de Valla: »Kennst du Ignacio Caldas?«

»Ja, Excellenza.«

»Gut. Du bringst in höchster Eile diesen Brief an Señor Vincente de Vivanda auf Otoño am Ocoa.«

»Sehr wohl, Excellenza.«

»Triffst du auf deinem Ritt, in Otoño oder in der Nähe, Don Ignacio, so sagst du ihm, der ihm aufgetragene Befehl sei aufgehoben; er habe unverzüglich zurückzukommen. Hast du verstanden?«

»Sehr wohl, Excellenza.«

»Kennst du meinen Peon Maxtla, den Indio?«

»Ja, Excellenza.«

»Siehst du diesen, so sagst du ihm das Gleiche, aber geheim und ohne ihn als meinen Diener anzusprechen.«

Er sann einen Augenblick nach und fuhr dann fort: »Auf Otoño befindet sich ein junger Herr, Don Alonzo, dem ich sehr verpflichtet bin. Diesem deute ebenso wie Señor Vivanda selbst an, das ihn, den Señorito, nahe Gefahr bedrohe. Dies nicht, als ob es von mir, sondern als ob es von dir selbst ausginge. Es ist mein dringender Wunsch, dass Don Alonzo allen Bedrohungen, denen er ausgesetzt ist, entgeht. Wenn du dabei hilfst, kannst du mit reichlicher Belohnung rechnen.«

»Excellenza wollen sich auf mich verlassen«, sagte der Correo. »Wenn ich es verhindern kann, wird dem Señorito kein Leid geschehen.«

»So reite. Und reite schnell!«

Der Correo verbeugte sich und verließ das Zimmer.

Den zweiten Staatsboten sandte de Valla mit einem Schreiben an den Vertrauten, der ihm die Mitteilungen über Alonzo de Vivanda gemacht hatte. Diesem teilte er mit, er habe in Erfahrung gebracht, dass man dem Leben des jungen Mannes nachstelle. Der Señorito stehe unter seinem Schutz, und er bitte ihn, den Vertrauten, alles aufzubieten, um ihn gegen jede mögliche Gefahr zu schützen. Auch dieser Correo bekam die von Don Ignacio und Maxtla betreffenden Aufträge mit und ritt unverzüglich davon.

Drei Tage später traf Eugenio in Bogotá ein. Als der Minister den Sohn in die Arme schloss, rannen große Tränen über sein blasses Gesicht. Dieser Mann hatte seit Jahrzehnten keine Träne mehr vergossen.

Alonzo d'Alcantara

Vincente de Vivanda war mit einem beträchtlichen Gefolge nach Otoño zurückgekehrt. Den Llaneros, die ihm entgegengeritten waren, hatten sich mehrere angesehene Hazienderos aus den Bergen angeschlossen, und mit diesen kam auch der Mestize Antonio de Minas, dessen Vater ein begüterter und angesehener Mann war und den es nicht zu Hause gehalten hatte.

Der Raub der Señorita hatte ungeheueres Aufsehen erregt. Es war die erste Gewalttat dieser Art seit Jahren. Zwar, das Drama im Tal der drei Quellen war noch keineswegs in Vergessenheit geraten, aber nicht alle, die sich dieses Verbrechens erinnerten, waren überzeugt, dass es sich dabei um einen Überfall der Aimaràs gehandelt habe. Viele waren der Meinung, dass gemietete Bandidos den der republikanischen Partei gefährlichen Mann samt seinen Angehörigen beseitigt hätten.

Nun aber war die unglaubliche Verwegenheit der Wilden des Hochgebirges aller Welt offenbar geworden, und jedermann freute sich der gründlichen Züchtigung, die sie erfahren hatten. Der Name Alonzos war in aller Munde. Von Eugenio de Valla, der sich noch vor dem Aufbruch der Vivandas von diesen getrennt hatte, um nach Bogotá zurückzukehren, sprach man kaum. Der Name de Valla war in den Llanos nicht sehr beliebt.

Als der stattliche Zug sich der Hazienda Otoño näherte, strömte alles, was auf den Besitzungen der Vivandas lebte und arbeitete, herbei, um die aus furchtbarer Gefahr befreite Señorita zu begrüßen: die Vaqueros, die Feldarbeiter, Weiße, Rote und Schwarze. Besonders der Jubel der Farbigen war grenzenlos.

Fassungslos vor Freude hielt der Cura die Nichte in den Armen; er hatte die Erregung noch immer nicht überwunden. Mit einem herzhaften Druck reichte er Alonzo die Hand. »Gott hat dich in unser Haus geführt, mein lieber Sohn«, sagte er, »Ich bin gewiss, er wird dich vor allen Gefahren schützen.«

Die Hazienda beherbergte Hunderte von Gästen; der Abend vereinigte sie alle in dem mit Fackeln und Laternen erleuchteten Park zu einem fröhlichen Festmahl; rings um den eingefriedeten Raum lagen zahllose Indios, um dem seltenen Schauspiel zuzuschauen, und auch für ihre Bewirtung wurde reichlich gesorgt.

Der Name Alonzo klang von Mund zu Mund, und die Erzählungen von den Taten, die er in den Bergen vollbracht, wollten kein Ende nehmen. Der alte Cazador Geronimo besonders wusste sich vor Begeisterung nicht zu fassen. Er war von einem dichten Kreis lauschender Männer umgeben, denen er das in den Hochtälern der Anden bestandene Abenteuer zum besten gab. »Caballeros«, rief er, »seit vielen Jahren lebe und jage ich in den Bergen, in den Bürgerkriegen habe ich gefochten, und mit den Wilden habe ich mich auch nicht zum ersten Mal herumgeschlagen, aber einen so tapferen und kaltblütigen Capitano wie Don Alonzo habe ich noch nicht erlebt. Glaubt mir, Compañeros, ohne ihn bleichten unsere Knochen schon in irgendeiner Felsschlucht.«

»Viva, Don Alonzo!« scholl es durch die Nacht. Alonzo hörte dem Lärm und dem Trubel, der um ihn herum veranstaltet wurde, mit reichlich finsterem Gesicht zu; dergleichen behagte ihm gar nicht. Doch war er höflich genug, sich den Begeisterten nicht zu entziehen.

Auf der offenen Veranda saß Doña Elvira mit einigen Damen der Nachbarschaft. Sie hörte dem Jubel rundherum mit schweigsamem Lächeln zu, aber auch ihr wäre es wohl lieber gewesen, wenn man ihre glückliche Rückkehr etwas weniger lärmend gefeiert hätte; die durchlebten Schrecknisse wirkten noch in ihr nach, und beim Gedanken an die wilden grausamen Gesichter der Bergindios schauderte sie noch immer zusammen.

Indessen draußen gefeiert wurde, hatte innerhalb des Hauses Vincente de Vivanda eine entscheidende Unterredung mit seinem Bruder, zu der bald auch einige vertraute Freunde und Antonio Minas zugezogen wurden. Es wurden sehr ernste Dinge besprochen.

Alonzo hatte in jäh ausbrechendem Stolz dem jungen de Valla seinen wahren Namen genannt; es war also nicht mehr nötig, das bisher sorgsam gehütete Geheimnis zu wahren; im Gegenteil, der Kampf musste aufgenommen werden. Es war an der Zeit. Manche der gänzlich ahnungslosen Freunde hörten hier zum ersten Male von den mutmaßlichen Zusammenhängen sprechen, die zwischen dem Mord im Tal der drei Quellen und dem Staatsminister de Valla bestanden. Alle aber waren der Meinung, dass es nunmehr geboten sei, Namen und Abkunft Alonzos öffentlich bekanntzugeben. Das ganze Land musste diese Zusammenhänge kennen. Es wurde beschlossen, sogleich zu handeln.

Die Männer betraten den Park, und Señor Vivanda, von seinem Bruder, dem Cura, begleitet, rief Alonzo zu sich. »Die Stunde ist gekommen, Alonzo«, sagte er, »die Leute müssen nunmehr erfahren, wer du bist. Es ist dir recht?«

»Ja«, erwiderte der und sah dem Señor ruhig ins Gesicht. »Es ist gut so. Sie sollen es erfahren.«

Vivanda verschaffte sich Gehör und bat seine Gäste, eine sehr ernste und sehr wichtige Mitteilung entgegenzunehmen. »Es ist niemand in diesem Kreise«, begann er, »der nicht von dem furchtbaren Unglück gehört hätte, das vor nunmehr zehn Jahren einen der besten Männer des Landes und die Seinen betraf. Ich spreche von Pedro d'Alcantara, der damals im Tal der drei Quellen ermordet wurde.« Eindringliches Schweigen folgte seinen Worten, Vivanda aber fuhr, mit etwas erhobener Stimme, fort:

»Wir alle glaubten damals, dass kein Mitglied des Hauses d'Alcantara dem Massaker entgangen sei. Wir haben uns geirrt. Don Pedros ältester Sohn, Alonzo d'Alcantara, entging dem Tode und wurde von den Wilden in die Berge verschleppt.«

Und wieder folgte Stille, aber nur fünf Minuten, dann brach ein wildes Gelärm los, Überraschungsrufe wurden laut, alles schrie durcheinander.

Don Vincente verschaffte sich Ruhe und wies auf einen neben ihm stehenden jungen Mann. »Dies ist Antonio de Minas, der Sohn des Alkalden von Albumarge«, sagte er. »Er wird euch erzählen, wie und unter welchen Umständen er Alonzo d'Alcantara traf.«

Der Mestize begann unverzüglich zu sprechen. Er berichtete, wie er vor fünf Jahren von den Aimaràs überfallen und verschleppt worden sei, um als Opfer des Aberglaubens unter den Schlachtmessern fanatisierter Priester zu sterben. Er und ein junger Caballero aus dem Norden namens Don Fernando. Er erzählte von dem gleichfalls seit Jahren gefangenen weißen Jungen, der kaum noch des Spanischen mächtig gewesen und der ihn und Don Fernando aufgrund seiner genauen Kenntnis der Örtlichkeit und der Sitten und Gebräuche der Aimaràs unter Einsatz des eigenen Lebens gerettet habe. »Dort steht jener Junge von damals, heute ein Mann«, rief er und wies auf den im Hintergrund verharrenden Alonzo, »und nun werdet ihr begreifen, warum er Mittel und Möglichkeiten fand, Doña Elvira und den jungen de Valla aus den unzugänglichen Schluchten des Hochgebirges herauszuholen, eine Tat, die kein anderer hätte vollbringen können. Vor unseren Ohren hat der sterbende Kazike der Aimaràs bei seinen Göttern geschworen, dass er diesen selben jungen Mann vor zehn Jahren als einzigen Überlebenden aus dem Tal der drei Quellen davongeführt habe.«

Der Mestize schwieg; die leidenschaftliche Erregung seiner Zuhörer war über seinem Bericht von Minute zu Minute gestiegen. Nunmehr aber nahm Vincente de Vivanda wieder das Wort. Er berichtete, wie und unter welchen Umständen Alonzo vor fünf Jahren zu ihnen gekommen sei und dass schon damals der sterbende Gomez seine Identität bezeugt und verbürgt habe.

»Wir hatten Gründe«, schloss Señor de Vivanda, »den Namen d'Alcantara geheim zu halten. Er hätte in einer Zeit der Zerrissenheit und des wilden Parteigetriebes seinem Träger verhängnisvoll werden können. Diese Gründe aber bestehen nun nicht mehr. Hier, meine Freunde, steht Alonzo d'Alcantara, der Sohn des von euch allen verehrten Don Pedro. Er hat unter Einsatz des eigenen Lebens dem Sohn des Ministers de Valla das Leben gerettet und hat sich dadurch dessen Dankbarkeit und Freundschaft erworben.«

»Was Minister! Was de Valla!« brüllten die Männer. »Heil, Alonzo d'Alcantara!«

»Viva Don Alonzo! Salve sea d'Alcantara!« tönte es zum nächtlichen Himmel. Die Begeisterung der Südländer wollte kein Ende finden. Man drängte sich um Alonzo herum, schüttelte ihm die Hand und versicherte ihn unwandelbarer Treue und Anhänglichkeit.

»Brauchst du Arme, Don Alonzo«, schrie ein wettergebräunter Llanero, »dann rufe uns. Wir steigen in den Sattel und greifen zur Lanze, wenn du befiehlst!«

»Und wir zur Büchse, Capitano!« rief es aus den Reihen der Montaneros. »Du brauchst nur zu rufen, und wir alle sind da!«

Alonzo, sehr blass, aber mit leuchtenden Augen und einem Herzen, dessen harten Schlag er im Halse spürte, drückte Hand um Hand.

»Freunde«, sagte er, »Freunde, ich danke euch. Ich gehöre zu euch.«

Elvira, die von diesen Zusammenhängen zum ersten Male erfuhr, stand blass auf der Veranda, und ihre Hand krampfte sich um das Geländer.

Der Cura aber führte Alonzo zur Seite und legte ihm den Arm um die Schulter. »Bändige den Dämon«, flüsterte er ihm zu, »bändige den Dämon in deiner Brust, mein Junge!« Alonzo sah ihm mit einem stillen Blick in die Augen und drückte herzhaft die Hand des alten Mannes.

Die beiden Chibchas

Don Sancho Tejada war in Naëva zurückgeblieben, nachdem die Mehrzahl der Jahrmarktsgäste sich zerstreut hatte, was zufolge der Unglücksbotschaft aus den Bergen schneller als vorauszusehen geschehen war. Dennoch weilten noch viele Gäste, vor allem Farbige, in der Stadt, und auch auf dem Fluss ankerten noch zahlreiche Fahrzeuge, die stromauf und stromab gekommen waren.

Es ging Sancho Tejada nicht schlecht in Naëva, trotzdem fühlte er sich nicht wohl in seiner Haut. Seine Hoffnung, hier etwas von dem Jungen d'Alcantara zu erfahren, war fehlgeschlagen; niemand hatte etwas von einem noch lebenden Sohn Don Pedros gehört und niemand glaubte, dass ein solcher noch unter den Lebenden weile.

Aber eine andere Erfahrung hatte Tejada machen können. Wo immer er herumhörte, hatte er Lobsprüche über die d'Alcantaras anhören müssen, und darüber, dass Carlos de Valla in den Llanos durchweg gehasst wurde, konnte für ihn auch kein Zweifel mehr bestehen. Er befand sich also in jedem Falle in einer höchst peinlichen und keineswegs ungefährlichen Lage. Denn Carlos de Valla bildete sozusagen die einzige Hoffnung, von der er noch zehrte. Schlug diese Karte fehl, blieb ihm kaum noch etwas anderes übrig als der Weg ins Ausland. Aber auch hier waren die Möglichkeiten nur mehr sehr beschränkt. Nach Peru und Bolivien konnte er nicht gehen; dort kannte man ihn ein wenig zu genau; in Peru war er gerade erst unter schwierigen Umständen entwichen, als er in Bogotá auftauchte. Also blieb eigentlich nur noch der Weg nach Brasilien oder übers Wasser, wenn es ihm nicht gelang, den Auftrag des Ministers auszuführen.

Was aber konnte er in dieser Richtung noch tun? Die letzte Hoffnung setzte er auf die Gegend am Ocoa; diesen Versuch würde er noch machen. Es stand viel, es stand genau genommen alles für ihn auf dem Spiel. Gelang es ihm, den Auftrag de Vallas auszuführen, dann war er mit ziemlicher Sicherheit wieder ein gemachter Mann; der Minister hatte dann kaum noch die Möglichkeit, ihm einen Wunsch abzuschlagen.

Unweit von Tejada saß, mürrisch und in sich versunken wie immer, sein indianischer Peon. Der Mann tat pünktlich und ordentlich seinen Dienst, aber das war eigentlich auch das einzige Gute, was der zweifelhafte Caballero von ihm zu sagen wusste. Allenfalls noch, dass er kaum Spanisch sprach und verstand; dadurch war ihm das Lauschen erschwert. Weniger erfreulich war die Neigung des Mannes, seine Nächte im Freien zuzubringen, eine Angewohnheit, die er freilich mit vielen seiner Stammesgenossen teilte und die deshalb weiter nichts Auffallendes an sich hatte. Trotzdem, sie wirkte sich manchmal unangenehm aus: Oft war der Mann gerade dann nicht zur Stelle, wenn man ihn am nötigsten brauchte.

Während der würdige Don noch über die Schritte nachdachte, die er demnächst zu unternehmen habe, näherte sich der Posada, in der er saß, auf der Straße ein Reiter auf reichlich erschöpftem Maultier. Er schien nach Kleidung und Sattelzeug ein wohlhabender Haziendero; das Gesicht beschattete den Rand des Sombreros.

Der Mann hielt, ohne abzusteigen, vor der Veranda, auf der Tejada in einem Schaukelstuhl saß.

»He, Posadero!« rief er, ohne von dem Mann auf der Veranda Notiz zu nehmen.

Der Wirt erschien in der Tür.

»Habt Ihr Unterkünfte für Mann und Tier?« fragte der Reiter.

Der Posadero dienerte. »Sehr wohl, Señor. Beliebe es Euer Gnaden nur abzusteigen.«

»Ausgezeichnet. Zuvor eine Frage: Wisst Ihr, ob Señor Martinez noch am Ort ist?«

Der Wirt überlegte einen Augenblick; Martinez war ein reicher Gutsbesitzer der Llanos. »Kaum, Euer Gnaden«, sagte er dann, »die Caballeros haben Naëva alle verlassen, als die Unglücksbotschaft aus den Bergen eintraf. Ich erinnere mich jetzt: Auch Señor Martinez war unter den Abreisenden.«

Der Mann unterdrückte mühsam einen Fluch; er schien äußerst verärgert. »So habe ich den beschwerlichen Ritt vergebens gemacht«, schimpfte er; »ich war sicher, ihn hier zu treffen.«

»Ja, das hättet Ihr auch, aber das Unglück, Herr; sicher wisst Ihr noch nicht – –.«

Der Mann winkte ab: »Erzählt mir das später. Jetzt schafft etwas zu essen und zu trinken. Wenn mein Peon kommt, meldet es mir; sein Tier lahmte und blieb zurück. Schnell etwas zu essen, ich komme um vor Hunger.« Der Mann stieg ab und folgte dem Wirt ins Haus; ein herbeigeeilter Peon nahm sich seines Maultieres an.

Tejada sah dem Fremden missmutig nach. Auch einer dieser reichen Halunken, die von Hochmut bersten, dachte er. Maxtla aber, der angeblich Juan hieß und von dem man, wenn man ihn dahocken sah, meinen sollte, dass er vor lauter Stumpfsinn überhaupt nichts wahrnehme, Maxtla hatte in dem Mann auf den ersten Blick jenen Reiter erkannt, der, von einem Alguacil verfolgt, in den Bergen ihren Weg gekreuzt und von dem der Polizeioffizier gesagt hatte, dass er der Zutreiber von Flusspiraten sei.

Oh, wenn der Señor Tejada hinter der niedrigen Stirn seines Peons hätte lesen können! Der Mann sprach zwar das Spanische tatsächlich nur holprig und schwerfällig, verstand es aber genau genug. Seinem geschulten indianischen Ohr entgingen kein Laut und kein Wort, er hatte genau in der Erinnerung, was der Alguacil über den Verfolgten und die Räuberinsel in einem der großen Flüsse geäußert hatte.

Die Nacht war herabgesunken, die Leuchtkäfer begannen zu schwirren, und Fledermäuse zogen in geisterhaftem Flug durch die Luft. Sancho Tejada erhob sich. »Morgen mit Tagesanbruch reiten wir«, rief er seinem Peon zu. Der nickte gleichmütig.

Der Señor aber trat in den Gastraum, wo er den fremden Reiter traf, der eben dabei war, seine Mahlzeit zu beenden. Tejada trat auf ihn zu. Er nannte seinen falschen Namen und sagte, er freue sich, noch auf eine Stunde Gesellschaft gefunden zu haben.

Der Mann sah auf und maß Tejada mit einem scharfen, prüfenden Blick. Er bedauere sehr, sagte er alsdann, aber er müsse den Caballero enttäuschen. Er habe einen endlosen, sehr beschwerlichen Ritt hinter sich und sei hundemüde. Er gedenke sich gleich zur Ruhe zu begeben. Er schob Teller und Glas beiseite und ließ sich von dem herbeieilenden Posadero in sein Zimmer bringen. Don Sancho, erbittert, mit sich und der Welt unzufrieden, bestellte sich eine Flasche Wein und gab sich resigniert wieder den beunruhigenden Gedanken hin, denen er hatte entfliehen wollen.

Maxtla hockte noch eine Weile unbeweglich in seiner Ecke auf der Veranda, dann erhob er sich und schlug, auf die Straße tretend, den Weg nach dem Fluss ein. Im Schatten der Häuser entlangschleichend, kaum wahrzunehmen in der Dunkelheit, von keinem Menschen bemerkt oder auch nur beachtet, schlich er durch die engen Gassen und erreichte bald die Stelle, die Kähnen und Flößen als Landeplatz diente. In einer Einbuchtung waren hier mehrere große Kähne festgemacht, Fahrzeuge, wie sie die Landleute zur Verfrachtung ihrer Bodenerzeugnisse benützen, dazwischen lagen auch mehrere kleinere Boote und indianische Kanus. Trotz der starken Dunkelheit erkannte Maxtla, der diesen kleinen Hafen, wie überhaupt die ganze Umgebung schon in mehreren Nächten scharf beobachtet hatte, sofort ein neu angekommenes größeres Boot, das dicht am Ufer lag und mit einem Halbverdeck versehen war. Das Boot war leicht vertäut und so gelegt, dass es ohne besondere Mühe in den Strom zu bringen war.

Der Indianer ging geräuschlos weiter, seine dunklen Augen auf alles richtend, was in seinem Gesichtskreis erschien.

Er kam in die Nähe einer luftigen, aus Bambusstauden errichteten Tienda, einer jener Wirtschaften, wie sie hier an den Flüssen zu finden waren, in denen vorwiegend Farbige verkehrten. Nur mäßig beleuchtet, ließen die offenen Räume gleichwohl einen Überblick über die im Inneren befindlichen Gäste gewinnen. Die Männer, die hier in der Tienda saßen, waren vorwiegend Peons, Feldarbeiter und kleine Grundbesitzer, fast ausschließlich Indianer. Der Rest bestand aus Mulatten und Negern.

Maxtla überblickte, langsam vorbeischlendernd, den niedrigen Schankraum. Eine Gesellschaft von sechs Personen, an einem Tisch sitzend, erregte sein besonderes Interesse. Es waren drei Indianer, ein Neger und zwei Zambos, die dort saßen. Maxtla war sicher, in dieser Gesellschaft die Bemannung des Bootes vor sich zu haben, das er vorher am Ufer gesehen hatte. Er trat, zurückschlendernd, ein und ließ sich in der Nähe des Tisches, ein wenig abseits, nieder. Verstohlen musterte er die nur mit Hemd und Hose bekleideten Gesellen, deren Häupter breitrandige Strohhüte deckten, bestellte sich eine Limonade und entzündete sich eine Cigarrito. Er erregte, da mindestens zwanzig seiner Stammesgenossen im Raum weilten, keinerlei Aufmerksamkeit; kein Mensch drehte sich nach ihm um.

Die Leute an jenem Tisch wechselten nur wenige Worte in spanischer Sprache. Die bei ihnen sitzenden noch schweigsameren Indios warfen dann und wann eine Bemerkung im Chibchadialekt dazwischen.

Einer der Indianer, der schweigsamste von allen, weckte Maxtlas besondere Aufmerksamkeit. Es war dies ein hagerer Geselle mit einem verschlossenen, düsteren Gesicht; er trug eine dünne Schnur mit einem kleinen, kaum bemerkbaren Zierrat am Hals.

Als er einmal zufällig nach der Seite herübersah, wo Maxtla saß, nahm dieser nachlässig seinen Hut ab, als ob es ihm zu warm sei, und strich mit der rechten Hand sein Haar langsam von rechts nach links hinüber.

In den Augen des Indios funkelte es auf; nach einiger Zeit bewegte er die Finger seiner linken Hand leicht über das linke Auge, worauf Maxtla seinen Hut wieder aufsetzte, um gleich darauf aufzustehen und die Tienda zu verlassen.

Nach einiger Zeit folgte ihm der andere Indio und ging zum Fluss hinunter. Forschend sah er sich hier um. Ein leises Zischen ließ ihn zusammenzucken; es kam von einem Lorbeergebüsch. Schattenhaft gewahrte er dort eine Gestalt. Rasch ging er auf den Busch zu und stieß ein leises Wort im Chibchadialekt hervor. Ein anderes Wort in der gleichen Sprache antwortete ihm. Maxtla, der Peon, trat hinter dem Buschwerk hervor; die Indios reichten sich die Hände.

»Ich habe dich als Sohn der heiligen Berge erkannt«, sagte Don Sanchos Peon. »Ich bin Maxtla, der Sohn Jolols.«

»Ich bin Huatl, der Sohn Loxitls«, sagte der andere.

»Wir sind Brüder des gleichen Stammes.«

»Wir sind Brüder.«

»Wie kommt der Sohn der Felsen in das Boot auf den Flüssen der Steppe?«

»Ich schlug einen großen Caudillo und musste fliehen. Ich fand Zuflucht auf den Flüssen. Wie kommt Maxtla hierher?«

»Ich lebe schon lange in den Städten der Llanos, fern von den heiligen Felsen. Ich habe gefochten in den Kriegen des Landes. Ich bin hier als

Peon im Dienst eines Bandidos, der sich für einen Caballero ausgibt. Er ist ausgesandt, das Leben eines jungen Weißen zu nehmen. Der junge Weiße aber wird nicht sterben, denn Maxtla schützt ihn. Sein Vater, ein großer Caudillo, hat Maxtla Gutes getan. Maxtla vergisst das nicht.«

»Maxtla wird den jungen Weißen schützen. Die Söhne der heiligen Felsen sind treu.«

»Was tut Huatl hier in der Stadt?« fragte Maxtla.

»Wir erwarten einen Mann, der uns hier treffen will, und halten das Boot für ihn bereit, das im Fluss liegt.«

»So gehört Huatl zu den Piratas der großen Ströme?«

»Warum fragst du das?«

»Maxtla hat von den Piratas gehört und von der großen Insel im Fluss. Er sah auch den Mann, den ihr erwartet, er sah das Boot zur Abfahrt bereitliegen, er wusste, dass ihr ihn erwartet. Und warum ich dich frage: Ich will und muss den jungen Weißen schützen. Ich muss alles wissen, was ihm Gefahr bringen könnte. Ich weiß nicht, was mein Bandido Böses sinnt, aber vielleicht ist er mit der Insel und den Piratas bekannt; es ist möglich.«

»Ich weiß nichts«, sagte Huatl. »Ich weiß nur, dass wir hier auf einen Señor warten, der nur selten auf der Insel erscheint.«

»Huatl wird mir sagen, wo die Insel liegt?«

Der andere zögerte; er schien unschlüssig.

»Du sprichst zu deinem Bruder«, sagte Maxtla, »und nur zu ihm. Ein Chibcha hat nur ein Wort.«

»Ich will es dir sagen«, versetzte Huatl. »Im Meta liegt die Insel, es ist die dritte stromab nach der Mündung des Icaho. Dort wohnen die Piratas des Orinoko und fangen die Fische und die Flöße, die mit dem Strom hinabfahren. Huatl sagt es nur seinem Bruder.«

»Es bleibt verschlossen in meinem Herzen. Fühlt mein Bruder sich glücklich bei den Piratas?«

»Nein, Huatl ist nicht glücklich. Der böse Geist hat ihn zu den Piratas getrieben. Aber ich fürchte mich, an Land zu gehen; die Weißen würden mich töten.«

»Sehnt Huatl sich nicht nach seinen Bergen?«

»Er träumt Tag und Nacht von ihnen.«

»Er wird sie wiedersehen. Maxtla hat große Freunde unter den Caudillos der Weißen, er wird Huatl rufen, wenn es Zeit ist.«

»Du gibst mir das Leben wieder, Bruder. Huatl wird kommen, wenn Maxtla ihn ruft.«

Sie schüttelten sich die Hände, und Huatl ging zu dem Boot hinab, zu dessen Mannschaft er gehörte.

Maxtla indessen ging nach der Stadt zurück. Er wusste nicht, was sein gegenwärtiger Herr im Schilde führte, aber er hatte Wichtiges erfahren. Vielleicht würde er es brauchen können. Die Piratas und ihr Treiben waren ihm dabei gleichgültig; er war in den grausamen Kämpfen der Zeit abgehärtet.

Auf seinem Wege durch die dunkle Nacht sann der Indio unentwegt nach, was er weiter tun könne, um die Anschläge Don Sanchos zu verhindern. Zwar schien Tejada vorerst keine Ahnung davon zu haben, wer der gefeierte Alonzo de Vivanda war, aber Maxtla wusste andererseits, dass der Bandido klug war und sich gut zu verstellen wusste. Der Zug, den Alonzo in die Berge unternommen hatte, konnte leicht nur eine Verzögerung in seinen Maßnahmen gegen den Jüngling bedeuten. Wusste er wirklich noch nichts von der Existenz Alonzo d'Alcantaras, so konnte doch jeder Augenblick ihm die Gewissheit bringen. Und dann kannte er den mächtigen Mann in Bogotá, dessen Rücksichtslosigkeit und dessen Macht; er wusste, dass dieser nicht zögern würde, sie gegen jeden zu gebrauchen, der seinen ehrgeizigen Plänen im Wege stand.

Und auch dem Minister konnte ja nicht lange verborgen bleiben, wer sich hinter dem Namen Alonzo de Vivanda verbarg. Maxtla hätte am liebsten seinem Instinkt nachgegeben und wäre Alonzo in die Berge gefolgt, aber er wagte es andererseits nicht, Tejada zu verlassen, um nicht den Mann aus dem Auge zu verlieren, von dem er am meisten für seinen Schützling fürchtete.

So klug der Indianer in seiner Art war und so sorgfältig er alles beobachtete, was auf den Señorito Alonzo Bezug hatte, so sehr er umherhorchte und umherspürte, so hatte er doch eine fantastische Vorstellung von der Klugheit der Weißen auf anderen Gebieten als denen, auf denen er zu Hause war. Eine besondere Scheu hatte er vor deren brieflichen Mitteilungen. Hätte er damit die Gefahr für Alonzo beseitigen können, er hätte keinen Augenblick gezögert, die Waffe gegen Tejada zu erheben, mit dem er ohnehin eine alte Rechnung auszugleichen hatte. Aber er sah in ihm zunächst den Mittelpunkt aller gegen Alonzo gerichteten Angriffe und heftete sich darum fest an seine Sohlen. Einstweilen war Alonzo in den Bergen und sicher vor seinen Feinden. Kam er zurück, so würde Maxtla ja sehen, was Tejada unternahm, und würde seine Maßnahmen treffen.

Ein Mann kam ihm entgegen. Trotz der Dunkelheit erkannte Maxtla in ihm den seinerzeit von dem Alguacil Verfolgten. Der Mann blieb stehen, sah ihn an und fragte: »Wie kommt man zum Fluss?«

»Señor gehe nur geradeaus; er wird ihn bald vor sich haben«, antwortete Maxtla.

Der Mann ging raschen Schrittes weiter, und der Indio schlich ihm in gebückter Haltung im Häuserschatten nach. Er hörte, wie der Mann das Boot mit dem Halbverdeck anrief und einige Worte mit Huatl wechselte, die er indessen nicht verstehen konnte.

Darauf ging der Fremde langsam zurück und auf die Tienda zu, in der Huatls Gefährten saßen. Und wieder folgte ihm Maxtla unbemerkt.

Der Mann betrat die Wirtschaft und ließ sich an dem Tisch neben der Bootbesatzung nieder. Er wurde augenscheinlich erkannt, denn einer der Zambos wechselte mehrere Zeichen mit ihm. Der Fremde bestellte sich Limonade.

Zwei von den Leuten des Tisches entfernten sich und schlugen, wie Maxtla feststellen konnte, den Weg nach dem Fluss ein.

Plötzlich betrat ein Alguacil den Raum; augenblicklich trat eine lähmende Stille ein. Maxtla erkannte in dem Ankömmling den Beamten, der Tejada und ihm in den Bergen begegnet war.

Der Alguacil hatte sich kaum flüchtig in der Tienda umgesehen, als derjenige, den er suchte, einen gellenden Pfiff ausstieß, und mit einigen Sprüngen, ein paar Schemel umwerfend, im Dunkel verschwand. Ihm folgten, ihr Messer ziehend, die drei, die noch von der Bootbesatzung anwesend waren, und alle liefen in höchster Eile dem Fluss zu.

Eine Pistole in der Hand, sprang der Alguacil ihnen nach. »Fangt sie, fangt sie!« rief er, »hundert Pesos dem, der sie fängt!«

Aber die allgemeine Verwirrung war viel zu groß, als dass sie nicht hemmend auf die Anwesenden gewirkt hätte. Ein Schuss draußen belehrte den Alguacil, dass er sich dem Verfolgten nicht ohne äußerste Lebensgefahr nähern könne. Mittlerweile liefen auch Leute, allerlei fragwürdige Gestalten darunter, draußen zusammen. Der Beamte musste sich buchstäblich, mit der Waffe in der Hand, durchkämpfen. Aber als er sich dem Fluss näherte, sah er nur noch ein Boot, das sich mit schnellen Ruderschlägen vom Ufer entfernte und auf die Mitte des Stromes zuhielt.

Die Aufforderung des Mannes an die Umstehenden, den Flüchtigen in einem anderen Boot nachzusetzen, stieß auf wenig Gegenliebe. Niemand verspürte Lust, sich den Schüssen der Verfolgten auszusetzen; dem Beamten blieb nichts übrig, als sich zurückzubegeben, während die Ruderschläge des schnellen Fahrzeuges in der Ferne verhallten.

Der Alguacil war bald nach dem Fremden in der Posada erschienen und hatte erfahren, dass sich ein Mann seiner Beschreibung dort aufhalte. Der aber hatte sich rechtzeitig durch das Fenster entfernt, und der Alguacil, der seine Lanzeros, ihrer ermatteten Tiere wegen, hatte zurücklassen müssen, sah sich abermals um den Erfolg seiner Mühen betrogen.

»Aber ich bekomme ihn noch«, sagte er zu Sancho Tejeda, dem er sein Leid klagte; »verlasst Euch darauf, er entwischt mir nicht.«

Don Sancho versicherte, dass er davon überzeugt sei und wünschte im Stillen, dass der Pirata schlau genug sein möchte, seinem hartnäckigen Verfolger zu entgehen.

Auf der Hazienda Otoño

Sancho Tejada ritt, von seinem schläfriger denn je aussehenden Peon gefolgt, auf der Straße nach Süden. Er hatte keine allzugroße Eile; gemächlich ritt er durch die im Sonnenlicht glänzenden Llanos, bald in einer am Wege gelegenen Posada, bald bei einem einsam wohnenden Llanero übernachtend.

Am dritten Tage, als er sich bereits dem Ocoa näherte, fand er, schon gegen Abend einer aus wenigen Häusern bestehenden Niederlassung zureitend, in einer Posada eine überraschend große Anzahl von Gästen versammelt, unter denen es sehr lebhaft zuging. Wohl an die dreißig Pferde und Maultiere waren ringsum angepflockt, und die Reiter, in deren Begleitung sich auch einige Damen befanden, hatten sich teils im Innern des luftigen Hauses, teils im Freien und auf der Veranda niedergelassen.

Tejada warf den Zügel seines Tieres seinem Peon zu und trat zwischen die Gäste, die keinerlei Notiz von ihm nahmen, um den Posadero zu suchen. Er traf schließlich den Mann, der alle Hände voll zu tun hatte, um den Wünschen so vieler Gäste zu genügen. »Habt Ihr ein Nachtquartier für einen Caballero und einem Peon?« fragte er.

»Gewiss, Señor.«

»Aber Euer Haus ist schon voll, wie ich sehe.«

»Oh, diese Herrschaften reiten alle heute Abend noch ab; sie sind in den Llanos zu Hause. Kommt Ihr auch von Señor Vivandas Fest?«

»Nein, ich komme von Norden.«

»Nun, so sucht Euch einstweilen einen Platz. Sobald ich kann, werde ich mich nach Euren Befehlen erkundigen.« Und der gehetzte Mann verschwand in der Küche, in der gesotten und gebraten wurde.

Tejada suchte sich einen schattigen Platz neben einem hölzernen Pfeiler und sah und hörte sich sehr aufmerksam um. Ein Name, der unweit fiel, erregte sofort seine höchste Aufmerksamkeit.

»Die d'Alcantaras sind eines der ältesten Geschlechter des Landes«, sagte einer der Männer. »Ob aber außer Don Alonzo noch ein Mitglied des

Hauses am Leben ist, weiß ich nicht. Ich glaube es kaum; die Bürgerkriege haben aufgeräumt unter den alten Geschlechtern.«

»Wunderbar genug«, versetzte ein anderer, »dass Don Alonzo den roten Räubern entgangen ist.«

»Wahrhaftig, wunderbar genug! Aber er hat ihnen heimgezahlt, was sie an ihm und den Seinen verbrochen haben«, äußerte ein Dritter, »der junge Espinoza, der mit von der Partie war, sagte, jeder seiner Schüsse habe getroffen.«

»Und dabei kannte er das Indianerdorf noch, als ob er es gestern verlassen hätte.«

»Wahrhaftig, es lebt kein besserer Mann, kein besserer Schütze und kein besserer Reiter in den Llanos!« rief begeistert ein jüngerer Mann. »Seine Feinde mögen sich hüten.«

Señor Tejada hörte alle diese Reden mit steigender Verwunderung. Wahrhaftig, das war sonderbar! Da war ja der so sehnlichst Gesuchte; offen vor aller Welt stand er da, und er schien bei all den Leuten hier nicht wenig beliebt zu sein. Ach, es war alles klar, und er hätte es längst wissen können. Zweifellos hatte er diesen jungen Helden sogar schon von Angesicht gesehen. Ohne Frage war es das Herrchen, das beim Wettrennen in Naëva den Sieg davongetragen hatte. Mit welcher Klugheit diese Vivandas den Burschen verborgen gehalten hatten! Nun, sie hatten ihre guten Gründe dafür; Tejada verbarg nur schwer ein Grinsen.

»Vorsicht, Don Sancho«, redete er sich zu, »nur keine Aufmerksamkeit erregen!« Dennoch, einiges musste er noch erfahren, und die Gelegenheit war zweifellos günstig; diese Leute waren ja alle betrunken vor Begeisterung. Man brauchte nur in ihr Horn zu tuten.

»Ich höre hier sonderbare Neuigkeiten«, wandte er sich an einen der zunächst stehenden Männer, »entschuldigt, Señor, wenn ich aufdringlich erscheine. Aber ich hörte von der Entführung einer Señorita, und soweit ich nun bisher hier verstanden habe – –«

»Aber ja, sie ist wieder da, die Señorita Vivanda«, antwortete der Mann lachenden und unbefangenen Gesichtes. Und er erzählte dem aufmerksam lauschenden Tejada alles, was sich unlängst im Zusammenhang mit dieser Entführung ereignet hatte.

»Das ist wunderbar«, staunte Don Sancho ein über das andere Mal. »Ihr müsst wissen, dass mich diese außerordentliche Geschichte besonders nahe berührt, habe ich doch unter Don Pedro d'Alcantara in den Bürgerkriegen gefochten. Wahrhaftig, ich hatte niemals einen glorreicheren Capitano.«

Er erfuhr, hier und da noch herumhorchend, mehr, als er jemals zu hoffen gewagt hatte. Nur, dass das Erfahrene angesichts einer völlig veränderten Sachlage nicht mehr viel Wert hatte. Er wurde von Minute zu Minute nachdenklicher.

Inzwischen erschien der Mond am Himmel und warf seinen silbernen Schein über die Llanos. Die Gäste, die darauf gewartet hatten, brachen auf, um ihre Gehöfte aufzusuchen; bald lag die eben noch von lautem Getöse erfüllte Posada still und verlassen.

Juan-Maxtla hatte derweilen für die Tiere gesorgt und sich dabei mit anderen Indios unterhalten. So hatte auch er die Wundermär des Tages erfahren, und seine Sorge war dadurch nicht eben kleiner geworden.

Als er sich seinem Herrn nahte, um dessen letzte Befehle zu empfangen, sagte der ihm, dass sie am nächsten Morgen gleich nach Tagesanbruch reiten würden. Während Maxtla sich dann eine Schlafstätte suchte, ließ Tejada sich mit dem Posadero auf eine Unterhaltung über die jüngsten Ereignisse ein; er erfuhr auf diese Weise alles, was er über die Vivandas, ihre Familie und die Verhältnisse des Landes zu wissen begehrte. Bald nach Sonnenaufgang verließ er mit seinem Peon die Posada.

Er war sehr nachdenklich gestimmt. An der Abkunft dieses jungen Herrn d'Alcantara schien hierorts kein Mensch mehr zu zweifeln. Fraglos handelte es sich da um eine viel gewichtigere Person, als er jemals angenommen hatte. Kein Zweifel: Fünftausend Pesos waren für die von ihm verlangte Tat eine geradezu schändliche Bezahlung. Dieser junge Mann repräsentierte einen nicht abschätzbaren politischen Wert; ihn vom Leben zum Tode zu befördern, war zweifellos ein höchst gefährliches Unternehmen. Señor Tejada aber hatte gar keine Lust, das eigene sehr geliebte Leben unnütz aufs Spiel zu setzen.

Es konnte nach Lage der Dinge weiter nicht daran gezweifelt werden, dass mittlerweile auch der Herr Minister von der entscheidenden Wendung der Dinge erfahren hatte. Die Gefahr, die zu beseitigen er ihn ausgesandt hatte, war unendlich gestiegen; bei dem Wesen und Charakter des Señor de Valla war als sicher anzunehmen, dass er inzwischen weitere Schritte eingeleitet hatte, sich eines unbequemen Gegners zu entledigen. Es musste also noch dazu rasch gehandelt werden.

Aber wie? Wenn doch dieser stumpfsinnige Indio, der hinter ihm herritt, zu etwas zu gebrauchen wäre! Warum eigentlich nicht, übrigens? Diese Rasse wusste doch im Allgemeinen einen Messerstich im Dunkeln geschickt anzubringen. Ob man es versuchte? Der Versuch schadet ja nichts, dachte er; wahrscheinlich mache ich mir ganz unnütz Gedanken. Wenn ich dem Burschen hundert Pesos biete, beseitigt er mir den Mann wahrscheinlich im Handumdrehen. Nun, wir werden ja sehen. Vorerst gilt es, das Gelände zu erkunden und für einen sicheren Rückzug zu sorgen.

Die Hitze stieg und begann schließlich unangenehm zu werden. Als sie ein schattiges Gehölz vor sich sahen, beschloss Tejada, Rast zu machen; er schätzte Überanstrengungen nicht. Sie fanden unter Palmen und Mangobäumen zwischen Lorbeerbüschen einen Ruheplatz; ein kleiner Wasserlauf sorgte für Trinkwasser.

Maxtla sattelte auf Befehl seines Herrn ab, pflockte die Tiere an, dass sie bequem weiden und zugleich ihren Durst stillen konnten, und legte den ledernen Beutel, der die Nahrungsmittel enthielt, vor Tejada hin.

Der edle Don begann behaglich zu speisen und teilte auch dem Peon seine Brot- und Fleischration zu. Der ließ sich, bescheiden wie es sich für einen Peon geziemt, in einiger Entfernung nieder, um sich schweigend zu sättigen.

Aber der Caballero geruhte heute, leutselig zu sein. Als er gespeist und seine Cigarrito entzündet hatte, würdigte er ihn der Ehre eines Gespräches.

»Warst du eigentlich im Krieg, Juan?« fragte er leichthin.

Maxtla grinste schlau und erwiderte in seinem unbeholfenen Spanisch: »Wie Juan in Krieg kommen? Kein Freund von Krieg! Krieg nix gut!«

»Na ja, da magst du schon recht haben«, lachte Tejada, »aber es wundert mich trotzdem, dass sie dich nicht ausgehoben haben, mein Sohn. Wieso eigentlich nicht?«

Das Grinsen im Gesicht des Indios verstärkte sich. »Lugarteniente ihn mitnehmen wollen«, kicherte er, »Juan Soldat werden. Juan fort in Wälder. Teniente nicht finden.«

»Schade, schade!« Der würdige Don schüttelte missbilligend den Kopf. »Wärst sicher ein brauchbarer Soldat geworden«, stellte er fest.

Der Indio schüttelte den Kopf: »Nix Soldado. Nicht gefallen. Zu viel schießen!«

»Ja, ohne schießen geht's da freilich nicht ab«, lachte Tejada, »Aber wieso bist du so zartbesaitet? Das ist doch sonst nicht eure Art. Schätze, dass schon mancher Mutter Sohn deine Machete zwischen den Rippen gefühlt hat. Na? Kannst's ruhig sagen, ich verrate dich nicht.«

»Oh, Señor«,- der gute Juan schien entsetzt - »große Sünde: Mit Messer stechen. Juan das nie tun. Juan Christ!«

»Na, Christen sollen das auch bisweilen tun«, brummte Tejada. »Also du würdest nie einem Menschen, auch deinem Feinde nicht, einen Messerstich versetzen?« sagte er. »Möglicherweise verlangst du noch, dass ich dir das glauben soll?«

»Juan nie tun«, versicherte der Peon, »große Sünde!«

»Na schön!« Idiot! Dachte Tejada. Aber er sah ein: Das hatte vorerst keinen Sinn. »Kennst du die Gegend hier?« fragte er nach einer Weile. »Du stammst doch von den Flüssen in den Llanos.«

»Juan am Humea geboren, nicht hier.«

»Schade. Ich wünschte, du wüsstest hier eine gute Posada, wo man sich längere Zeit aufhalten könnte. Ich wäre nicht abgeneigt, Land in der Nähe zu kaufen. Das Wasser bietet doch ein bequemeres Absatzgebiet als die Bergwege.«

»Warum nicht gehen zu großer Hazienda?« fragte Maxtla. »Leute sehr gastfrei dort. Freuen sich, wenn großer Caballero kommen.«

»Weißt du denn eine große Hazienda in der Nähe?«

»Nicht wissen« - Maxtla schüttelte den Kopf. »Aber alle Indios gestern in Posada sagen, sie nie so viel Fleisch und Tabak bekommen wie bei großem Haziendero, der die Señorita wiedergefunden die schlechte Indios geraubt.«

Tejada sah seinen Peon verblüfft an. »Bursche, das ist ein Gedanke«, sagte er. »Warum ist der mir nicht schon selber gekommen? Wahrhaftig, ich werde dem Señor de Vivanda meine Aufwartung machen. Gut, gut, Muchacho, du scheinst ja großes Verlangen nach den Fleischtöpfen des großen Hazienderos zu haben; dir kann geholfen werden.«

Der Indianer grinste.

»Weißt du, wo die Hazienda liegt?« fragte Tejada.

»Indios sagen: am Fluss. Kann nicht mehr weit sein.«

»Also vorwärts, vorwärts, mein Junge. Zögern wir nicht mehr lange.«

Hurtig sattelte Maxtla die Tiere, und bald darauf galoppierten die beiden Reiter durch die Steppe. Sie mochten etwa eine Stunde geritten sein, als angebaute Felder auf die Nähe einer Pflanzung schließen ließen. Schon nach kurzer Zeit gewahrten sie den zwischen dichten Bäumen verborgenen Herrensitz der Hazienda Otoño.

Tejada trug die landesübliche Kleidung; er sah durchaus repräsentabel aus. Er hatte sich in seinem abenteuerlichen, durch Höhen und Tiefen führenden Leben auch die Umgangsformen der guten Gesellschaft bewahrt und konnte bei flüchtiger Bekanntschaft durchaus für einen Mann von guter Erziehung gelten.

Trotzdem, als er sich dem Familiengebäude näherte und gewahrte, in welch vornehmen, in den Llanos seltenen Stil hier alles gehalten war, wurde ihm wunderlich zumute. Passe doch nicht mehr recht in solche Umgebung, dachte er, aber das hilft nun nichts; es muss gewagt werden. Und er zwirbelte seinen Schnurrbart und ritt in tadelloser Haltung auf das Herrenhaus zu.

Trotz des aufregenden Tages, den die Hazienda hinter sich hatte, trat augenblicklich ein Peon auf ihn zu und nahm ihm sein Reittier ab. Gleich darauf erschien der Majordomo auf der Treppe, um den fremden Gast zu bewillkommnen.

»Fragt, ob ein durchreisender Caballero Señor Vivanda seine Glückwünsche zur Rettung seiner Tochter darbringen dürfe«, sagte Tejada.

»Tretet einstweilen näher, Señor«, versetzte der Majordomo, »ich werde unterdessen fragen, ob den Herrschaften ein Besuch angenehm ist. – Sattle ab«, rief er Maxtla zu, »Fremde sind stets auf Otoño willkommen.«

Er war kaum im Hause verschwunden, als ein Diener erschien, Tejada mit höflichen Worten einlud, in eine Pieza neben dem Eingang einzutreten und ihm Limonade und Rauchwaren präsentierte. Schon nach wenigen Minuten war der Majordomo wieder da und meldete, dass Hochwürden, der Bruder des Hazienderos, es sich zur Ehre anrechne, den Señor zu empfangen, dass im übrigen Haus und Hof zur Verfügung Seiner Gnaden stehe.

An sich waren das nur die unter Spaniern üblichen Höflichkeitsphrasen; Sancho Tejada indessen, der dergleichen lange nicht mehr gehört hatte, imponierten sie maßlos. Er warf seinen Poncho ab, nahm den Hut in die Hand und folgte dem führenden Haushofmeister zu dem Zimmer des Cura.

Der alte Herr mit dem durchgeistigten Gesicht empfing den Besucher in einem bequemen Hausrock. Er hieß ihn im Namen seines Bruders auf Otoño herzlich willkommen und dankte ihm für die Ehre seines Besuches.

Allerdings, bei dem Blick der klugen alten Augen, die ihm auf den Grund der Seele zu dringen schienen, war dem würdigen Don nicht ganz wohl; gleichwohl spielte er seine Rolle vorzüglich. Er nahm seine ganze Unverschämtheit zusammen und sagte in vollendeter Höflichkeit:

»Hochwürdigster Herr, nicht nur der Wunsch, bei einer durch Geschäfte bedingten Anwesenheit in diesem Landesteil, dem Herrn Otoños meine Ehrerbietung zu bezeigen, führt mich hierher. Es ist auch die Freude, Euch meinen Glückwunsch zur Rettung der Tochter des Hauses vor großer Gefahr darbringen zu dürfen, mehr aber noch das Verlangen, den Sohn Don Pedros d'Alcantara begrüßen zu dürfen. Señor wollen gütigst zur Kenntnis nehmen, dass ich unter dem berühmten Capitano seinerzeit als Teniente gedient habe. Gestern vernahm ich nun von der wunderbaren Fügung, die einen längst verloren Geglaubten dem Lande wiedergeschenkt hat; die glückliche Nachricht hat mich maßlos erschüttert, und ich beeilte mich, meine Schritte hierherzulenken. Was vielleicht nur der verstehen kann, der Don Pedro gekannt hat«, fügte er mit einem treuen Augenaufschlag hinzu.

Wer bist du? Dachte der Cura, der im glatten Gesicht seines Gegenübers zu lesen suchte. Nein, du gefällst mir nicht, du gefällst mir gar nicht. Aber er zwang das Gefühl der Abneigung, das in ihm hochkommen wollte, sofort nieder. Wie furchtbar, wenn er einem ehrenwerten Manne unrecht täte, aus einem durch nichts begründeten Gefühl heraus. Er legte sein kluges Gesicht also in freundliche Falten und sagte, indem er sich mühte, seiner Stimme einen Ton besonderer Herzlichkeit zu geben:

»Ja, Señor, der Himmel ist sehr gnädig gewesen; er hat furchtbares Unheil von diesem Hause abgewandt. Wir verdanken dieses Glück freilich in erster Linie der Tapferkeit und Entschlossenheit unseres Pflegesohnes, der sich als ein echter Sohn seines Vaters erwies.«

»Es ist rührend und staunenswert zugleich.« Und tatsächlich schien es, als wolle dem fremden Señor vor Rührung die Stimme überschlagen. »Hochwürden ahnen nicht, wie ich mich freue, einen Sohn meines unvergesslichen Capitano begrüßen zu dürfen.«

»So habt ihr also seinerzeit auch für die Sache der Libertados gefochten, Señor?« erkundigte sich der Cura.

Der Caballero sah ihm mit ernstem Blick in die Augen. »Ja, Hochwürden«, antwortete er schlicht, »ich habe versucht, meine Pflicht zu tun.«

Es klopfte an der Tür und auf das »Entra!« des Geistlichen trat Alonzo ins Zimmer. »Entschuldige, Vater, ich wusste nicht, dass du Besuch hast«, sagte der junge Mann und schickte sich an, wieder hinauszugehen.

»Nein, bleibe, mein Sohn!« Der Cura ging ihm entgegen und begrüßte ihn herzlich. »Wir haben hier einen Gast, der dich kennenlernen möchte«, sagte er.

Alonzo blickte zu dem Fremden auf und sah augenblicklich: der Mann mit dem Raubvogelgesicht aus der Posada in Naëva; automatisch verschloss sich sein Antlitz, wurde undurchdringlich und kalt. Der Cura, der diesen halbverwilderten jungen Mann mit viel Mühe und Liebe erzogen hatte, kannte dieses Gesicht. Es geht ihm auch so, dachte er, mein Gefühl hat mich nicht betrogen. Aber auch er wusste seine Züge zu beherrschen; mit verbindlicher Höflichkeit stellte er vor: »Don Alonzo d'Alcantara, Don Pedros Sohn, Señor. Dies, mein Junge, ist ein durchreisender Caballero, der uns die Ehre erwiesen hat, auf Otoño vorzusprechen. Señor - - sagten Sie eigentlich schon Ihren Namen?«

»Molino.« Tejada verbeugte sich mit vollendeter Grandezza. »Ich stamme von Magdalena, habe dort eine Hazienda. Geschäfte haben mich in diese Gegend geführt.« Er richtete sich auf und mühte sich, Alonzo ansehend, einen warmen Schimmer in seine Augen zu zaubern. »Don Pedros, meines unvergessenen Capitano Sohn«, sagte er, »ich sehe es, es ist unverkennbar.« Er machte ein paar Schritte auf den starr aufgerichteten Jüngling zu, der ihm mit eisiger Ruhe entgegensah; ihm wurde warm unter dem Rock, er wünschte sich irgendwohin. Trotzdem streckte er, wie aus unmittelbarer Gefühlsaufwallung heraus, beide Hände aus.

Er ist es, der Gomez erschossen hat, dachte Alonzo. Oder ist er es nicht? Es ist lange her, und ich habe das Gesicht nur flüchtig gesehen. Ich kann mich irren, ich könnte diesem Mann hier Unrecht tun. Aber dann hörte er wieder die Stimme des Indios: "Hüte dich vor dem Mann mit dem Raubvogelgesicht." Er konnte diesem Manne die Hand nicht geben. Er sah sie nicht, die Hand, er verbeugte sich kalt. Kein Muskel regte sich in seinem gestrafften Gesicht.

Hund! Dachte Tejada, aber er war geschickt wie ein Taschenspieler, die eine Hand fuhr über die Augen, als gälte es da eine Träne wegzuwischen, die andere schien nach dem Taschentuch zu suchen.

Der Cura aber war sehr aufmerksam geworden. Er gibt ihm nicht einmal die Hand, sah er; sollte er ihn etwa gar kennen? Alonzo wahrt doch sonst wenigstens die äußeren Formen der Höflichkeit.

»Entschuldigen Sie mich, es ist mir peinlich«, stammelte der sichtlich verwirrte Besucher, »aber die Erinnerung ist stärker, und auch einen alten Krieger überkommt einmal eine weiche Stimmung«.

»Sie waren schon früher in diesem Teil des Landes, Señor?« fragte Alonzo, offenbar gänzlich unbeeindruckt von des Mannes Verwirrung, die angeblich doch dem Andenken seines Vaters galt. Die Frage klang kühl, fast scharf.

Tejada kam sie reichlich überraschend; sein wacher Instinkt witterte eine gefährliche Falle. Er wich aalglatt aus. »Mein reichlich wildes Kriegerleben hat mich so ziemlich in alle Teile des Landes geführt«, antwortete er, »vorübergehend war ich auch einige Male in dieser Gegend; bekanntlich gab es eine Zeit, wo echte Patrioten nur in der Steppe sicher waren. Doch das ist lange her.«

»Sie kommen aus dem Norden, Señor Molino?« Wahrhaftig, es war wie bei einem Verhör. Tejada verwünschte den Einfall seines Peons, nach Otoño zu gehen.

»Ich wohne, wie gesagt, am Magdalena«, antwortete er und mühte sich, durch die ruhige Sachlichkeit seiner Mitteilungen und den überlegenen Tonfall anzudeuten, dass er sich eigentlich einen anderen Empfang von dem Sohn seines alten Capitano erwartet habe. Und dann versuchte er es mit der Frechheit. »Die Zeiten sind unruhig«, fügte er hinzu, »und man ist mir, es sei offen gesagt, in Bogotá nicht sehr gewogen. Ich trage mich deshalb mit dem Gedanken, mich möglicherweise hier im Süden anzukaufen.«

Dem Cura, der sich im Grunde seines Herzens nicht daran gewöhnen konnte, an das Böse im Menschen zu glauben, kam trotz des eigenen Misstrauens Alonzos Benehmen unangemessen, ja unhöflich vor; er griff wieder in das Gespräch ein. »Oh, sollten uns wieder Unruhen drohen?« fragte er.

»Das möchte ich nicht sagen«, versetzte der Besucher, ihm zugewandt. »Aber es gehört eine feste Hand dazu, die auseinander- und gegeneinanderstrebenden Elemente des Landes im Zaum zu halten.«

»Die wir ja glücklicherweise in Carlos de Valla haben«, bemerkte der vorsichtige Geistliche.

Das schien den Gast ein wenig zu irritieren. »Doch, ja, das kann man sagen«, erwiderte er mit merkbarer Zurückhaltung. Was will der Alte? Dachte er. Es ist doch klar, wo die Vivandas stehen, wie sie de Valla einschätzen. Aber die Situation begann ihm peinlich zu werden. Er kam ja seiner Angabe nach vom Norden, musste demzufolge mit den dortigen Verhältnissen besser vertraut sein als die Leute vom Ocoa. In Wirklichkeit wusste er sozusagen nichts; jede verfängliche Frage konnte ihm auf diesem widerwärtigen Gebiet gefährlich werden; in solcher Situation rettet man sich am besten in die Phrase. »Das Schicksal möge unser Vaterland behüten und ihm den Frieden erhalten«, sagte er.

»Amen!« beschloss der Cura den patriotischen Wunsch.

Tejada wagte es noch einmal, sich an Alonzo zu wenden; irgendwie musste er sich, zum Teufel nochmal, einen anständigen Abgang verschaffen. »Sie werden gewiss bald Bogotá aufsuchen, Don Alonzo?« fragte er. Aber der junge Mann schien in finstere Betrachtungen versunken; möglicherweise hatte er gar nichts gehört. »Der Tag wird sicherlich kommen«, sagte an seiner Stelle der Cura, »einstweilen wollen wir unseren Pflegesohn noch etwas in der Nähe behalten.«

»Ich wollte nur sagen: wenn ich dem Sohn meines alten Chefs irgendwie behilflich sein kann - es wird mir eine Freude sein.«

»Sehr freundlich, Señor«, lächelte der Geistliche, »aber ich glaube, unsere eigenen Verbindungen werden genügen.« Und der alte Herr beschloss, die allmählich peinlich werdende Szene abzukürzen. Er erhob sich, hieß den Gast nochmals mit ein paar liebenswürdigen Worten auf Otoña willkommen und rief den Majordomo, um dem Señor ein Gastzimmer anzuweisen.

Tejada, selber froh, dass die Unterredung ein Ende fand, verbeugte sich in tadelloser Form, verzichtete vorsorglich darauf, noch einmal seine Hand anzubieten und verließ, von dem Majordomo geleitet, das Gemach.

»Dein Benehmen war sonderbar«, wandte der Cura sich an Alonzo, nachdem sie allein waren, »was hattest du gegen den Mann?«

»Ich halte ihn für einen Bandido, Vater«, antwortete der junge Mann finsteren Gesichts.

»Für einen Bandido? Aber mein lieber Junge, das ist ein wenig stark. Wie kommst du darauf? Offen gestanden, auch ich hatte ihm gegenüber eine gewisse Scheu, aber mehr instinktiv. Doch meine lange Erfahrung lehrt mich, dass man da leicht einen bösen Irrtum begehen kann.« Alonzo zuckte die Achseln. Er war seiner Sache nicht sicher, und es lag ihm nicht, einen Menschen ungerecht zu verdächtigen. Aber er konnte auch nicht gegen sein Gefühl.

Es ist alles möglich, dachte der Cura. Und siedendheiß schoss ihm ein Gedanke durch den Kopf. Zweifellos musste man damit rechnen, dass de Valla versuchen würde, sich des so plötzlich aufgetauchten, recht unangenehmen Gegners zu entledigen. Diesem Mann war schlechterdings alles zuzutrauen. Wenn dieser Fremde eine Kreatur des Ministers wäre?

Der Gedanke war nicht von der Hand zu weisen; dennoch verwarf der Geistliche ihn nach kurzem Nachdenken. De Valla musste inzwischen erfahren haben, unter welch dramatischen Umständen Alonzo seinem Sohn das Leben gerettet hatte. So verworfen konnte kein Mensch sein, dass er dem Lebensretter des einzigen Kindes nach dem Leben trachtete. »Ich verstehe deine Abneigung und dein Misstrauen, Alonzo« - er wandte sich dem jungen Mann mit herzlicher Wärme zu - »trotzdem bitte ich dich, dieses unkontrollierbare Gefühl zu bekämpfen und dem Gast unseres Hauses wenigstens die unter Caballeros übliche Höflichkeit zu bezeigen.«

Er werde sich Mühe geben, erklärte Alonzo und verließ, in seine Gedanken versponnen, den Raum.

Die Brüder Vivanda waren inzwischen nicht untätig gewesen. Sie hatten ihm die Vorgänge dargestellt und ihm alle in ihrer Hand befindlichen Beweise für die Abstammung des jungen Mannes zur Kenntnis gebracht. Man musste nun abwarten, was von Bogotá aus geschehen würde. Und man durfte selbstverständlich keine Vorsicht außer Acht lassen, um Alonzo vor etwaigen heimtückischen Angriffen zu schützen. Auch der Fremde, sollte es sich wirklich um einen Abgesandten de Vallas handeln, konnte, mindestens so lange er hier im Hause weilte, kaum gefährlich werden.

Der Bruder des Cura war übrigens der gleichen Meinung. »Es ist ja ganz gut, wenn Alonzo misstrauisch ist«, äußerte er, »so wird er dem Fremden gegenüber selbst vorsichtig sein. Und es kann auch nichts schaden, wenn wir das Unsrige tun und ein wachsames Auge auf unseren werten Gast haben.« Äußerlich ließ auch er es dem Fremden gegenüber an keiner Höflichkeit fehlen.

Der Señor Tejada selbst freilich war im höchsten Grad nachdenklich geworden. Wahrhaftig, es war ein verteufelter Auftrag, den er da übernommen hatte. Oh, er würde ihn liebend gerne ausführen. Er würde diesen arroganten Burschen, der es wagte, ihn wie einen Bandido zu behandeln, am liebsten mit eigener Hand umbringen. Aber freilich, so einfach lagen die Dinge nicht. Hier auf der Hazienda konnte überhaupt nichts geschehen. Hier würden sich im Augenblick tausend Hände finden, um den Burschen zu schützen oder gegebenenfalls - auf der Stelle zu rächen. Auf eine solche Möglichkeit gedachte Tejada es keinesfalls ankommen zu lassen.

Zunächst nützte der würdige Don die Zeit, um sich gründlich über alle Verhältnisse, insbesondere über Alonzos Gewohnheiten, zu unterrichten. Persönlich ging er ihm, wo es sich irgend machen ließ, aus dem Wege; er schwätzte im Hause und auf dem Hof herum, erzählte weitläufig von seinen Kriegsabenteuern und ließ seiner Begeisterung über den jungen Herrn freien Lauf. Doña Elvira gegenüber war er ein vollendeter Caballero; dem jungen Mädchen war selten höflicher und zuvorkommender begegnet worden, und sie war schon böse mit sich selbst, weil sie eine geheime Abneigung gegen den gut erzogenen Fremden nicht zu unterdrücken vermochte.

Tejadas Peon schien sich auf der Hazienda noch wohler zu fühlen als sein Herr. Er schlenderte auf der ausgedehnten Besitzung umher, besah alles sehr aufmerksam, teilte seine Cigarritos mit den indianischen Arbeitern und lauschte aufmerksam ihren weitschweifigen Erzählungen. Daneben hatte er ein wachsames Auge auf Alonzo und Tejada, indessen wusste er diese Aufmerksamkeit so geschickt zu tarnen, dass sie selbst den wachsamen Augen Alonzos entging.

Eines Tages saß Maxtla auf einem Hügel, der sich zwischen den Gebäuden der Hazienda und dem den Fluss einfassenden Wald erhob, rauchte und schien nach der Art unbeschäftigter Indios in sich hinein zu dösen. Man hatte von hier aus einen weiten Rundblick über das Land. Maxtlas Maultier stand an einem Baum angepflockt und weidete.

Plötzlich gewahrte der Indio einen Reiter, der vom Westen kam und am Waldessaum entlangritt. Der Mann unterschied sich kaum von den Landbewohnern oder Vaqueros, doch gehörte er zweifellos nicht zur Hazienda Otoña; außerdem entging Maxtlas scharfen Augen nicht, dass der Mann unter seiner einfachen Kleidung ein Wesen und eine Haltung verbarg, die nicht dazu passen wollten.

Maxtla ließ sich ins Gras zurückfallen und bewegte sich dann mit erstaunlicher Geschicklichkeit und verblüffender Schnelle kriechend weiter, wahrscheinlich in der Absicht, den Weg des Reiters zu kreuzen. An einer Stelle angelangt, die der Mann passieren musste, hockte er sich nieder und stierte wieder stumpfsinnig vor sich hin.

Der Reiter kam heran, und Maxtlas Augen weiteten sich für Sekunden. Den Mann kannte er doch? Kein Zweifel, es war der Señor Ignacio Caldas, der da geritten kam, ein Subjekt, das er im Hause des Ministers in Bogotá oft genug gesehen hatte. Es war klar: Der Mann konnte nur mit einem bestimmten Auftrag hier sein, und es war wahrscheinlich nicht schwer, diesen Auftrag zu erraten.

Der Reiter verhielt vor dem hockenden Indio sein Pferd, »Muchacho«, rief er, »bin ich hier auf dem richtigen Weg nach Esmeralda, der Hazienda Señor Reals?«

»Du kannst schon hinkommen«, antwortete der Indio träge, »doch ist es ein Umweg; die richtige Straße führt dort oben.« Und er wies mit der Hand.

»Dann hat man mich falsch unterrichtet«, sagte der Mann. »Wessen Hazienda ist dies hier?«

»Das ist die Hazienda meines Señors Vivanda.«

»Oh, sieh mal an. Das wusste ich nicht. Hier wurde vor Tagen ein großes Fest gefeiert, von dem das Land spricht?«

»Ja, Señor. Es war sehr schön.«

»Es galt eurem Señorito, wie ich hörte?«

»Ja, Señor. Es galt Don Alonzo.«

Der Reiter kniff die Augen zusammen; plötzlich trat ein gespannter Zug in sein Gesicht. »Ich habe dich schon gesehen, Bursche«, sagte er.

Maxtla sah ihn gleichmütig an. »Das ist unmöglich, Señor«, versetzte er, »war in Naëva zum Jahrmarkt.«

»Nein, ich habe dich in Bogotá gesehen.«

Der Indio lachte über das ganze Gesicht. »Das gut möglich«, sagte er, »Juan oft in Bogotá, mit Rindern von Señor. Juan dich nicht gesehen.«

Der Reiter schien misstrauisch. »Diese Roten haben so verwünscht ähnliche Gesichter«, murmelte er vor sich hin. Aber was konnte das schließlich schon zu bedeuten haben? »Wie weit ist es noch bis Esmeralda?« fragte er.

»Oh, drei Leguas.«

»Das ist weit bei der Hitze. Fast hätte ich Lust, hier zu rasten, schon um mir euren berühmten Señorito einmal zu besehen. Wie heißt er eigentlich jetzt?«

»Er immer noch Don Alonzo heißen«, sagte der Indio mit freundlichem Lächeln.

»Estupido!« knurrte der Reiter.

»Du nur hinreiten«, ermunterte der Peon. »Dann ihn sehen.«

So, dachte Don Ignacio, er ist also hier. Er sann einen Augenblick nach, dann sagte er: »Ich muss mir die Freude leider verkneifen, ich könnte doch zu spät in Esmeralda eintreffen. Vielleicht fügt es sich auf dem Rückweg. Adios!«

Und er ritt davon.

Der Indianer fiel in seine nachlässige Haltung zurück. Doch war der andere kaum hinter den Bäumen verschwunden, da sprang er mit erstaunlicher Behändigkeit auf und folgte ihm hinter den Büschen. Bald hatte er ihn wieder im Auge.

Don Ignacio hielt und sah über die Felder. Er blickte aufmerksam nach den Gebäuden der Hazienda hinüber und trieb sein Pferd schließlich in den Wald, der hier weniger Unterholz aufwies als an anderen Stellen. Von den Büschen gedeckt, folgte ihm schleichend der Indio, und bald hatte er den ehrenwerten Don Ignacio wieder vor sich.

Der war aus dem Sattel gestiegen und eben damit beschäftigt, sein Pferd anzubinden. Alsdann schritt er auf einem kaum wahrnehmbaren Pfad dem Wasser zu. Maxtla folgte ihm wie ein Schatten. Sonderbar, der Señor aus Bogotá schien sich hier auszukennen.

Der Waldstreifen war dünn; schon nach kurzer Zeit erreichten sie Bambus und Schilf und Weiden, ein Zeichen für die Nähe des Wassers. Der Pfad führte hier weiter. Maxtla, der am Boden keine weitere Tarnungsmöglichkeit sah, erkletterte mit der Fixigkeit eines Affen einen jungen Kautschukbaum. Oben angekommen und sich vorsichtig umblickend, sah er ein Kanu im Schilf versteckt; in dem Fahrzeug saß ein Neger. Don Ignacio trat heran und wechselte mit dem Bootsinsassen einige hastige Worte. Der Schwarze reichte ihm eine Büchse und einen Kugelbeutel. So ausgerüstet schritt der Kreole auf dem Pfad, den er gekommen war, zurück; sein Schatten folgte ihm.

Der Indianer hatte keinen Zweifel, was Caldas im Sinn habe; der Mann war von de Valla mit dem gleichen Auftrag wie Tejada ausgeschickt worden, und augenscheinlich besaß er mehr Mut und Geschicklichkeit als der Bandit, dem Maxtla diente und den er zugleich überwachte. Ignacio war um vieles gefährlicher.

Aus den dichten Tabakfeldern, aus den Kaffeestauden war leicht ein Schuss abzugeben; sie deckten den Schützen und dessen Rückzug nach dem Waldsaum und dem Wasser; der Plan war nicht schlecht ausgedacht, und Caldas hatte sich zweifellos gut vorbereitet.

Mittag war vorüber, aber Arbeiter und Aufseher hielten noch ihre Siesta; es war leicht, ungesehen in die weit ausgedehnten Felder zu kommen, die um diese Jahreszeit niemand betrat.

Don Ignacio führte sein Pferd etwas tiefer in den Wald hinein, zu einer Stelle, wo es nicht leicht gefunden werden konnte; er sah sich vom Waldsaum aus aufmerksam um und schlüpfte dann mit großer Gewandtheit in ein nahegelegenes Maisfeld, das an Tabakfelder grenzte, die sich bis in die Nähe der Gebäude erstreckten. Hinter ihm schlich sein Schatten, der Indio, die Machete in der Faust, einem Schweißhunde ähnlich, der auf der Fährte des Wildes geht. Maxtla wusste, dass sich Don Alonzo im Hause aufhielt; er hätte ihn sonst wegreiten sehen. Tejada dagegen war, wie er es öfters zu tun pflegte, ausgeritten, um sich, wie er sagte, Land und Leute näher anzusehen.

Er war, während Ignacio Caldas und der Indio Maxtla im Maisfeld kauerten, wohl eine gute Legua von jener Stelle entfernt und ritt verdrießlich an einem Waldsaum entlang. Er wälzte finstere Gedanken in seinem Kopf. Diese verwünschte Angelegenheit musste zu Ende kommen, und da es ihm nicht ratsam schien, die höchst gefährliche Sache mit eigener Hand zu erledigen, galt es unter allen Umständen, eine Kreatur zu finden, die sich zu dergleichen Geschäften eignete. Grundsätzlich waren solche Leute in diesen verworrenen Zeiten nicht einmal schwer aufzufinden, aber man musste sie in den Städten suchen. Die Arbeiter hier waren bis zum letzten Indio ihrem Señorito wie Hunde ergeben; ihnen konnte man sich mit einem Ansinnen dieser Art nicht einmal von fern nahen. Es blieb also kaum etwas anderes übrig, als einen der kleinen Hafenorte aufzusuchen, in denen sich allerlei Raubgesindel herumzutreiben pflegte. Und damit durfte, wie die Dinge lagen, nicht länger gezögert werden, denn es lag auf der Hand, dass der Herr Minister sich eine andere Kreatur kaufen würde, wenn er, Tejada, nicht bald günstige Nachricht brachte.

Der edle Don war mit höchst unerfreulichen Gedanken belastet und ritt reichlich verdüstert seines Weges, als seine Betrachtungen durch den Anblick eines Reiters unterbrochen wurden, der ihm gemächlichen Trabes entgegenkam. Der Mann ritt ein gutes Pferd und sah stattlich aus.

Tejada hielt und ließ ihn ruhig herankommen. Zu seinem nicht geringen Erstaunen erkannte er in dem Fremden den Flüchtling von Naëva, den der Alguacil so gerne vertraulich gesprochen hätte. Blitzartig schoss ein Gedanke in ihm auf. Bin doch gespannt, ob er mich auch erkennt, dachte er.

Dies schien nicht der Fall zu sein. Der Reiter kam heran, grüßte sehr höflich und fragte: »Habe ich die Ehre, den Herrn dieser Besitzungen vor mir zu sehen?«

Tejada, den Gruß mit gleicher Höflichkeit erwidernd, verneinte. »Nicht doch, Señor«, sagte er, »ich bin nur Gast.«

»Oh! Auf wessen Eigentum befinde ich mich eigentlich?« fragte der Mann. »Ich bin offenbar vom Wege abgekommen.«

»Sie sind hier noch im Bereich der Hazienda Otoño, die dem Señor Vivanda gehört«, antwortete Tejada.

»Da bin ich allerdings noch weit von meinem Ziel.« Der Mann lüftete den Hut und schickte sich an, weiterzureiten.

Tejada, unbeweglich verharrend, sagte: »Hoffentlich haben Sie Ihr flinkes Boot in der Nähe; es würde Ihnen sicherlich nützlich sein, den rechten Weg wiederzufinden.«

Der Mann schrak zusammen und warf Tejada einen finsteren Blick zu. »Was heißt das?« fragte er und tastete nach dem Pistolenhalfter.

Tejada lächelte unentwegt höflich. »Lassen Sie ruhig stecken, Señor«, sagte er; »wenn ich Sie verraten wollte, konnte ich das in Naëva tun, wo Ihnen der Alguacil nahe genug auf den Fersen war.«

»Ich verstehe kein Wort« - aber man sah dem Manne an, dass er sehr wohl verstand; die Überraschung war zu plötzlich gekommen. Er suchte krampfhaft, sich Haltung zu geben. »Ich bin –«, begann er.

»Der Lockvogel der Ehrenmänner, die den Orinoko unsicher machen«, ergänzte Tejada mit unverkennbarem Hohn.

Der Mann erbleichte und tastete wieder nach der Pistole.

Tejada fühlte sich auf der Höhe der Situation. »Seien Sie vorsichtig, Señor«, sagte er, »mit meinesgleichen spaßt man nicht. Der Alguacil, der Pech hatte, Euer Gnaden in Naëva zu verfehlen, befindet sich, wie ich sicher weiß, in der Nähe. Die Pferde der Vaqueros hier herum sind verteufelt schnell, ihre Lanzen spitz und ihre Lassos unfehlbar. Ich kann dem Señor nur empfehlen, sich auf meine Ratschläge zu verlassen.« Dabei grinste er diabolisch.

Der andere aber gewann über seinen Worten die innere Sicherheit zurück; es war klar: Der Mann würde ihm nichts tun, aber offenbar wollte er etwas. Was wollte er? Der Reiter nahm die Hand vom Pistolenhalfter; ein öliges Lächeln verzerrte seine Züge. »Ich bin überzeugt, einen Caballero vor mir zu haben«, sagte er, »einen Mann, der einem unschuldig Verfolgten gerne beisteht. Nun, und da, wie man so sagt, eine Hand die andere wäscht, würde ich es mir zur Ehre anrechnen, dem Señor auch meinerseits gefällig zu sein.«

Ausgezeichnet! Dachte Tejada, der nun genau dort war, wo er den Mann hin haben wollte. »In der Tat«, sagte er, »der Señor konnte mir sozusagen einen unschätzbaren Gefallen erweisen; ich bin überzeugt, wir werden uns einigen. Ich meinerseits behalte die Kenntnisse, die ich mir über Euer Gnaden Person verschaffen konnte, für mich, und Sie übernehmen es, mir bei der Unschädlichmachung einer höchst gefährlichen Person behilflich zu sein. Ich zweifle nicht, dass Sie unter der Bemannung Ihres Fahrzeuges einen Burschen haben, der sich zur unauffälligen Erledigung so delikater Angelegenheiten eignet.«

»Wenn Euer Gnaden sich etwas deutlicher ausdrücken wollten?« bemerkte der Fremde mit spürbarer Zurückhaltung.

»Ich will es kurz machen«, sagte Don Sancho. »Es geht mir darum, den Erben dieser Hazienda, Don Alonzo Vivanda, daran zu hindern, gewisse höchst gefährliche Pläne auszuführen, mit denen er sich trägt.«

»Oh, das wäre der Mann, von dem gegenwärtig soviel geredet wird? Es soll sich, wie man sagt, in Wirklichkeit um ein Mitglied des Hauses d'Alcantara handeln?«

Schwätz nicht soviel, dachte Tejada. Und er entschloss sich, etwas schärfer anzupacken. »Vivanda oder Alcantara«, sagte er, »dies wäre die Aufgabe. Damit wir uns völlig verstehen: Ist der besagte Don Alonzo bis morgen Mittag zwölf Uhr nicht unschädlich, so seid sicher, dass Euch der Weg zum Meta verlegt ist und Ihr in der Steppe zu Tode gehetzt werdet. Ist das klar?«

»Euer Gnaden reden mit verblüffender Deutlichkeit.« Der Reiter sah Tejada aus halb verschleierten Augen an. »Ich will mich ebenso kurz fassen: Der besagte junge Mann wird ab morgen zwölf Uhr keiner Menschenseele mehr schaden. Andererseits verlasse ich mich darauf –«

»Es ist mir absolut gleichgültig, worauf Ihr Euch verlasst« zischte Tejada. »Es hieße mir selbst schaden, wollte ich meinen Teil unseres Vertrages nicht erfüllen. Euer Tun und Lassen interessiert mich nicht im geringsten. Nur versucht nicht, mich zu täuschen. Ihr glaubtet, klug daran zu tun, als Ihr ein Seitenwasser aufsuchtet; in Wahrheit habt Ihr Euch in eine Art Mausefalle begeben, und es ist in meine Hand gegeben, die Falle zuschnappen zu lassen. Darum noch einmal: Ist Don Alonzo morgen Mittag um zwölf nicht beseitigt, dann gehen Correos nach der Mündung des Ocoa ab, die Schiffer auf beiden Seiten des Flusses werden aufgeboten, und keiner von euch erreicht die Insel.«

Die Insel! Der Hund weiß von der Insel! Dachte der Pirat. Wer hat da Verrat geübt? Nun, das würde man feststellen, fürs Erste galt es, gute Miene zum bösen Spiel zu machen. Dieser Don Alonzo war nicht zu retten. »Ihr habt mein Wort, Señor«, sagte er. »Und dürfte ich nun vielleicht erfahren, mit wem ich überhaupt die Ehre habe?«

»Nehmt an, Ihr habt einen alten Soldaten vor Euch, der seine Pflicht getan hat und das Land vor neuen Verwicklungen bewahren möchte«, versetzte Tejada mit Würde.

Der auf dem Pferd verbeugte sich mit ironischer Ergebenheit. »So weiß ich wenigstens, dass ich zu einem guten Werk helfe«, grinste er.

Tejada aber wandte sein Pferd. »Ihr wisst jedenfalls, was Ihr zu tun habt. Adios!« Er lüftete flüchtig den Hut und schickte sich an, zur Hazienda zurückzureiten.

Dem anderen, der ihm eine Weile nachsah, zuckte unwillkürlich wieder die Hand nach dem Pistolenhalfter. Aber er bezwang sich. »Da scheint hohe Politik im Spiel«; knurrte er, »nun, mir kann es gleich sein. De Valla oder d'Alcantara. Ich wasche meine Hände in Unschuld.« Nachdenklich setzte er seinen Weg fort.

Alonzo stand neben Doña Elvira auf der Veranda. Das Mädchen saß in einem bequemen Sessel und hielt ein Buch in der Hand. »Ich wollte dich schon lange fragen«, sagte sie, »was hältst du eigentlich von diesem Señor Molino?«

»Allerlei, nur nichts Gutes«, erwiderte der junge Mann, »aber warum fragst du?«

»Du wirst mich vielleicht närrisch nennen, aber ich habe Angst vor dem Mann.« Sie sah zu dem vor ihr Stehenden auf. Wenn man sie so sah, war ihr kaum zuzutrauen, dass sie Angst hätte. Sie hatte sich in wenigen Tagen gut erholt und sah frisch und blühend aus.

»Damit tust du ihm wahrscheinlich zu viel Ehre an.« Alonzo schlug mit der Reitgerte, die er in der Hand trug, die Schäfte seiner Stiefel; als er aufsah, stand ein schwaches Lächeln auf seinem Gesicht. »Im Übrigen begreife und teile ich deine Antipathie«, fuhr er fort, »es geht nicht nur uns beiden so. In mir ruft die glatte Visage dieses Mannes allerlei dunkle Erinnerungen wach; aber ich kann mich täuschen.«

»Du solltest vorsichtig sein.« Über Elviras frisches Gesicht zog ein flüchtiger Schatten. »Ist es so ausgeschlossen, dass der Mann ein Spion ist?« Sie zögerte. »Ich weiß doch, dass du von allerlei Gefahren umgeben bist«, fügte sie nach einer Weile leise hinzu.

Alonzo winkte ab. »Überschätze das nicht«, sagte er leichthin, »dein Vater und dein Onkel sind überängstlich. Ich gebe zu, nicht ganz ohne Grund, aber du kannst überzeugt sein, dass ich schon selbst auf mich aufpasse. Ich habe ganz andere Gefahren heil überstanden. – Übrigens kommt da mein Pferd.« Draußen näherte sich ein Peon mit einem gesattelten Tier.

»Oh, du willst reiten? Jetzt in der Mittagshitze?«

»Nicht weit. Ich reite nur die Felder ab, um ein bisschen nach dem Stand der Arbeit zu sehen. Zwei Aufseher sind krank, und der Administrator kann nicht überall sein. Wenn dein Vater sich erhebt, sage ihm, dass ich ausgeritten sei. Übrigens bin ich bald zurück.« Er reichte dem Mädchen die Hand, stieg die Stufen der Veranda hinab und schwang sich in den Sattel.

Er ritt an den weit vom Hause abgelegenen, sich endlos dehnenden Tabakfeldern entlang; weit und breit war hier kein Mensch, still und verlassen lag das Land, kein Luftzug regte sich. Plötzlich kam es dem Reiter vor, als hätten sich die Wipfel einiger Tabakstauden bewegt. Da steckt das Wildzeug wieder im Tabak, dachte er gerade, da sah er zwischen den Stauden den langsam auftauchenden Kopf eines Mannes und den Lauf eines Gewehres, dessen Mündung gerade auf ihn gerichtet war. Blitzartig warf er sich über den Kopf seines Pferdes, da glaubte er hinter dem Mann etwas Metallisches aufblitzen zu sehen. Gleich darauf waren Mann und Büchse verschwunden. Die Tabakstauden bewegten sich heftiger. Dann war alles still.

Das alles hatte den Bruchteil einer Sekunde gewährt; Alonzo, von den Vorgängen überrascht, war kaum zur Besinnung gekommen. Nun aber zog er die Pistole aus dem Sattelhalfter und sprengte auf das Tabakfeld los. Ein Indio trat zwischen den Stauden hervor; er wischte mit einem Tabakblatt Blut von seiner blanken Machete. Alonzo erkannte den Peon seines misstrauisch beobachteten Gastes. »Was machst du da? Was ist da vorgegangen?« fragte er scharf.

Der Indio kam heran. »Man wollte Don Alonzo schießen. Ich nicht leiden; er tot«, sagte er ruhig.

»Was erzählst du da?« Aber Alonzo hatte ja selbst gesehen: den Kopf des Mannes, den erhobenen Büchsenlauf, die blitzende Machete. Ein Schuss, aus dieser Entfernung abgegeben, hätte mit unfehlbarer Sicherheit den Tod bedeutet. Wer war der Indio, der den Anschlag verhindert hatte? Wie kam der Mann dazu? »Wer bist du?« fragte er bemüht, seine Erregung zu verbergen.

Auf dem sonst so stumpfsinnigen Gesicht des Indianers erschien ein weiches Lächeln; zwei Hundeaugen blickten den Reiter an. »Señorito kennen noch Lied von armen Indio, ihn selbst kennen nicht mehr« sagte er. »Maxtla nicht dulden, dass Don Pedros Sohn Leid geschieht.«

Wirre Gedanken durchzogen Alonzos Kopf. »Du warst der Warner in Naëva?« fragte er leise. Der Indio nickte.

»Ich weiß, ich weiß jetzt.« Ein Lächeln des Begreifens überzog die ernsten Züge des jungen Reiters. »Du warst der Maultiertreiber, der mich als Kind so oft auf seinen Tieren reiten ließ? Du bist mit meinem Vater in den Krieg gezogen?«

Der Indio strahlte. »Señorito reiten gern auf Maxtlas Tieren!«

»Maxtla! Du heißt Maxtla. Und du hast über mich gewacht, ohne dass ich es wusste. Ohne dich wäre ich jetzt ein toter Mann. Wahrhaftig, mein Freund, das werde ich dir niemals vergessen. Weißt du, wer mir da nach dem Leben trachtete?«

»Maxtla weiß. Ein Mann aus Bogotá, ein Freund von Señor de Valla. Böser Mensch das, ganz böser Mensch. Er glauben: sehr klug. Maxtla klüger!«

»Wahrhaftig, das hast du bewiesen. Weißt du den Namen des Mannes?«

»Ignacio de Caldas. Maxtla kennen ihn gut.«

»Und er ist tot?«

»Er ganz tot!« Die Züge des Indianers verhärteten sich. Alonzo stieg vom Pferde und betrat schweigend das Tabakfeld. Bald darauf stand er vor der Leiche des jungen Mannes, neben dem die noch gespannte Büchse am Boden lag. Er warf einen Blick auf das Gesicht des Toten und ging zurück. Unwillkürlich schauderte ihn. Offensichtlich hatte er die Gefahren doch unterschätzt, die ihn bedrohten.

Er reichte dem Indio die Hand. »Ich danke dir, Maxtla«, sagte er. »Und ich werde dich noch gut brauchen können. Aber du bist der Peon dieses Señor Molino?«

Der Indio nickte. »Ja, aber er nicht Molino, er Tejada. Sancho Tejada, Bandido. Ich ihm nachgeschickt. Und er gern gegangen, um Señorito zu schützen.«

»Das wird ja immer interessanter.« Tejada hieß dieser Mann. Tejada? Aber der Name sagte ihm nichts. »Komm, Maxtla«, sagte Alonzo, »setz dich einen Augenblick zu mir. Erzähle mir, was du weißt. Und sprich ruhig in deiner Muttersprache, ich verstehe sie gut.« Sie setzten sich im Schatten einer Platane.

Der Indianer, glücklich, in seiner eigenen Sprache reden zu können, sprudelte nun heraus, was er wusste. Er erzählte zunächst von vergangenen Zeiten. Wie er als Jüngling von den Bergen heruntergekommen sei, um als Maultiertreiber sein Brot zu verdienen. Wie Don Pedro ihn eines Tages krank am Wege aufgelesen und ihn seinen Leuten zur Pflege übergeben habe. Wie er als junger Maultiertreiber öfter nach Bogotá gekommen sei und das Haus seines Wohltäters besucht habe. Wie er schließlich mit Don Pedro in den Krieg gezogen sei. Im Gefecht habe ihm sein Capitano einmal das Leben gerettet, und seitdem sei er dem Hause d'Alcantara verschworen.

»Oh, Señorito«, fuhr er fort, »ich weiß nicht, warum die Blancos miteinander streiten; es ist mir gleichgültig. Ich war im Norden bei meinem Regiment, als Don Pedro nach Süden ging und mit den Seinen ermordet wurde. Hätte ich gewusst, dass der Señorito bei den Aimaràs, ich hätte ihn herausgeholt, aber ich wusste es nicht.

Ich kam nach Bogotá zurück und suchte das Haus auf, in dem die gewohnt hatten, die gut gegen mich waren. Ich sah die Señora und die Señoritas und Señoritos durch das Haus gehen, wenn ich still in meiner Ecke saß. Aber sie waren alle tot. Dein Oheim musste fortgehen, und Señor de Valla kam. Ich blieb im Haus. Die Leute sprachen schlecht von dem neuen Señor, Weiße und Rote, sie sprachen allerlei und auch von dem Mord im Tal der drei Quellen. Da blieb ich erst recht, denn sprachen sie wahr, dann musste de Valla von Maxtlas Hand sterben.«

Er berichtete weiter, wie er durch den Minister zuerst vernommen habe, dass ein Sohn Don Pedros am Leben sei und wie de Valla zunächst Tejada und dann ihn abgesandt habe. In Naëva hatte er dann sogleich den Sohn seines Capitanos erkannt.

»Was meinst du«, fragte Alonzo, der den Erzählungen des Peons mit steigender Anteilnahme gefolgt war, »steckt Tejada auch hinter dem soeben vereitelten Mordanschlag?« Er glaube das nicht, entgegnete Maxtla. Seiner Meinung nach habe Caldas ohne Wissen Tejadas und gänzlich unabhängig von diesem gehandelt. Er erzählte Alonzo auch von dem Boot und dem Neger auf dem Ocoa.

»Und würdest du mit Tejada umgegangen sei wie mit dem, der da drüben im Tabakfeld liegt, wenn er die Hand gegen mich erhoben hätte?«

Ein grimmiges Lächeln erschien als einzige Antwort in des Indios Gesicht. »Der Kojote war Lugarteniente unter deinem Vater«, sagte er nach einer Weile. »Er hat Maxtla geschlagen. Ein Chibcha vergisst das nicht. Aber ich habe ihn erst zehn Jahre später im Haus deiner Eltern in Bogotá wiedergesehen.«

Alonzo erhob sich. »Das alles muss sofort Don Vincente erfahren«, sagte er, »komme mir nach, Maxtla, ich reite voraus.« Er rief sein Pferd, schwang sich auf und ritt den Wohngebäuden zu. Er traf den alten Herrn in seinem Arbeitszimmer zusammen mit dem Cura und berichtete kurz, was geschehen war und was er von dem Indio erfahren hatte. Auch sagte er ihnen jetzt, dass er Tejada, alias Molino, nunmehr mit Sicherheit für den Mörder Gomez' halte.

Die beiden Herren wussten vor Entsetzen zunächst nicht, was sie sagen sollten. Es dauerte lange, bis sie ihre Fassung wiedergewonnen hatten. »Da hilft nun alles nichts«, sagte Alonzo, »gegen Schüsse aus dem Hinterhalt ist jedermann wehrlos.« Da es außer Maxtla keinen Zeugen der Vorgänge im Tabakfeld gab, beschloss man, einstweilen darüber zu schweigen, vor allem auch Elvira gegenüber.

»Aber warum sagtest du nicht, dass du diesen Tejada in solchem Verdacht hattest?« fragte Don Vincente.

»Wie konnte ich denn?« Alonzo zuckte die Achseln. »Ich hatte ja keinerlei Beweise und war nicht einmal sicher. Blaugestreifte Ponchos tragen schließlich noch mehr Leute, und das Gesicht hatte ich damals nur ganz flüchtig gesehen. Außerdem sind Jahre darüber vergangen. Im Übrigen« – er lächelte – »ihm gegenüber war ich schon auf der Hut. Ich habe unter den Indianern gelernt, nur zu sprechen, wenn ich muss.«

Maxtla saß nach seiner Gewohnheit in der Nähe der Ställe und rauchte, als Tejada herangeritten kam. Der Indio erhob sich, um ihm das Pferd abzunehmen.

»Sattle dein Mulo und hole dann meinen Mantelsack; wir verlassen Otoño«, sagte Don Sancho kurz.

In den Augen des Peons blitzte es kurz auf; er entfernte sich schweigend. Tejada aber betrat das Haus und erkundigte sich, ob Don Vincente und Seine Hochwürden, der Cura, zu sprechen seien. Minuten später stand er beiden gegenüber. Auch Alonzo war zugegen.

Der Gast stutzte ob der ernsten Gesichter, die ihm entgegensahen; er witterte Unheil. Doch sagte er mit der vollendeten Höflichkeit, die er nun schon fast wie ein passendes Gewand trug: »Die Herren verzeihen, wenn ich von raschem Entschluss bin. Ich habe zweifellos die liebenswürdige Gastfreundschaft dieses Hauses schon zu lange in Anspruch genommen. Und damit mich mein Entschluss nicht doch noch wieder reue, möchte ich sogleich reiten. Ich komme also, um Ihnen meinen aufrichtigsten Dank auszusprechen und mich zugleich zu verabschieden.«

»Haben Sie eine besondere Veranlassung, so schnell aufzubrechen?« fragte Don Vincente und sah dem vor ihm Stehenden mit scharfem Blick in die Augen.

Der stutzte abermals. »Wie meinen Señor das?« fragte er.

»Sollte man es vielleicht an der schuldigen Aufmerksamkeit Ihnen gegenüber haben fehlen lassen?«

»Oh, keineswegs. Im Gegenteil!« Der Bandit ereiferte sich. »Otoños Gastfreundschaft wird von mir nie vergessen werden. Aber - verzeihen Sie bitte - ich bin ein unruhiger Geselle, sehr lange halte ich es an einem Ort nicht aus; es steckt immer noch etwas vom Soldaten in mir. Ich bin zu dem Entschluss gekommen, das Land weiter nördlich auf meine Zwecke hin zu untersuchen.«

Die Herren Vivanda verneigten sich. Die dargebotene Hand des Gastes sahen sie nicht.

»Alonzo, gib dem Herrn das Geleit«, sagte Don Vincente.

Tejada verbeugte sich. »Señores, noch einmal meinen verbindlichsten Dank und eine Empfehlung an Doña Elvira.« Von heftiger innerer Unruhe erfasst, ging Tejada aus dem Zimmer, von Alonzo gefolgt, der sein "indianisches Gesicht" aufgesetzt hatte, wie seine Freunde seine undurchdringliche Miene zu nennen pflegten.

»Einen Augenblick«, sagte Tejada draußen, »ich will nur noch einen Blick in mein Zimmer werfen und sehen, ob mein Peon nichts vergessen hat.« Alonzo ging schweigend hinaus.

Vor dem Hause stand Maxtla mit Tejadas gesatteltem Pferd und seinem Maultier. »Du wirst ihn begleiten?« fragte Alonzo leise.

»Maxtla muss wachen; er kommt bald zurück«, antwortete ebenso leise der Indianer. Tejada kam aus dem Haus. Er verzichtete vorsichtigerweise darauf, dem Señorito die Hand zu reichen. »Nun, Don Alonzo«, rief er nur, in dem er sich in den Sattel schwang, »ich hoffe auf ein glückliches Wiedersehen in Bogotá.«

Mit todernstem Gesicht antwortete Alonzo, ihn starr anblickend: »Empfehlen Sie mich jedenfalls Señor Tejada, und sagen Sie ihm, dass ich nur sehr selten mit der Büchse fehle, wie vor fünf Jahren im Tal der drei Quellen.«

Der Bandido wurde fahl im Gesicht wie eine gekalkte Wand; seine Hand tastete unwillkürlich nach der Doppelpistole im Halfter. »Wie, Señor?« stammelte er schließlich, »ich verstehe Sie nicht.«

»Meine Worte sind auch nur Señor Tejada verständlich«, erwiderte Alonzo.

Der Reiter, offensichtlich völlig verwirrt und nahe daran, seine Fassung zu verlieren, griff nach den Zügeln. »Adio, Señor«, murmelte er, flackernde Angst in den Augen.

Alonzo lüftete grüßend den Hut, und der Bandido sprengte davon, als säße ihm der Teufel im Nacken. Mit einem seltsamen Lächeln im Gesicht folgte ihm sein Peon.

Was war das? Dachte Tejada, während er durch die Landschaft jagte, um alles in der Welt, was war das? Es scheint, ich habe in der Höhle eines Jaguars gesteckt. Woher weiß dieser Kerl, wer ich bin? Was weiß er von dem Tal der drei Quellen? Wer hat hier geschwatzt? Wer kennt mich hier? Vor fünf Jahren ist dieser Bursche wieder aufgetaucht. War er etwa der Kerl, der damals den Schuss abfeuerte als ich Gomez – –? Nun, Gott sei Dank, dass ich aus dieser Nachbarschaft fortkomme. Das ist unheimlich. Aber warte, Bursche, lange wirst du es nicht mehr treiben, wenn der Mann von der Pirateninsel sein Wort hält!

Er hatte es so eilig, dass der Peon auf seinem Maultier kaum zu folgen vermochte. Bald nach Dunkelwerden erreichten sie die Posada, in der sie gewohnt hatten, bevor sie Otoño aufsuchten. Völlig erschöpft stieg Tejada vom Pferd.

Auf Otoño beriet man unterdessen, ob es nicht ratsam sein möchte, den Neger ausfindig zu machen, der auf Caldas warten sollte. Freilich schien dies bei der in jenen Landstrichen hereinbrechenden Dunkelheit kein einfaches Unternehmen. Er werde das selbst übernehmen, sagte Alonzo. Dem wurde vonseiten der beiden alten Herren lebhaft widersprochen. Alonzo dürfe sich keinesfalls mehr in Gefahr begeben, meinten sie, die jüngsten Ereignisse hätten ja zur Genüge bewiesen, womit er zu rechnen habe.

Alonzo lachte nur. »Wenn es danach ginge, dürfte ich keinen Schritt mehr vor das Haus tun«, sagte er. »Wollt ihr mich nicht gleich in einen Glaskasten stecken?« Er glaube übrigens nicht, dass ihm im Augenblick noch Gefahr drohe, setzte er, ernster werdend, hinzu. Der eine Mörder sei beseitigt – man möge ihn übrigens mit einbrechender Nacht durch einige vertraute Leute aus dem Feld herausholen und begraben lassen – Tejada sei fort und der wachsame Maxtla bei ihm; von dort sei also auch nichts zu befürchten. Im Übrigen möge man ihn doch nicht unterschätzen. Er habe zu lange unter Wilden gelebt, um fortan nicht äußerste Wachsamkeit zu üben.

»Nimm dir wenigstens drei unserer besten Leute mit«, sagte Don Vincente.

Alonzo nickte. »Das kann nichts schaden, und ich will es tun.« Er ging hinaus und suchte sich die drei Indios selber heraus. Er befahl ihnen, sich Büchsen geben zu lassen, nahm selbst Gewehr und Lasso, und bald darauf ritten alle vier dem Waldsaum entgegen. An der Mündung des Pfades angelangt, sagte Alonzo seinen Begleitern, dass es darum gehe, einen spitzbübischen Neger auf dem Fluss zu fangen. Er wies die Männer an, ihm in Hundert Schritt Abstand zu folgen. Er fürchtete, dass die Indios sich nicht geräuschlos bewegen möchten, und es kam ihm darauf an, lautlos am Ufer aufzutauchen und den Neger überraschend vor der Büchse zu haben, bevor er noch das offene Wasser gewinnen könne. Dann konnten seine Begleiter ihn binden und fortführen.

Die Pferde wurden angebunden, und Alonzo glitt geräuschlos in das Dunkel des Waldes; die Schatten der Nacht begannen schon zu fallen. Eben wollten seine Leute ihm nachschleichen, als der dumpfe Hall eines Büchsenschusses an ihr Ohr schlug. Sie glaubten, einen schwachen Hilferuf zu vernehmen; erschrocken standen sie still. Doch währte ihr Zögern nur Sekunden, dann brachen sie, die schussfertigen Büchsen in der Hand, durch das Gebüsch.

Tiefes Schweigen umgab sie, nirgendwo regte sich etwas, nur ein Vogel zwitscherte in den Bäumen. Sie kamen an das Schilf, gingen vorsichtig gebückt auf das Wasser zu. Kein Boot, kein Neger war zu erblicken, aber auch von dem Señorito keine Spur. Sie riefen; ihre Stimmen hallten durch die Dunkelheit, aber es kam kein Echo. Verzweifelt sahen sie sich an. Was war geschehen?

Sie gingen in den Wald, untersuchten zur Rechten und Linken des Pfades jeden Fußbreit Boden; sie fanden nichts.

Die Nacht brach herein; trostlos, im Innersten erschüttert, schlichen die Indios nach der Hazienda zurück. Als sie an den Waldsaum kamen, hörten sie ein Pferd wiehern. Einer der Männer ging dem Laut nach und brachte Caldas' Roß mit sich. Es war kein Zweifel mehr: Don Alonzo war geraubt oder – getötet worden.

Mit maßlosem Entsetzen vernahmen die Herren de Vivanda den Bericht der Männer, denen die Tränen über die Wangen liefen, ein bei Indios wahrhaft erstaunlicher Anblick. Der Cura brach in die Knie; seine Hände verkrampften sich im Gebet. Don Vincente fasste sich schneller. Klagen und Jammern hatte jetzt keinen Sinn. Es musste etwas geschehen und das sofort. Es schien klar: Der Mörder, den sein Schicksal dank Maxtlas Fürsorge so schnell ereilt hatte, war nicht allein gewesen. Die Feinde Alonzos mussten auf dem Rücken des einsam dahinströmenden Ocoa gekommen sein, wie wahrscheinlich auch Caldas, der sich das Pferd irgendwo am Ufer verschafft haben mochte.

»Geh zu Elvira und unterrichte sie«, sagte Don Vincente. »Ich will das Land und die Flussufer alarmieren.« Während der ganz gebrochene Priester die Nichte aufsuchte, ließ Vincente die Glocke läuten, deren Ton die Arbeiter nach dem Herrenhaus rief, und gleichzeitig die Feuer entzünden, die die Vaqueros aus den Llanos herbeibefahlen. Der Majordomo ließ Pferde und Maultiere bereitstellen. Don Vincente trat zwischen die schnell versammelten Leute und sagte ihnen, was geschehen war. Ein dumpfer Laut des Schreckens erhob sich. Der Haziendero erzählte nun auch von dem während des Tages vereitelten Mordversuch und gab seiner Überzeugung Ausdruck, dass die Mörder den Ocoa heraufgekommen sein müssten. Es gelte, unverzüglich alle zur Aufklärung der mysteriösen Vorgänge erforderlichen Maßnahmen einzuleiten.

Ein Teil der berittenen Leute nahm bald darauf den Weg am Flussufer entlang, mit dem besonderen Auftrag, an jeder Hazienda, bei jedem Flussübergang das geheimnisvolle Verschwinden Don Alonzos bekannt zu machen und die Bevölkerung auf die Anwesenheit von Flusspiraten hinzuweisen. Die andere Hälfte ging mit dem gleichen Auftrag in die Llanos, um auch hier die Bewohner zu Wachsamkeit und Beistand aufzurufen.

Es lag der Gedanke nahe, dass der so plötzlich abgereiste Tejada mit dieser neuen Gewalttat in Verbindung stand. Don Vincente, der im weiteren Umkreis die polizeiliche Gewalt auszuüben hatte, fertigte einen Haftbefehl gegen ihn aus und sandte den Majordomo, einem entschlossenen Mann, mit einigen sicheren Leuten dem Abgereisten nach. Er unterrichtete ihn auch von dem Verhältnis, in dem der Peon Maxtla zu dem Bandido stehe und dass der Verschwundene dem Indio das Leben verdanke. Der Majordomo machte sich sofort auf den Weg.

Die Sonne war eben aufgegangen, da war Don Vincente bereits mit einigen zuverlässigen Leuten im Uferwald, um nach Spuren Alonzos zu suchen, fortgesetzt von der schrecklichen Vorstellung geängstigt, irgendwo auf seinen Leichnam zu stoßen. Aber auch diese Nachforschungen verliefen völlig ergebnislos. Don Alonzo blieb verschwunden, als habe ihn der Waldboden aufgesaugt.

Sancho Tejada wäre, seiner Neigung folgend, am liebsten Tag und Nacht geritten, um die Gegend von Ocoa hinter sich zu bringen; Don Alonzos Abschiedsworte hatten einen nachhaltigen Schrecken in ihm ausgelöst.

Wenn er gleichwohl noch zögerte, so deshalb, weil er gern mit sicherem Ergebnis nach Bogotá zurückgekehrt wäre. So widerwärtig ihm die Verzögerung war, beschloss er deshalb doch, abzuwarten, ob der von ihm gezwungene Pirat seinen Auftrag fristgemäß ausführen würde.

Die Posada, in der er nun zum zweiten Male wohnte, war sehr günstig gelegen, um Neuigkeiten von Otoño zu erfahren. Tejada, missmutig und fiebernd vor innerer Unruhe, saß auf der Veranda, jeden Augenblick fluchtbereit, als in vollem Rosselauf ein junger Llanero herangejagt kam.

»Don Jaquino«, rief der Mann schon von Weitem dem Posadero zu, der in der Haustür lehnte, »ein furchtbares Unglück ist geschehen. Don Alonzo ist ermordet worden!«

Tejada erhob sich; ihm war, als habe er Blei in den Adern. Der in der Ecke kauernde Maxtla wurde aschfahl; in seinen aufflammenden Augen stand eine gefährliche Drohung.

»Was ist geschehen?« schrie der Posadero entsetzt. »Es ist doch nicht möglich!«

»Ja, ja, ermordet!« rief der Llanero. »Es ist schreckliche Wahrheit. Die Peons und Vaqueros jagen bereits durch das Land und verkünden es. Ich bin gleich davongejagt, um die Neuigkeit weiterzutragen.«

Tejada hatte sich erhoben. Wie er so dastand, machte auch er den Eindruck eines tödlich Überraschten. In seinem Kopf jagten sich die widerstreitendsten Empfindungen: Es ist vollbracht! Er hat Wort gehalten! Fort von hier, auf der Stelle fort! Sie kennen dort meinen Namen! Er zwang sich zur Ruhe. Mit fast tonloser Stimme sagte er: »Nun, es wäre schrecklich, Mann, wenn du die Wahrheit sagst. Ich kann es noch nicht fassen. Ich komme ja von Otoño. Gestern Mittag erst habe ich mich von Don Alonzo verabschiedet.« Ruhe! Dachte er, Ruhe! Ich muss auf der Stelle weg! »Wie entsetzlich für meine Freunde, die Herren Vivanda«, sagte er. »Und welch ein Verhängnis, dass ich nicht einmal mehr die Zeit habe, zurückzureiten, um sie zu trösten. Ich muss leider unverzüglich nach Bogotá.«

In der Verwirrung und Aufregung, die die Nachricht hervorgerufen hatte, achtete kaum jemand auf ihn. Er zahlte seine Zeche, rief seinen Peon, bestieg sein Pferd und gab ihm die Sporen. »So, Carlos de Valla«, sagte er im Abreiten vor sich hin, »jetzt schuldest du mir noch viertausend Pesos. Und, wahrhaftig, es ist wenig genug.« Hätte er in diesem Augenblick das Gesicht seines hinter ihm reitenden Peons gesehen, dessen dunkle Augen in verzehrendem Hass brannten, er hätte jetzt kaum an seine viertausend Pesos gedacht.

Der Indianer war innerlich völlig verstört. Er zweifelte keinen Augenblick an der Richtigkeit der durch den Llanero überbrachten Nachricht. Und er machte sich bittere Vorwürfe, den jungen Herrn aus den Augen gelassen zu haben. Auch den Señor Tejada hatte er zeitweise unbeobachtet gelassen. Was immer auch geschehen sein mochte, Maxtla zweifelte nicht daran, dass der Anstifter des Verbrechens vor ihm ritt. Nun, dessen Geschick war erfüllt.

Der Weg, auf dem sie ritten, war einsam; einige Gehöfte grenzten den Horizont nach verschiedenen Seiten ein; auf Leguas weit erhob sich kein Haus. Maxtla löste das Lasso vom Gurt und machte ihn wurfbereit.

Tejada wurde in dem Maße, in dem sie sich von Otoño entfernten, immer ruhiger. Er lächelte schließlich bereits selbstzufrieden vor sich hin, als ihn ein von hinten mit großer Geschicklichkeit geworfener Lasso umschlang und aus dem Sattel riss; bevor er auch nur zu denken vermochte, stürzte er ziemlich unsanft zu Boden.

Betäubt von der jähen Unterbrechung seiner Zukunftsträume, seiner Sinne kaum mächtig, lag er da. Das Lasso schnürte Ihm die Arme fest an den Leib. Die Augen öffnend, sah er zu seinem maßlosen Staunen über sich Maxtlas verzerrtes Gesicht. Der Indio hatte die blanke Machete in der Faust. Er nahm nun das Doppelpistol aus Tejadas Tasche, das Messer aus dessen Gürtel und warf beides fort. Dann band er dem Entsetzten die Hände.

Tejada, langsam aus seinem Schreck erwachend, fragte, indessen seine Augen angstvoll die des Indios suchten: »Was heißt das denn, Juan? Willst du mich berauben? Ich will dir geben, was du willst, aber binde mich los.«

»Maxtla ist kein Dieb«, antwortete finster der Indianer.

»Aber was willst du dann? Willst du mich etwa ermorden? Was habe ich dir getan?«

»Später töten, nicht jetzt«, sagte der Indio kurz. »Du nicht mehr an armen Indio denken, den du als Teniente vor den Soldados geschlagen. Maxtla nichts vergessen.«

Er ist irr, dachte Tejada, er hat den Verstand verloren! Wie hätte der vornehme Caballero sich auch daran erinnern sollen, dass er vor Jahren, als er als Offizier unter d'Alcantara diente, einen Indio geprügelt hatte? Er hatte mehr Indios geprügelt damals, und einer sah aus wie der andere. »Ich verstehe dich nicht«, stammelte er. »Was willst du von mir?«

»Wirst schon alles noch verstehen«, knurrte Maxtla. »Bist von Excellenza ausgesandt, Don Alonzo zu töten. Maxtla ist ausgeschickt, um Don Sancho die Machete durch die Kehle zu ziehen.« Er grinste wie ein Teufel.

Wahnsinn in den Augen, sah der Bandido ihn an. Sollte es möglich sein? Sollte der schurkische de Valla diesen Burschen gedungen haben, um ihn, Tejada, nach vollbrachter Tat umzubringen? Es wäre ungeheuerlich, aber Tejada, der seinen Herrn und Meister zu kennen glaubte, sah ein, dass es möglich war.

Maxtla untersuchte sorgfältig Tejadas Taschen, er nahm ihm die Brieftasche und einen Beutel mit Geld und steckte beides in seine Ledertasche. Der Indianer hätte Tejada am liebsten gleich in der Posada verhaftet, aber er kannte die rechtlose Stellung eines Indios einem Weißen gegenüber und hatte gefürchtet, dass man dort Partei für den Caballero und gegen ihn genommen haben würde; so hatte er gewartet, bis er mit ihm allein war. Er holte jetzt Tejadas Pferd herbei, befahl dem Gefesselten, aufzusteigen und half ihm in den Sattel, nachdem er ihn von dem Lasso befreit hatte. Dann band er ihm die Füße unter dem Bauch des Pferdes zusammen.

Es ist also nicht auf meine sofortige Ermordung abgesehen, dachte der Gebundene und begann neue Hoffnung zu schöpfen. Maxtla legte sein Lasso um den Hals des Pferdes, bestieg sein Maultier und schlug wieder den Weg nach der Posada ein.

»Wohin führst du mich?« fragte Tejada zitternd.

»Du alles erfahren. Galgen hier wie in Bogotá«, antwortete der Indio.

Das ängstlich folgende Pferd an der Fangschnur, galoppierte er auf dem Weg zurück, den sie gekommen waren. Tejada, der in seinem wüsten

Leben schon manche Gefahr bestanden hatte, gewann Zeit zur Überlegung, er hoffte auf baldige Begegnung mit Weißen. Dabei zermarterte er sein Hirn: Wer war dieser Indio und was wollte er von ihm? Wessen konnte er ihn überhaupt beschuldigen? Einem Indio gegenüber hat ein Weißer immer recht. Ihm wäre bange gewesen, hätte Maxtla ihn in die Steppe geführt; da er den Weg zu bewohnten Stätten einschlug, war noch nicht alles verloren. Im äußersten Fall musste Frechheit weiterhelfen.

Sie waren noch nicht sehr lange geritten, als ihnen vier Reiter entgegenkamen; es waren der Majordomo der Hazienda Otoño und drei Vaqueros.

»Sieh da, du hast ihn ja schon, mein braver Junge!« rief der Majordomo schon von Weitem. Gleich darauf hielt er vor den beiden.

»Welch ein Glück, dass Sie kommen, Señor«, sagte Tejada, und die Empörung blitzte aus seinen Augen. »Dieser schamlose Indio hat mich auf dem Weg heimtückisch überfallen und beraubt. Ich stelle mich unter Ihren Schutz. Lassen Sie mich losbinden.«

Der Majordomo maß ihn mit kühlem Blick. »Später, Señor«, versetzte er. »Zunächst habe ich einen Haftbefehl gegen Sie zu vollstrecken, ausgestellt auf Sancho Tejada, genannt Molino, von dem Alkalden dieses Territorio, und zwar wegen dringenden Verdachtes, die Ermordung Alonzo d'Alcantaras veranlasst zu haben. Im Namen des Gesetzes: Sie sind mein Gefangener.«

Tejada war zumute, als habe ihn ein Hammer auf den Kopf getroffen. Dennoch spielte er nicht ungeschickt den Überraschten und Empörten; die Verzweiflung spornte die Kräfte seines Geistes. »Das ist ein entsetzlicher Irrtum, Señor«, rief er. »Verhaften Sie lieber diesen Räuber, der mich auf offener Straße angefallen hat.«

»Nimm ihn, Majordomo, und bewache ihn gut«, sagte Maxtla. »Er ist ein Mörder, auf den in Bogotá ohnehin der Strick wartet. Hier hast du, was ich ihm abgenommen habe.« Und übergab dem Haushofmeister Brieftasche und Geldbeutel des Verhafteten. »Ich muss eilig fort«, sagte er.

»Wohin willst du?«

»Nach Otoño. Die Mörder Don Alonzos sollen sich hüten. Sie sollen sterben wie der Erste, der den Señorito zu töten versuchte.« Damit gab der Indio seinem Maultier die Sporen und sprengte in wilder Hast davon. Der Majordomo folgte langsamer mit dem Gefangenen.

Die Pirateninsel

Maxtlas Maultier brach fast zusammen, als der Indio auf der Hazienda aus dem Sattel sprang. Er berichtete von Tejadas Gefangennahme, und man erzählte ihm das Wenige, das man seither im Zusammenhang mit Alonzos Verschwinden ermittelt hatte. Es war keine Spur gefunden worden. War der junge Mann tot, so musste das Wasser seinen Leichnam bergen. Es gab kaum eine andere Möglichkeit.

Der Indio hörte sehr aufmerksam zu. »Haben wir kleines Kanu auf dem Fluss?« fragte er schließlich.

»Ja, es sind mehrere Kanus da, für die Fischer.«

»Gut, mir geben. Mörder kommen von Fluss. Dort nachforschen.«

Ein Arbeiter der Hazienda brachte ihn zum Flussufer. Es lag dort ein Kanu indianischer Bauart. Maxtla sandte den Mann zurück und bestieg das Boot. Langsam ruderte er am Ufer des sanft dahinströmenden Flusses entlang auf die Stelle zu, wo der Pfad mündete, an dessen Ausgang der Neger Caldas erwartet hatte. Maxtla war mit allen Instinkten des Wilden begabt; in den blutigen Kriegen der Weißen hatte er seine natürlichen Anlagen fabelhaft ausbilden können.

Aufmerksam durchforschten die Augen des Indios das Schilf und die Bambusstauden. Plötzlich hielt er im Rudern inne. Hier hatte sich ein größeres Boot den Weg zum Ufer erzwungen; es war unverkennbar. Er trieb das leichte Kanu auf die Stelle zu. Aus dem Boot kletternd, untersuchte er den weichen Boden. Er stellte sofort mehrere noch deutlich erkennbare Fußspuren fest. Augenscheinlich hatten sich mehrere Männer hier den Weg durch das Schilf gebahnt. Er ging der Spur nach; sie führte bald in hochstämmigen Wald. Hier hatte, auch das war deutlich erkennbar, die Machete gearbeitet, um einen Pfad durch das ziemlich dichte Unterholz zu brechen. Der Weg, den Maxtla verfolgte, führte schließlich den Feldern zu. Durch zerrissene Büsche und Schlingpflanzen gelangte er auf den Pfad, auf dem der Señor de Caldas gekommen war. Der Boden in der unmittelbaren Umgebung des Pfades war zertreten. Aber es war sinnlos, sich mit den zahllosen hier eingeprägten Fußspuren näher zu beschäftigen; die Leute der Hazienda waren hier soviel hin- und hergelaufen, dass es nicht mehr möglich war, irgendwelche weiterführenden Feststellungen zu treffen. Er betrat die andere Waldseite, aber hier war kein Mensch gewesen, der Boden war unberührt.

Wieder zurückkehrend gewahrte sein unentwegt forschendes Auge eine Stelle, an der mehrere Menschen hintereinander hinter einem dichten Farnbusch gestanden haben mussten. Maxtla untersuchte Blätter und Halme nach Blutspuren, fand aber nichts.

»Es waren fünf Männer«, murmelte Maxtla, »sie haben Alonzo ein Lasso oder einen Poncho übergeworfen und ihn dann in die Büsche gezerrt. Er hat sich gewehrt, aber sie waren fünf gegen einen und hatten ihn mit dem Lasso oder Poncho gefesselt; er war machtlos. Hier ist ihm auch der Büchsenschuss losgegangen.« Und wieder suchte er eifrig, aber vergeblich nach Blutspuren. Unwillkürlich atmete er auf. Sie haben ihn lebend nach dem Fluss geschleppt, dachte er. Er ging den tief ausgeprägten Spuren nach. An den Blättern einer Gruppe Stechpalmen fand er ein paar Wollfetzen; offenbar hatte ein Poncho hier die Büsche gestreift. Alle Fußspuren deuteten auf die rohe Fußbekleidung, wie sie von einfachen Leuten getragen wurde.

Er kam wieder ans Wasser, es war kein Zweifel, sie hatten den Verschollenen lebend in das Boot geschleppt. Noch einmal aufmerksam alle Spuren prüfend, stieß er auf den Abdruck eines Stiefels. Er suchte aufgeregt weiter, aber die deutlich erkennbare Spur fand sich ein zweites Mal nicht. Sie war nur einmal dicht am Ufer vorhanden. Ein bestiefelter Mann musste im Boot gestanden haben und nur einmal für einen Augenblick ans Ufer getreten sein. Maxtla kniete sich nieder und betrachtete die Spur, jede Einzelheit sorgfältig prüfend. Kein Zweifel: Ein Weißer, ein Mann mit Reitstiefeln, war bei den Piraten gewesen. Blitzartig tauchte dem Indio die Erinnerung an den Mann aus Naëva auf, der mit knapper Not dem Alguacil entgangen war, von dem Huatl erzählt hatte.

Der Indio richtete sich auf und sah traurig und niedergeschlagen über das Wasser. Don Alonzo war lebend in das Boot gebracht worden, aber lebte er noch? Es war nicht anzunehmen. Sie würden ihn, um jede Spur zu verwischen, irgendwo inmitten des Flusses versenkt haben. Denn welchen Sinn sollte es für die Piraten haben, sich mit einem Gefangenen zu belasten, da sie nicht wagen konnten, sich bemerkbar zu machen und ein Lösegeld zu verlangen? Die Leute hatten in höherem Auftrag gehandelt. Dem Mann in Bogotá, dem es darauf ankam, den Erben des Hauses d'Alcantara aus dem Wege zu räumen, war mit Lösegeld nicht gedient; er wollte einen Gegner vernichten.

Gesenkten Hauptes schlich der Indio nach der Hazienda zurück. Er hob mit einer Geste tiefer Niedergeschlagenheit die Schultern und ließ sie wieder fallen, als die Brüder de Vivanda ihn nach den Ergebnissen seiner Nachforschungen befragten. Don Vincente war außer sich vor Schmerz und Empörung. »Wo bleibt Gottes Gerechtigkeit«, rief er, »wenn dem Schurken in Bogotá möglich sein soll, einen der edelsten Männer dieses Landes von Meuchelmördern ungestraft morden zu lassen?«

»Lästere nicht«, sagte der Cura still, »Gottes Wege sind nicht zu erforschen. Uns bleibt nichts übrig, als uns seinem Ratschluss zu beugen.«

Der Indio, der stumpfsinnig, mit niedergeschlagenen Augen an der Tür gestanden hatte, wandte sich zum Gehen. »Maxtla jetzt schlafen«, sagte er, »morgen früh bitten um gutes Pferd, gute Büchse, etwas Geld.«

»Was willst du noch?« fragte Don Vincente. »Töten Don Alonzos Feinde!« knirschte er; in seinen dunklen Augen funkelte der Hass.

»Die Rache ist mein, spricht der Herr!« sagte der Cura still, während Tränen sein altes Gesicht überströmten.

Der Hass in den Augen des Indios erlosch nicht. »Frommer Vater beten«, sagte er, »gut. Maxtla Chibchakrieger. Rächen seinen Freund. Das auch gut!«

Er wandte sich ab und suchte schweigend seine Schlafstätte auf. Als er am anderen Morgen in den Sattel stieg, stand Elvira neben ihrem Vater und ihrem Onkel. Ihr hatte man nur gesagt, Alonzo sei gefangen fortgeführt worden. Das Mädchen war sehr blass und hatte tiefe Ringe unter den Augen; man sah ihr an, dass sie in der Nacht nicht geschlafen hatte. Sie reichte dem Indio die Hand. »Rette ihn, Maxtla«, sagte sie und wehrte tapfer den Tränen, die in ihr aufkommen wollten, »bring ihn uns wieder.«

Der Indio streichelte ihr sacht die Hand, aber sein Blick war ausdruckslos. »Señorita beten zu Doña Maria«, murmelte er und sprengte davon, ohne sich noch einmal zu wenden.

Bald darauf wurde Sancho Tejada von dem Majordomo gefangen eingebracht, ganz beleidigter Spanier. Was mutete man ihm, einem Caballero, zu! Er hüllte sich in Verachtung. »Die Señors werden ihre Übereilung bedauern«, versicherte er pathetisch.

Der Meta, der nach der Behauptung Huatls, des Chibchaindianers, die Pirateninsel bergen sollte, ist ein mächtiger Nebenfluss des Orinoko. Dort, wo er den Ocoa aufnimmt, führt er trübes Wasser, sein Stromlauf ist von Inseln und aufragenden Felsen durchsetzt. Schilf, Bambus und Weiden säumen seine Ufer, die, wie bei allen Gewässern der Llanos, von dicht stehenden hochstämmigen, mehr oder minder breiten Waldstreifen eingefasst werden. Gewaltige Alligatoren sonnen sich auf flachen Sandinseln, der Riesenotter lässt zuweilen sein eigenartiges Gebell vernehmen, und das Geheul der Brüllaffen hallt an den Stromufern wider.

Die Wasserläufe sind die Lebensadern der Llanos, sie vermitteln den Verkehr mit dem Orinoko und dadurch mit dem freien Meer und geben Gelegenheit, die Erzeugnisse des Landes dem Welthandel zuzuführen.

Um die Mitte des vorigen Jahrhunderts, zu der Zeit also, da unsere Geschichte spielt, war es unendlich leichter, die Bodenschätze des Landes dem Meer zuzuleiten, als europäische Güter in das Land einzuführen, denn das Dampfschiff war damals kaum in Gebrauch, und die starke Strömung der Flüsse bot einfahrenden Schiffen sehr ernste Hindernisse. Der Orinoko wurde zwar auch damals schon von Dampfern befahren, seine Zuflüsse dagegen waren, selbst an schiffbaren Stellen, im Wesentlichen auf Segel- und Ruderboote angewiesen.

Die Gerüchte über eine im Flussbereich hausende Bande von Piraten wollten seit geraumer Zeit nicht mehr verstummen, doch war es bisher nicht gelungen, greifbare Anhaltspunkte zu gewinnen; jeder Versuch, sich über das unheimliche Treiben auf den Flüssen Gewissheit zu verschaffen, war bisher missglückt.

Unterhalb der Mündung des Icaho, eines weniger bedeutenden Flusslaufes, erhob sich inmitten des Stromes eine langgestreckte Insel, deren schroffe Felseneinfassung den Schrecken der Schiffer bildete. Die Strömung war zu beiden Seiten der Insel ungewöhnlich stark, und das Wasser barg zahllose unterirdische Klippen. Das felsige Eiland, dessen Höhen ragende Baumwipfel krönten, wurde deshalb von allen Fahrzeugen ängstlich gemieden. Die Ufer des Flusses waren hier viele Leguas weit unbewohnt, und man musste weit in die Llanos hineinreiten, um einen einsamen Rancho zu finden.

Hätten die Fischreiher, die hier und da auf den hohen Bäumen der Ufer saßen, erzählen können, so hätten sie vielleicht von dem seltsamen Gebaren eines roten Mannes berichtet, der, bald in einem kleinen Kanu versteckt im Schilf liegend, bald hoch oben im Laub eines Baumes hockend, die Insel zu beobachten schien.

Dieser rote Mann war Maxtla. Der Indio war zu Pferde dem Lauf des Ocoa eine gute Weile gefolgt; manche seiner zahllosen Windungen hatte er auf dem Landweg abgeschnitten. Maxtla hatte sich leicht ausgerechnet, dass sein gutes Tier ihm ermöglichen musste, das Boot, in dem Alonzo davongeführt worden war, trotz seines beträchtlichen Vorsprunges bald zu überholen. Überall, wo Häuser standen und Furten waren, hatte er sich bei den Leuten seiner Farbe nach dem Boot erkundigt, dessen Form und Bauart er gut im Gedächtnis hatte. Aber er hatte nichts erfahren; niemand hatte ein solches Boot gesehen. An sich konnte das Boot auch in der Nacht gefahren sein, doch war das kaum anzunehmen, weil in diesem Falle ein sehr erfahrener, mit den Tücken des Stromes genauestens vertrauter Mann an das Steuer gehört hätte.

In Cabuyaro hatte Maxtla sein Pferd einem Posadero zur Pflege übergeben und sich ein Boot gekauft. Auf seinen Kriegsfahrten im Norden am Magdalenenstrom und auf den Lagunen hatte der Indio gelernt, ein Kanu auch unter schwierigen Stromverhältnissen zu führen. Mit dem Boot war er den Fluss hinuntergefahren, bis zu der von Huatl beschriebenen Insel. Dort, im Schilf verborgen, lag er nun auf der Lauer.

Sehr bald stellte er fest, dass die Insel von Menschen bewohnt war. Von der Höhe eines Baumes herab gewahrte er eine dünne Rauchfahne, die von Zeit zu Zeit über den Baumwipfeln sichtbar wurde. Unzweifelhaft hatte das Eiland auch eine geschützte Anlegestelle; sie festzustellen, war ihm allerdings bisher nicht möglich gewesen, da er ja während des Tages selbst die größte Vorsicht beobachten musste.

Nacht für Nacht aber lag Maxtla auf dem Wasser. Er machte sein leichtes Boot dann oberhalb der Insel an einer die Wasserfläche nur wenig überragenden Felsspitze fest, an der einige Büsche wuchsen, die im Notfalle selbst bei Tageslicht etwas Deckung gewährten.

Vier Nächte hockte er hier im Boot, mit einer Geduld, wie sie nur ein Indianer aufbringt, der auf seinen Todfeind lauert. Es nahte sich das Ende der vierten Nacht, als sein Ausharren belohnt wurde. Gegen Morgen vernahm er oberhalb der Strömung leichte Ruderschläge. Bald erkannte sein scharfes Auge das erwartete Boot. Es kam rasch stromab. Maxtla lag in seinem Kanu und lugte durch die Büsche.

Als sich das Boot in gleicher Höhe mit ihm befand, ließ er in täuschender Nachahmung den Schrei des Andenadlers vernehmen. War Huatl an Bord, so wusste der nun, dass ein Chibcha aus den Bergen in der Nähe war; der Adler der Anden kam nur selten in die Niederung. Aufmerksam schaute er dem Boot hinterher, um festzustellen, welche Stromseite es nehmen würde. Als feststand, dass es die rechte Fahrrinne nahm, ließ er das eigene Fahrzeug in der gleichen Richtung treiben. Es war immerhin schon hell genug, dass er das ziemlich große Boot klar erkennen konnte, während sein kleines und niedriges Fahrzeug selbst einem wachsamen Auge kaum auffallen konnte.

Das große Boot war schon fast an der Insel vorbei, da gewahrte Maxtla zu seinem großen Erstaunen, wie es wendete und nun stromauf lief, unter kräftig geführten Ruderschlägen gegen die Strömung ankämpfend.

Maxtla selbst hielt jetzt dicht am Ufer; vor dem schwarzen Hintergrund des Waldes war sein kleines Gefährt sicherlich nicht zu erkennen. Das fremde Boot kam allmählich wieder auf gleiche Flöhe mit ihm; urplötzlich verschwand es zwischen zwei Felsspitzen. Dort also befand sich die Anlegestelle; das zu wissen war gut. Des Indianers Auge prägte sich die Felsformen ein, er würde die Stelle nun jederzeit finden.

Und abermals ließ er den Schrei des Adlers ertönen, sein Fahrzeug in das Uferschilf lenkend, gerade der Stelle gegenüber, wo das andere Boot zwischen den Felsen verschwunden war. Vorsichtig ging er an Land, erkletterte einen hohen Ceibabaum und sah aufmerksam nach der Insel hinüber. Aber er sah von hier aus nur, dass sich zwischen der äußeren Felsumgürtung und einer inneren Erhebung eine Wasserfläche befinden müsse, die offensichtlich als Hafen diente und nur stromauf zugänglich war. Er kletterte von seinem Baum herunter.

Einen ganzen Tag lang verhielt er sich ruhig. Die Insel lag stumm und tot. Einige Kähne und ein Floß, die den Flusslauf herunterkamen, hielten sich ängstlich in weiter Entfernung. Maxtla wartete; seine Geduld war grenzenlos. Er führte, auf ähnliche Notwendigkeiten gefasst, einigen Mundvorrat mit sich; er brauchte ja nicht viel. So kam die Nacht.

Und noch immer wartete der Indianer. Stundenlang schon breitete sich um ihn herum die samtene Dunkelheit, da ließ er sein Kanu in den

Strom. Ein starker Wind kam auf, er half ihm, in seinem Rücken tobend, gegen die Strömung zu kämpfen. Durch das Rauschen, das er in den Kronen der Bäume erzeugte, erstickte er das schwache Geräusch seines Ruders. Er gelangte trotz der Dunkelheit bis zu den Felsen, zwischen denen das Piratenboot verschwunden war. Entschlossen lenkte er sein kleines Gefährt in das natürliche Tor. Sogleich befand er sich in ruhigem Wasser und erkannte bald, dass hier ein gewundener Wassergang durch die felsige Einfassung der Insel führte. Er legte das Ruder nieder; jetzt musste jegliches Geräusch vermieden werden. Mit den Händen tastend, führte er das Kanu, es Schritt für Schritt von der Felswand abstoßend, geräuschlos weiter. Das alles verbrauchte endlose Zeit.

Nach einigen Windungen, deren Verlauf er sich genauestens einprägte, geriet er in ein ziemlich geräumiges Becken, in dem, schattenhaft wahrnehmbar, einige Kähne lagen. Er gewahrte am Ufer schwachen Feuerschein; er drang durch die Büsche und strahlte auch die unteren Baumäste an. Stimmengewirr drang an sein Ohr.

Er lauschte, ob sich nicht vielleicht ein Mensch in einem der Boote befinde, doch vernahm er nichts. Kein Atemzug verriet die Nähe eines Lebenden. Lautlos ruderte er mit der Hand und trieb das Kanu in dem stillen Wasser langsam ans Ufer.

Vorsichtig verließ er das Boot und kroch an dem grasigen, mit Buschwerk bestandenen Uferhang empor. Hier lag er still, und es gelang ihm, einen Blick durch die Zweige zu werfen. Er sah auf einem ebenen, von jeglichem Strauchwerk befreiten Platz einige schon stark heruntergebrannte Feuer, an denen noch mehrere rauchende Männer saßen. Er gewahrte ein paar roh zusammengeschlagene Hütten und ein etwas größeres Haus, das aus festem Material erbaut war. Er kroch weiter und gelangte, immer noch durch die Büsche gedeckt, in den Schatten eines Kautschukbaumes. Da sah er, und noch wagte er es nicht zu glauben, sein Herz drohte vor Erregung stillzustehen, im Schein eines Feuers an einen Baum gelehnt – den Totgeglaubten.

Der nicht eben weiche Indio begann zu zittern. Das Unwahrscheinliche, das im kühnsten Traum nicht zu Erhoffende war Wahrheit: Alonzo d'Alcantara lebte. Maxtla erkannte bald, dass der junge Mann mit einem Lasso an den Baum gebunden war. Er sah starr vor sich hin, seine Augen waren halb geschlossen, er machte sein stolzestes, hochmütigstes Gesicht.

Maxtla hatte seine Ruhe zurück. Don Alonzo lebte. Es war gut. Es ging nicht mehr um Rache. Es ging um die Rettung, die Befreiung des Gefangenen. Der Indio betrachtete mit gespannter Aufmerksamkeit seine Umgebung. Es war möglich, an jenen Baum zu gelangen, es war nicht einmal sonderlich schwierig. Schon wollte er sich in Bewegung setzen, da vernahm er Stimmen in seiner unmittelbaren Nähe. Er ließ sich fallen und verschwand in dem hohen Gras.

»Wenn ich nur wüsste, was du mit dem Kerl willst?«, knurrte eine tiefe Männerstimme. »Welch ein Unsinn, uns mit solchen Geschichten zu belasten.«

»Du kennst die Hintergründe nicht, Capitano«, antwortete ein anderer. Maxtla hatte den Zutreiber in Naëva nur einmal sprechen gehört, aber er erkannte schon nach den ersten Lauten: Dies war der Mann; er lauschte angestrengt. »Der Kerl ist gut und gerne seine fünfzigtausend Pesos wert«, fuhr der Pirat fort. »Señor de Valla nämlich, dem allmächtigen Herrn Minister. Ich habe mir das sehr genau erzählen lassen und mich wohl gehütet, ein solches Kapital in den Fluss zu werfen. Ich verwette meinen Kopf: De Valla kauft ihn uns ab; seine ganze politische Existenz hängt daran und wahrscheinlich noch mehr.«

»Fünfzigtausend Pesos? Bist du verrückt?« Der Capitano, von der Höhe der genannten Summe überrascht, schien immerhin misstrauisch.

»Ich sende morgen früh sichere Boten ab«, sagte der Mann aus Naëva. »Sind in zehn Tagen nicht fünfzigtausend Pesos in guten Wertpapieren in Cabuyaro an sicherer Stelle deponiert, kannst du den Burschen in den Orinoko tauchen, es sei denn, er löst sich selbst aus. Und es könnte sein, dass auch das nicht viel weniger einbringt.«

»Worauf er geschwind unseren Aufenthalt verraten würde.«

»Kaum möglich«, sagte der andere. »Er hat keine Ahnung, wo er ist. Während der ganzen Reise lag er mit verbundenem Kopf tief im Boot. Nein, verraten wird er uns nicht, wenn er auch möchte. Und er möchte wahrscheinlich, denn er sieht so aus. Der Kerl, der mich veranlasste, mich seiner Person anzunehmen, war ein Idiot. Offenbar hatte er keine Ahnung, was sein Opfer wert war, sonst hätte er ihn sicherlich teurer verkauft. Nun, ich habe mein Versprechen gehalten, ich habe den Mann "beseitigt". Aber ich sehe nicht ein, warum wir Geld, das auf der Straße liegt, nicht aufnehmen sollen.«

»Gut«, erwiderte der Capitano, »warten wir es ab. Grundsätzlich noch einmal: Du weißt, dass ich nicht für Gefangene auf dieser Insel bin.«

Die beiden entfernten sich von dem Baum, den sie aufgesucht haben mochten, um von den anderen nicht gehört zu werden; der mit der tiefen Stimme, der Capitano, war, wie Maxtla bei vorsichtiger Hebung des Kopfes erkannt hatte, ein Zambo.

Der Indio überlegte, ob er sofort einen Befreiungsversuch unternehmen solle. Vor allem, fand er, müsse der Gefangene von seiner Anwesenheit unterrichtet werden; er musste wissen, dass ein Freund in der Nähe war, schon, um den Befreiungsversuch unterstützen zu können.

Er hätte gern gewusst, wieviel Leute auf der Insel waren; bisher war das nicht einmal mutmaßlich festzustellen gewesen. Zu sehen waren nur wenige, aber er wusste ja nicht, wieviele sich noch in dem Haus und den Hütten aufhielten. Vorsicht war jedenfalls geboten. Huatl hatte er bisher nicht zu sehen bekommen.

Durch Büsche und Farne gedeckt, kroch Maxtla weiter und gelangte allmählich in die Nähe des Gefangenen, dessen Gesicht einer steinernen Maske glich. Der Indio war hier nicht nur durch Buschwerk und Sträucher, sondern auch durch die Dunkelheit gedeckt. Er hatte von hier aus einen freien Überblick über den nicht sehr weiten Raum, der von einigen schwachen Feuern beleuchtet und von den unter Bäumen stehenden Hütten umgrenzt war.

An einem der Feuer saßen mehrere Farbige, ein riesenhafter Neger darunter. Die Männer ließen eine Rumflasche kreisen; offensichtlich waren sie schon nicht mehr ganz nüchtern. In einer der Hütten, deren Inneres erleuchtet war, schien gespielt zu werden; der Lauscher vernahm einige Ausrufe, die darauf schließen ließen. An einem anderen Feuer saßen ein paar Weiße, tranken und rauchten.

Der Capitano und der Mann aus Naëva waren nicht mehr zu erblicken, und auch den Chibcha Huatl hatte Maxtla noch immer nicht ausfindig machen können. Wachen waren nirgendwo ausgestellt; die Leute schienen sich hier völlig sicher zu fühlen; auch den Gefangenen, der freilich durch das Lasso gebunden war, beachtete niemand.

Ich werde es wagen, dachte Maxtla, wer weiß, ob sich eine gleich günstige Gelegenheit wiederholt. Er war schon im Begriff, sich kriechend weiter auf den Baum zuzubewegen, als er Huatls ansichtig wurde, der langsam an seinem Versteck vorbeischlenderte. Maxtla ahmte das Zischen der Feldnatter nach; der Chibcha zuckte merklich zusammen, und sein Auge richtete sich auf den Busch, hinter dem Maxtla lag. Nach einigem Zögern ließ er sich lautlos zu Boden gleiten, kroch auf den Busch zu und ließ sich zwanglos dort nieder, Maxtla den Rücken zukehrend. Kein Mensch sonst war in der Nähe; die hockende Gestalt des Indios kaum schattenhaft wahrzunehmen.

»Huatl hörte den Adlerschrei?« fragte Maxtla leise; der andere neigte bejahend den Kopf.

»Maxtla will den Gefangenen befreien; er ist der Sohn seines Freundes«, raunte der hinter dem Busch.

Huatl schwieg einen Augenblick und sah sich lauernd um. Als er sich überzeugt hatte, dass er von niemand beobachtet wurde, zischte er: »Maxtla ist kühn. Er wird sein Leben verlieren und den Gefangenen nicht befreien.«

»Huatl wird seinem Bruder helfen«, raunte Maxtla. »Er sehnt sich nach den Bergen; er soll sie wiedersehen. Der Gefangene ist ein mächtiger Caudillo; er wird Huatl helfen, zu den Seinen zu kommen. Er wird ihm schöne Waffen schenken, wird ihm Ponchos, Mulos und Pferde geben.«

»Was soll Huatl tun?« flüsterte der Mann. Er schien tief beeindruckt, lag aber im Kampf mit der Angst.

»Huatl wird dahin gehen, wo die Kanus liegen. Er wird sich in Maxtlas Kanu legen und wird es bereithalten, wenn Maxtla mit dem Gefangenen kommt. Er wird ihm helfen, über den Strom zu setzen. Dann wird Huatl mit Maxtla gehen; er soll nicht länger bei den Piratas bleiben.«

»Sie haben auch Kanus und sind sehr geschickt auf dem Wasser«, warnte der Chibcha.

»Wir werden sie blind machen. Sie werden nichts sehen. Huatl wird mit uns kommen und dann in seine Berge gehen.«

Es war eine ganze Weile Schweigen, dann sagte der Chibcha: »Huatl wird tun, was Maxtla sagt.« Er erhob sich und schritt langsam den Hütten zu. Die Männer an den Feuern saßen noch; sie schienen alle angetrunken, man hörte es an dem Lallen ihrer Stimmen. Der Lärm aus der erleuchteten Hütte dauerte an.

Mit unendlicher Vorsicht schlich sich Maxtla an den Baum heran, an den Alonzo gefesselt war. Der Gefangene fuhr heftig zusammen, als er das Zischen der Bergnatter vernahm, die hier in der Niederung nicht heimisch war. Sein Herz begann rasend zu schlagen, als gleich darauf Laute in der Chibchasprache an sein Ohr drangen; er lauschte angestrengt. Sollte Maxtla - nein, es war nicht möglich. Da raunte es dicht hinter ihm: »Hörst du mich?«

Das war wie ein Schlag. Kein Zweifel, es war Maxtlas Stimme. Er hätte brüllen mögen, aber er bezwang sich gut. »Ich höre dich«, flüsterte er.

»Kann Don Alonzo die Glieder bewegen?« kam es aus dem Dunkel.

Der Gefangene bewegte vorsichtig die Fuß- und Handgelenke, die lange gefesselt waren; oh, es würde schon gehen. »Ich kann«, raunte er. Vorsichtig blickte er sich um. Er wusste ungefähr, in welcher Richtung der Hafen liegen musste, und er zweifelte auch nicht daran, sich auf einer Insel zu befinden. Bei der Sorglosigkeit, mit der die Räuber ihn behandelten, war kaum ein anderer Schluss möglich. Er sah die zechenden Weißen und Farbigen an ihren Feuern; gerade dort würde man vorüber müssen, wenn man dahin wollte, von woher man ihn an Land gebracht hatte. Aber diese Kerle waren betrunken, sie würden kaum noch stehen können.

Wie kommt Maxtla hierher? Dachte er. Da er hier ist, muss auch die Flucht möglich sein. Die Vorstellung belebte ihn und weckte seine Spannkraft. »Was soll ich tun?« flüsterte er.

»Im Hafen liegt mein Kanu«, antwortete Maxtla, »wir müssen es zu erreichen suchen.« Er hatte kaum ausgesprochen, da versank er lautlos im Gras. Der Capitano näherte sich, dem ein Neger folgte. Alonzo sah starr vor sich hin.

»Sie werden diesem Mann folgen; er wird Sie in eines der Häuser führen«, wandte sich der Capitano an den Gefangenen. Der Neger löste das Lasso vom Baum. Alonzo erhob sich; er schwankte, hielt sich nur mühsam auf den Beinen. Der Neger hatte eine blanke Machete in der Hand.

In diesem Augenblick erhob sich in der erleuchteten Hütte wüstes Geschrei; zur Tür heraus flog gleich einem Ballen ein Mann. Die Männer an den Feuern richteten ihre Blicke nach dem Haus; sie glotzten und waren augenscheinlich nicht mehr in der Lage, aufzunehmen, was da vor sich ging. Und auch der Neger, der Alonzo am Lasso hielt, wandte sich dem Hause zu. Im gleichen Augenblick traf ihn Alonzos Faust mit so furchtbarer Wucht zwischen beide Augen, dass der Schwarze lautlos wie ein Klotz zusammenbrach. Mit einem Sprung war Alonzo hinter dem Baum und streifte das Lasso ab. »Maxtla?« flüsterte er.

»Hier! Mir nach!« raunte es hinter ihm.

Oh, Alonzo konnte gehen, er musste und er konnte auch. Sie erreichten den Hafen und fanden das Kanu. Der wilde Lärm auf der Insel dauerte an.

Sie sahen sich um und wollten eben das Fahrzeug besteigen, da schrie hinter ihnen eine gellende Stimme: »El prisonero!«

»Vorwärts!« zischte Maxtla. Er half Alonzo in das kleine Gefährt, da erschien der Capitano zwischen den Büschen. Offenbar hatte er als Einziger von allen Leuten auf der Insel soviel Besinnung bewahrt, um sofort nach entdeckter Flucht nach dem Hafen zu laufen. Mit äußerster Kraft stieß Maxtla das leichte Gefährt vom Ufer ab, rief dem im Boot hockenden Huatl zu: »Rette ihn!« und wandte sich gegen den Zambo. Gegen den Willen Alonzos, der zurück ans Land wollte, tauchte Huatl das Ruder ins Wasser. Sekunden später hatte das Boot die erste Biegung schon hinter sich. Hier hielt Huatl.

»Zurück! Sofort zurück!« schrie Alonzo.

Der andere wehrte ab: »Ruhig, Señor, Maxtla ist ein Chibcha!« Und tatsächlich rauschte es gleich darauf im Wasser; Maxtla kam herangeschwommen. »Gott sei Dank!« flüsterte Alonzo. Es war gar nicht einfach, den triefenden Indio in das schwankende Fahrzeug zu bringen, aber es gelang. »Fort!« flüsterte Maxtla.

»Und der Bandit?« fragte Alonzo aufgeregt.

»Wird niemand mehr gefährlich«, knurrte der Indio.

»Man wird uns folgen.«

»Nein«, sagte Huatl.

»Señor verstehen«, grinste Maxtla, »Huatl Chibcha. Hat alle Boote versenkt. Piratas können nicht folgen.« Maxtla hatte, als er ans Ufer kam, sofort gesehen, dass die Boote gesunken waren; es war klar, dass Huatl die Zeit genützt hatte.

Von der Landungsstelle tönte wütendes Geschrei herüber. »Schreit nur«, lachte Maxtla, der sich nicht zu fassen wusste vor Glück, Alonzo gerettet zu sehen; »kein Schreien zaubert euch Kanus herbei.« Sie traten bald darauf in den Strom ein und waren nunmehr in Sicherheit.

Maxtla steuerte auf das linke Ufer zu; hier, in ruhig fließendem Wasser trieben die beiden Indios - Huatl hatte für ein zweites Ruder gesorgt - das leichte Kanu eine große Strecke stromauf, bis der Chibcha es für richtig hielt, an einer geeigneten Stelle zu landen. Sie durchquerten den Schilfsaum und hatten bald festen Boden unter den Füßen. Hier ließen sie sich nieder, und Maxtla entzündete ein Feuer. Dann richteten sie sich nach Jägerart aus Gras und Baumrinde eine Ruhestätte.

Alonzo hielt lange Maxtlas Hand. »Zum zweiten Male danke ich dir mein Leben«, sagte er, »wie vergelte ich dir das nur?«

Der Indio schüttelte den Kopf. »Nichts vergelten«, flüsterte er. »Du Don Pedros Sohn! Alles vergolten. Da« - er wies auf seinen Gefährten, »Huatl vergelten. Armer Indio. Will in die Berge. Don Alonzo da helfen.«

»Wahrhaftig, das werde ich«, sagte der Befreite. »Alles, was ich vermag.«

Mariquita

Als Alonzo am anderen Morgen die Augen aufschlug, war ihm, als sei er zu neuem Leben erwacht; nie glaubte er die Erde schöner gesehen zu haben. Die Sonne strahlte vom wolkenlosen Himmel; in majestätischer Schönheit floss der Strom dahin; die glitzernden Tautropfen an Blättern und Gräsern schienen unzählige Diamanten. Bunte Kolibris durchschwirrten die Luft, hauchzarte Schmetterlinge gaukelten im Sonnenglast, die Blütenpracht der Lianen, das sanfte Grün des Waldes, - es war alles wie ein Märchen. Nun nach Otoño! Dachte er und reckte die Arme im Vollgefühl seiner Kraft, schnell nach Otoño, damit die Sorge aus ihren Herzen weicht.

Sie fuhren im Kanu stromauf nach Cabuyaro; die Fahrt war anstrengend und kostete viel Zeit, aber Maxtlas scharfes Auge hatte bereits vom Waldsaum aus einen einsamen Rancho entdeckt. Vielleicht gelang es, dort Reittiere aufzutreiben; man musste es jedenfalls versuchen. Sie gingen an Land und schritten auf das einsam unter Palmen liegende Gehöft zu.

In der Tür des aus Adobeziegeln errichteten Hauses stand ein Mädchen; Alonzo blieb unwillkürlich stehen und sah erstaunt auf die Erscheinung.

Es war noch ein Kind; zwölf, dreizehn Jahre mochte sie zählen, aber dem jungen Mann kam sie, wie sie dort im Türrahmen stand, vor wie ein Bild. Das schmale zarte Gesicht war von dunklen Locken umrahmt. Dunkel waren auch die Augen, die in samtenem Glanz schimmerten und nun verwundert auf den fremden Mann starrten, der da, von zwei Indios gefolgt, herankam.

Wie ist mir denn? dachte Alonzo. Wo habe ich dieses Antlitz schon gesehen? Er stand und starrte, und auch das Mädchen sah ihn an. Die Lippen der Kleinen waren leicht geöffnet, ein leichtes Erstaunen malte sich auf ihrem Gesicht. Aber dann hatte sie die Befangenheit wohl überwunden, sie sprang die Stufe hinab und kam auf den Fremden zu.

»Wer bist du?« fragte sie, »suchst du Don Esteban? Er ist ausgeritten, wird aber bald hier sein. Und die Mutter ist im Garten. Sei willkommen!« Mit unbefangener, kindlicher Geste streckte sie ihm die Hand entgegen.

Alonzo nahm zögernd diese Hand; ein wunderliches Gefühl beschlich ihn. »Wie heißt du denn?« fragte er, ohne den Blick von ihren Augen zu lassen.

»Mariquita, oder Maruja, wie du willst«, lachte die Kleine. »Mama ruft mich Maruja. Und du? Wie heißt du?«

»Alonzo«, sagte der Jüngling, »Alonzo d'Alcantara.«

Eine alte, gebeugte Indianerin kam um das Haus herum. Ihr dumpfer Blick richtete sich auf die Fremden; auch die beiden Indios waren mittlerweile herangekommen.

»Oh, Estrangeros!« rief die Alte. »Estrangeros! Wo sind eure Pferde? Wo kommt ihr her? - Das muss Señora wissen«, setzte sie hinzu und ging zurück hinter das Haus.

Alonzo, der noch immer ganz in den Anblick des Kindes versunken war, hatte nicht bemerkt, dass auch der hinter ihm stehende Maxtla die Kleine aufmerksam und augenscheinlich überrascht betrachtete; eine höchst ungewöhnliche Erscheinung bei einem Indianer.

»Komm, setz dich, Don Alonzo«. Die Kleine wies auf eine Bank in einer schattigen Laube, hinter der einige Bananenstauden wuchsen. »Lass deine Indios auch nähertreten. Ah, da ist die Mutter.«

Eine Frau in mittleren Jahren kam heran. Sie sah erstaunt, aber freundlich auf die Fremden. Alonzo begrüßte sie höflich und sagte, wie er es vorher mit Maxtla verabredet hatte: »Verzeiht, Señora, dass wir die Gastfreundschaft Eures Hauses in Anspruch nehmen. Wir haben unser Boot eingebüßt und suchen den Weg nach Cabuyaro zurück.«

»Seid willkommen, Señor«, antwortete die Frau, die von Alonzos Erscheinung angenehm berührt sein mochte, »unser Haus ist das Eure. Ja, der Strom ist ein tückischer Gesell. Lasst Euch ruhig nieder; mein Mann kann jeden Augenblick zurückkommen. Ich bringe Euch gleich Kaffee. Die Indios können sich dort in den Schatten der Agave setzen. Habt Ihr schon Marujas Bekanntschaft gemacht? Aber ich sehe es ja. Verzeiht ihr die Schüchternheit; sie sieht wenig Fremde.«

Sie ging ins Haus, und Mariquita, die durchaus keine Schüchternheit zeigte, setzte sich neben Alonzo. Unter der Agave saß Maxtla und ließ keinen Blick von dem Mädchen.

»Du wirst doch einige Tage bleiben, Señor?« fragte die Kleine. »O bitte, tu das! Wir haben so selten Besuch. Papa wird sich ganz gewiss freuen.«

»Aber ich kann leider nicht bleiben, Mariquita«, antwortete Alonzo. »Wenn dein Vater uns Pferde verkauft oder leiht, müssen wir gleich wieder weiter. Man wartet auf mich.«

»Oh, das ist aber schade; es wäre so schön gewesen.«

Woran erinnert sie mich nur? Dachte Alonzo. »Ja, es ist schade«, sagte er, »du gefällst mir nämlich, kleine Mariquita. Weißt du, ich hätte jetzt, lebte sie noch, eine Schwester in deinem Alter. Wie alt bist du?«

»Zwölf Jahre.« Das Mädchen sah ihn aus seinen dunklen Samtaugen aufmerksam an.

»Siehst du, das dachte ich mir. Zwölf Jahre wäre meine Schwester jetzt auch.«

»Ist deine Schwester tot?« fragte die Kleine. Er nickte: »Ja, Maruja, sie ist tot, lange schon. Ist nur zwei Jahre alt geworden.«

»Dann ist sie jetzt ein Engel im Himmel«, sagte Mariquita.

Alonzo fasste sacht ihre Hand und streichelte sie; seine Stirn hatte sich umdüstert. »Ja, kleine Maruja, das ist sie gewiss. Hast du denn noch Geschwister?«

Das Mädchen schüttelte den Kopf. »Nein, ich bin ganz allein. Aber Papa und Mama lieben mich sehr, und die alte Mali ist auch gut zu mir.«

»Wer sollte auch nicht gut zu dir sein, Kind!« Ein zärtliches Gefühl war in Alonzo; er vermochte es sich selbst nicht zu erklären. Noch nie hatte ein Kind ihn auf solche Weise beeindruckt. Und eine geheime Unruhe war da, für die er keine Erklärung wusste. Das Mädchen neben ihm plauderte, kindlich und unbefangen. Es plauderte allerlei kleine Geheimnisse vor ihm aus. Er nahm die Worte kaum auf, aber die Stimme drang ihm tief in die Seele. Es fiel ihm schwer, auf das Geplapper einzugehen; er hätte das Kind immer nur ansehen mögen.

Die Indianerin war aus dem Hause herausgetreten und begab sich nun zu ihren beiden Stammesgenossen, um ihnen Maisbrot und Fleisch zu bringen. Maxtla sprach sie an. »Dienst du schon lange hier?« fragte er, sich der Chibchasprache bedienend.

»Viele Jahre«, sagte die Frau. »Die Weißen sind gut zu mir.«

»Hast du einen Mann?«

»Er ist tot.«

»Und Kinder?«

Die Frau schüttelte den Kopf.

»Du stammst aus den Bergen«, sagte Maxtla jetzt und wechselte in den Dialekt der Gebirgschibchas über. Die Augen der Frau leuchteten auf. »Ja«, sagte sie, »aus den Bergen, und du auch, wie ich höre.«

Die Señora erschien und brachte Alonzo Kaffee, Brot und Eier. Mit Erstaunen sah sie, wie vertraulich ihr Kind mit dem fremden Mann plauderte. »Nun, das ist ein Wunder, Señor«, sagte sie. »Das ist sonst gar nicht Mariquitas Art.«

»Ja, Madrecilla«, – die Kleine sah unbefangen zu der Mutter auf, »aber er gefällt mir. Und ich gefalle ihm auch. Er hatte eine kleine Schwester, die ist jetzt ein Engel im Himmel.« Die Frau warf einen prüfenden Blick zu Alonzo. »Nun, es freut mich, dass Maruja Sie gut unterhält, Señor«, sagte sie und ging ins Haus.

Unter der Agave erhob sich Maxtla. Er sah seiner Stammesgenossin ernst ins Gesicht und sagte: »Komm mit mir, ich will eine Frage an dich richten.« Das Weib folgte ihm zögernd nach einer Baumgruppe.

Ein Reiter näherte sich dem Haus; der Llanero Esteban Mauricio, der Herr dieses Ranchos, wie sich bald darauf erwies. Der Mann, eine kräftige, biedere Erscheinung mit einem offenen Gesicht, zeigte sich sehr erfreut, einen Caballero als Gast zu erblicken. Alonzo wiederholte ihm, was er schon der Frau gesagt hatte und äußerte seine Wünsche. »Selbstverständlich bringe ich Euch nach Cabuyaro, Señor«, sagte der Mann, »und wenn Sie Wert darauf legen, verkaufe ich Ihnen auch Reittiere.« Er hieß den Besucher im Übrigen herzlich willkommen und gab dem Wunsche Ausdruck, er möge sich mit dem Abreiten nicht übereilen.

Während der Llanero nach den Ställen hinüberging, um die Reittiere auszusuchen, trat Maxtla an Alonzo heran. Er wies mit den Augen auf das Mädchen Mariquita und sagte leise, in der Chibchasprache: »Weiß Don Alonzo, wem sie ähnlich sieht?«

Der junge Mann sah dem Indio überrascht in das sehr ernste Gesicht. »Nein«, versetzte er zögernd, »aber ich grüble fortgesetzt darüber nach.«

»In deines Vaters Haus in Bogotá hing ein Bild deiner Mutter, das sie als Señorita zeigte.«

Alonzo fühlte, wie er erblasste. »Maxtla!« stammelte er und warf einen scheuen Blick auf das Kind, das ihn aus großen Augen ansah und den fremden Lauten zuhörte, die es nicht verstand.

»Aber du hast recht«, sagte der Jüngling, »es ist sonderbar, Maxtla, aber du hast zweifellos recht. Warum bin ich nur nicht selber darauf gekommen?« Es waren zehn Jahre vergangen, seit er das Haus in Bogotá verlassen hatte; viel war seitdem geschehen, grauenvolle Dinge hatte er durchlebt, aber nun, da Maxtla es sagte, stand das wohlbekannte Bild, das seine Mutter als sechzehnjähriges Mädchen darstellte und vor dem er so oft gestanden hatte, plastisch vor seiner Seele. Eine Flut von Gedanken und Ahnungen stieg in ihm auf; er wagte nicht mehr zu denken.

Die Verstörung musste sich wohl in seinem Gesicht abzeichnen. Mariquita war herangekommen; ihre kleine Hand schob sich sacht in die seine. »Don Alonzo, Amigo mio«, flüsterte das Kind, »was hast du? Was hat dir der Indio gesagt? Bist du traurig?«

Er wandte den Kopf, sah das Mädchen an, die Augen, die Stirn, den leicht geöffneten Mund mit den Perlzähnen. »Mein Gott!« stammelte er. Und da er den Anflug von Tränen in des Kindes schönen Augen bemerkte, »nicht doch, nicht doch, Amigo, es ist nur: Du erinnerst mich – an ein Bild, ein mir sehr teures Bild. Nein weine doch nicht. Du bist lieb, Maruja.«

Im Hintergrund stand die Indianerin Mali und sah starren Blickes bald auf Alonzo, bald auf das Mädchen; ihr verrunzeltes Gesicht erschien sonderbar fahl.

Langsam sagte Maxtla, jedes Wort betonend: »Diese Frau dort, sie ist eine Chibcha aus den Bergen, ich habe mit ihr gesprochen – sie fand das Kind vor zehn Sommern – – im Tal der drei Quellen.«

Alonzo war es, als sei die vertraute Stimme des Indios aus sehr, sehr weiter Ferne zu ihm gedrungen, mehr, als sei sie ein Traum, ein fantastischer. Er fühlte, wie das Blut in seinen Adern schneller kreiste, er spürte den rasenden Schlag seines Herzens. Einem Irrsinnigen gleich starrte er Maxtla an. »Was – sagst du da?« stammelte er schließlich.

»Don Alonzo hatte zwei Schwestern«, fuhr der Chibcha fort. »Maxtla weiß es, er kannte sie; zwei Sommer zählte Juana – damals. Jene Frau trug sie fort, aus dem Tal der drei Quellen.«

Meine Knie wanken, dachte Alonzo, ich muss mich setzen. Das ist doch nicht möglich. Das gibt es doch nicht. Das ist doch ein Spuk. Aber er taumelte, und die kleine Mariquita schrie auf: »Was hast du, Amigo, was hast du denn nur?«

Maxtla sagte, nicht ohne einen leichten Verweis in der Stimme: »Ein Krieger muss sich beherrschen können.« Alonzo fiel auf die Bank zurück. »Mach mich nicht irrsinnig, Maxtla«»sagte er, »überlege dir, was du sprichst.«

Maxtla, unbewegten Gesichtes nun, fuhr fort: »Mali ist eine Bergchibcha; sie schwur bei den Göttern unseres Volkes, sie hat die Wahrheit gesagt.«

Die Señora, die herausgekommen war, um nach ihrem Mann und dem Fremden zu sehen, sah die Verstörung des Letzteren. Sie sah erstaunt auf den fremden Señor, auf das verängstigte Gesicht des Kindes, und eine dunkle Unruhe beschlich sie. Sie verstand nicht, was die Männer da redeten, und niemand achtete auf sie.

Maxtla aber begann zusammenhängend zu erzählen, während die Stammesgenossin mit niedergeschlagenen Augen hinter ihm stand. Die Frau, vor zehn Jahren mit ihrem Mann auf der Flucht vor den Regierungswerbern, die jeden kräftigen Mann zum Soldaten aushoben, hatte eines Abends das Tal der drei Quellen betreten. Sie war auf einen Haufen blutiger Leichen gestoßen: Männer, Frauen und Kinder. Unter den Toten aber hatte sie ein ängstlich schreiendes Kind erblickt, ein etwa zweijähriges Mädchen. Eine Machete hatte es am Halse gestreift und betäubt niedergeworfen; die Mörder hatten es für tot liegen lassen. Mali war unlängst ein Kind gestorben; sie hatte das kleine Geschöpf mitgenommen. Dann aber hatte sich ihrer und ihres Mannes lähmende Angst bemächtigt. Der Mann hatte festgestellt, dass man Indios in Verdacht habe, das Verbrechen verübt zu haben. Es lag nahe, dass man das Paar für die Mörder, mindestens für ihre Spießgesellen halten würde. Mali aber hatte nun von dem Kind nicht mehr lassen wollen, und so waren sie weiter geflohen, durch Berge und Wälder, immer in Angst vor den Werbern und den Alguacils, die nach den Mördern suchten. Sie waren schließlich zu den hier einsam wohnenden Leuten gekommen und hatten bei ihnen Dienst genommen. Das Kind hätten sie in einem Kahn auf dem Fluss treibend gefunden, hatten sie gesagt.

Señora Mauricio aber hatte sich der Kleinen angenommen; alle Nachforschungen nach der Herkunft des Kindes waren vergeblich geblieben. Spät erst und in sehr entstellter Form war die Nachricht von dem Mord im Tal der drei Quellen hierhergedrungen; niemand konnte auf den Gedanken kommen, dass die Kleine mit dieser Sache in Verbindung zu bringen sei. Malis Mann war gestorben, das Kind aber im Schutz der kinderlosen Señora als deren Tochter aufgewachsen und erzogen worden.

»Sieh selbst«, sagte Maxtla, »die Narbe am Hals, die die Machete der Aimaràs zurückgelassen hat, ist noch zu sehen.«

Weder Alonzo noch Maxtla hatten bemerkt, dass auch der Llanero seit einiger Zeit bei ihnen stand und der Erzählung Maxtlas zuhörte. Der Mann war blass wie die Wand; er verstand sehr viel von der Chibchasprache, es war ihm nur wenig unklar geblieben. Mit verstörten Augen sah er auf das kleine Mädchen, das offensichtlich von alledem nichts begriff, aber mit verhohlener Angst auf die Gruppe starrte. »Mariquita!« stöhnte der Mann.

Alonzo hatte regungslos zugehört, den Kopf in die Hand gestützt. Jetzt sah er auf, und in seinen Augen, die schon als Kind das Weinen verlernt hatten, glitzerte eine Träne. Stumm streckte er die Arme nach dem Mädchen aus. »Juana«, stammelte er, »kleine Juana! Schwester!«

Aber das eben noch so zutrauliche Kind wich scheu zurück; es regte sich nicht. Plötzlich lief es zur Mutter und schlug die Arme um deren Knie. »Mutter«, schluchzte es, »Madrecilla, was ist das denn alles?«

Alonzo aber erhob sich; er war blass, aber äußerlich schon wieder ruhig. »Das Schicksal geht sonderbare Wege«, sagte er. »Ihr habt gehört, Don Esteban - ich sehe, dass Ihr verstanden habt - sagt es Eurer Frau, ich kann nicht mehr daran zweifeln: Dieses kleine Mädchen, das bisher als Eure Tochter galt, - Ihr wisst ja, dass sie es in Wahrheit nicht ist - ist Juana d'Alcantara, meine Schwester. Ich fasse das noch nicht, und ich möchte heute glauben, dass auch Freude einen Menschen umbringen kann, aber es ist kein Irrtum mehr möglich. Sprächen die Umstände nicht für sich selbst, ich wüsste es so. Ich fühle es.«

»Wir wollen darüber reden. Kommt ins Haus! Dergleichen begreift sich nicht so schnell.« Die Stimme des Llaneros hatte einen rauen Klang. »Seit zehn Jahren ist das Kind unsere Tochter«, fügte er hinzu.

Jetzt erst schien die Frau zu begreifen; sie schrie auf und schlang die Arme um das Mädchen, das den Kopf an ihrem Schoße barg. »Nein«, stammelte sie leichenblass, »nein.« Der Mann nahm sanft ihren Arm und führte sie ins Haus.

Sie saßen drinnen um den Tisch herum. Die alte Mali musste noch einmal berichten, Punkt um Punkt, Wort für Wort. Don Esteban warf manche Frage dazwischen; die Frau barg das Kind in ihrem Arm, als sei sie bereit, es zu verteidigen wie eine Löwin ihr Junges.

Aber es war alles klar. Die nochmalige Darstellung, durch Alonzos eigenen Bericht ergänzt, die unverkennbare Ähnlichkeit zwischen ihm und dem Mädchen ließen keinen Zweifel übrig. Als die Frau dessen sicher war, brach sie in Tränen aus. Mariquita, in das Weinen einstimmend, streichelte sie fortgesetzt. »Mama, Madrecilla«, schluchzte sie, »ich bleibe doch bei dir. Ich gehe doch nicht fort. Ich bleibe doch bei dir.«

Alonzo rief sie an, leise, mit schmeichelnder Stimme: »Juana!«

Das Mädchen fuhr herum; in ihren dunklen Samtaugen blitzte es:

»Ich heiße nicht Juana!«

»Mariquita dann, das bleibt sich ja gleich. Aber du bist meine Schwester. Du bist es wirklich, so wunderbar es ist. Fühlst du es denn nicht?«

Er fasste die Augen des Mädchens, er lächelte sein schönes, offenes, warmes Lächeln.

Da schluchzte die Kleine auf. »Doch! Doch! Hab' dich ja gleich lieb gehabt. Aber - aber - ich kann doch nicht von Mama weggehen.«

»Wer sagt dir denn, dass du das sollst?« lächelte Alonzo.

»Don Alonzo«, - der Llanero hatte sich gefasst; er räusperte sich, um seiner Stimme Festigkeit zu geben, »Don Alonzo, Ihr tragt einen großen Namen. Ich habe vom Schicksal Eures Vaters und Eurer Familie gehört. Ich konnte nicht ahnen, dass Eure Schwester in meinem Hause weilte. Es ist Gottes Wille, der Euch diesen Weg finden ließ. Gegen Gottes Willen sind wir machtlos. Aber was Ihr uns nehmt, wisst Ihr nicht.«

»Ich gebe sie nicht her!« schluchzte die Señora.

Alonzo lächelte: »Bin ich ein Barbar? Juana d'Alcantara muss die Stellung im Leben einnehmen, die ihr gebührt, daran ist kein Zweifel, und Ihr könnt es selbst nicht anders wollen. Ihr aber sollt sie gewiss nicht hergeben und verlassen, Ihr habt Elternrechte an ihr erworben. Kommt mit mir an den Ocoa, Ihr sollt Land und Haus dort haben. Und wie sich mein Schicksal auch immer gestalten mag, Ihr sollt das Kind nicht entbehren müssen. Nun, willst du mit mir kommen, Juana-Mariquita?«

Da strahlten die dunklen Samtaugen schon wieder. »Ja, wenn Mama und Papa auch mitgehen.«

»Sie gehen mit, sie verlassen dich nicht. Und auch ich werde dich nun nicht mehr verlassen, Juana.« Er öffnete die Arme, und nun spürte er das warme junge Leben an seiner Brust. »Gott, ich danke dir«, flüsterte er, »ich danke dir, Gott!«

Sie beredeten dann gemeinschaftlich, was zu geschehen habe. Maxtla würde vorausreiten und in Otoño berichten, was geschehen war. Er selbst würde mit Señora Mauricio und Juana folgen, um am Ocoa alle Vorbereitungen für die Zukunft zu treffen. Maxtla ritt sofort, und die anderen saßen noch lange zusammen.

Am nächsten Tag machten sie sich auf den Weg. Juana-Mariquita streichelte unentwegt die braunen Wangen ihres Pflegevaters. »Wir sehen uns wieder, sehen uns bald wieder. Mariquita verlässt dich nicht«, flüsterte sie ihm zu. Tief bewegt blieb der Llanero zurück. Huatl folgte den Reisenden als Peon.

In Cabuyaro fanden sie eine aufgeregte Bevölkerung. Entscheidende Dinge hatten sich ereignet: Der Staatspräsident, Manuel Obanda, war plötzlich gestorben, neue Wahlausschreiben waren ergangen, die große Junta zusammenberufen, um den neuen Präsidenten zu ernennen.

In der Posada, in der sie Unterkunft fanden, traf Alonzo zahlreiche aufgeregte Landleute. Er nannte seinen Namen nicht, und er war auch viel zu sehr um die so plötzlich wiedergefundene Schwester bemüht, um sich viel für die öffentlichen Ereignisse zu interessieren. Dennoch drang das Wesentliche des Geschehens an sein Ohr.

De Vallas Name wurde allgemein mit wilden Verwünschungen genannt. Gleichwohl wurde selbst hier in der abgelegenen Stadt für die Wahl des Ministers agitiert. Daneben wurde der Name des Generals Mosquerra genannt. Die Brüder Vivanda hatten, wie Alonzo sich erinnerte, den General oft mit großer Achtung erwähnt.

Aber was sollte ihm das jetzt alles? Alle politischen Fragen erschienen ihm plötzlich bedeutungslos. Der Himmel hatte ihm eine Schwester geschenkt; daneben verblasste alles andere. Hochgestimmt setzte er die Reise nach Otoño fort.

Vergeltung

Bogotá vermochte die Fremden kaum zu fassen, die herbeigeeilt waren, um bei der Wahl des neuen Staatsoberhauptes anwesend zu sein. De Valla hatte seit Wochen die gesamte Macht des Staates in seinen Händen. Der Präsident war tot, der Vizepräsident seit längerer Zeit erkrankt.

In dem harten, im Verlauf seines wilden Lebens innerlich erstarrten Manne hatten die durch den Tod des Staatsoberhauptes veranlassten politischen Ereignisse jede bessere Regung, wie sie durch die plötzliche Bedrohung des geliebten Sohnes hervorgerufen worden waren, schnell erstickt. Der Sohn war wieder da, die Boten, die er abgesandt hatte, um den jungen d'Alcantara zu schützen, waren zu spät gekommen. Steinernen Gesichtes hatte der Minister die Nachricht von dem plötzlichen Verschwinden des jungen Mannes zur Kenntnis genommen. Es ist gut so, dachte er; das Schicksal wollte es so. Ich habe das Meine getan. Mögen die Dinge nun ihren Lauf nehmen.

Es ging um die höchste Sprosse der Macht. Er würde sie ersteigen, wie er alle vorherigen Stufen erstiegen hatte. Die Regierungsmaschine spielte in seiner Hand; alle Rücksichten schwanden. Sein Gegenkandidat bedeutete, er wusste es, keine ernsthafte Gefahr. General Mosquerra, der ehemalige Gobernador von Santander, war ein ehrenwerter Mann, aber kein Mann der Masse; er würde nur wenige Stimmen auf sich zu vereinigen vermögen. Carlos de Valla hatte für sich nahezu alle Farbigen, dazu die gemischte Bevölkerung der Hafenstädte. Die ruhigen und friedfertigen Leute waren so eingeschüchtert worden, dass sie in der Mehrzahl auch kaum wagen würden, von der Linie abzuweichen. In den südlichen Gobernios, vor allem in den Llanos zwar würde er nicht viele Erfolge buchen können, aber sie würden - er zweifelte nicht daran - in der Minderheit bleiben.

Der Junta des Staatsrates, die sich gleichfalls zur Präsidentenwahl vereinigte, glaubte de Valla durchaus sicher zu sein. Viele ihrer Mitglieder waren auf Lebenszeit gewählt; einige Sitze waren sogar erblich im Besitz großer Familien. Die Mehrheit konnte de Valla hier zweifellos für sich buchen, denn er hatte seit Jahren Sorge getragen, den Staatsrat mit seinen Kreaturen zu durchsetzen. Für alle Fälle hatte der Minister zwei Regimenter Soldaten aufgeboten und in die Hauptstadt beordert. Diese Regimenter bestanden zu neun Zehnteln aus Farbigen.

Eugenio de Valla weilte nicht in Bogotá. Er hatte, als er von dem plötzlichen Verschwinden seines Lebensretters erfuhr, die Stadt verlassen und sich im Einverständnis mit seinem Vater nach Kuba begeben. De Valla hatte seine Erlaubnis zu der Reise um so lieber gegeben, als er den reichlich weltfremden jungen Mann nicht gern zum Zeugen der Wahlvorgänge haben wollte.

Schon am frühen Morgen des Wahltages waren die auf Bogotá zuführenden Straßen stark belebt. Es war ein heller, lachender Morgen. In flammendem Licht glühten die nahen Berge Guadalupe und Monserate, und eine Flut von Licht ergoss sich über die Straßen und Plätze der Stadt. Die Mehrzahl der Bewohner war früh auf den Straßen, lebhaft gestikulierende Gruppen standen an den Ecken, und überall hörte man die Namen de Valla und Mosquerra.

Die Plaza Bolivar, an der sich das Kapitol, das große neue Parlamentsgebäude erhob, war dicht mit Menschen gefüllt, ebenso die benachbarten Straßen. Die Soldaten mühten sich, Ordnung zu halten. Unter den Leuten gewahrte man viele Weiße aus den Gebirgen; die Indianer Bogotás hielten sich fern. Hier und da sah man auch Llaneros zu Pferde, und vor den Toren der Stadt konnte man ganze Lager von Steppenreitern feststellen, die über Nacht eingetroffen waren. Eine schwüle Stimmung herrschte in der Stadt, ähnlich der, die einem Gewitter voranzugehen pflegt; man hörte nur selten ein lautes Wort.

Ab zehn Uhr vormittags begannen die Juntamitglieder und die Staatsräte sich in der großen Sala des Parlaments zu versammeln. Unter ihnen erschienen sehr früh auch die Brüder de Vivanda und der Mestize Antonio de Minas.

Gegen elf Uhr erschien der Staatsminister Carlos de Valla; er kam im Wagen. Schweigend empfing ihn die Menge; aus der Reihe der Soldaten wurden einige Zurufe laut.

In der großen Sala waren Staatsrat und Junta zusammengetreten, um unter dem Vorsitz des Präsidenten des Staatsrates die Wahlhandlung vorzunehmen. Schweigend saßen die Herren in Erwartung des feierlichen Aktes; der Minister de Valla auf der Regierungsbank.

Der Präsident des Staatsrates erhob sich, um die Versammlung zu eröffnen, da trat zu einer der großen Flügeltüren ein junger Mann herein. Er trug einen dunklen Anzug von ausgezeichnetem Schnitt, war hochgewachsen und schlank und zeigte ein sonnengebräuntes Gesicht mit kühnem, adligen Profil. Alle Blicke richteten sich auf die auffällige Erscheinung. Der junge Mann ging in sicherer, fast hochmütiger Haltung auf die Bänke des Staatsrates zu, grüßte mit leichter Verbeugung die dort versammelten Señores und ließ sich auf einem freien Platz nieder. Erstaunen und Verblüffung malten sich auf allen Gesichtern.

Der Präsident wandte sich an den Neuankömmling. »Darf ich fragen, mit welchem Recht Sie hier erscheinen und Ihren Platz unter den Staatsräten nehmen?« fragte er. Lautlose Stille folgte den Worten. Der Herr im dunklen Anzug erhob sich und sagte mit scharfer Betonung jedes einzelnen Wortes: »Mit dem Recht, das mir als dem Sohn meines Vaters zusteht, der erbliches Mitglied des Staatsrates war. Ich bin Alonzo d'Alcantara, der Sohn Don Pedros.«

Der Name, fast drohend herausgestoßen, zuckte wie ein Blitz durch die Versammlung.

Bleich wie ein Toter starrte der Minister de Valla auf den Jüngling. In dem verschlossenen Antlitz Alonzos regte sich nichts. Der Präsident sagte, und seine Stimme schwankte bei den wenigen Worten: »Das werden Sie zu beweisen haben, Señor.«

Vincente de Vivanda erhob sich, ließ einen stolzen Blick über die Versammlung gleiten und sagte: »Ich bürge mit meiner Ehre für die Identität Don Alonzo d'Alcantaras.«

Der Cura stand auf; sein ruhiges Greisenantlitz war unbewegt: »Ich bürge mit meinem Priestereid, den ich dem Höchsten geschworen habe, für die Identität des Señor d'Alcantara.«

Er setzte sich und Antonio de Minas stand vor der Versammlung. Seine Hand wies auf den jungen Mann auf der Bank des Staatsrates. »Dort sitzt Alonzo d'Alcantara«, sagte er, »der langjährige Gefangene der Aimaràs. Er hat mich dort von einem furchtbaren Tode errettet. In meiner Gegenwart hat der Kazike der Aimaràs unter Berufung auf seine Götter ausgesagt, dass sein Gefangener der Sohn Don Pedro d'Alcantaras sei, den er nach der Ermordung seiner Angehörigen im Tal der drei Quellen geraubt und in die Berge entführt habe.«

Mehrere Caballeros aus den Llanos erhoben sich von ihren Plätzen. »Wir verbürgen uns für die Person und den erhobenen Anspruch«, sagten auch sie.

Ein junger Mann drängte sich durch die Sitzreihen nach vorn. Er stand hochaufgerichtet vor dem Präsidententisch und wies auf Alonzo. »Ich bin Fernando de Mosquerra«, rief er, »jeder kennt mich hier. Dies, Señores, ist mein kühner Retter, Don Alonzo d'Alcantara, der Mann, der mich, als er fast noch ein Knabe war, aus den Händen der Aimaràs rettete, zusammen mit dem Señor Antonio de Minas. Seht ihn Euch an, Señores. Diesen jungen Caballero traf ich vor fünf Jahren im Dorf der Aimaràs, wohin mich die Bandidos geschleppt hatten. Seinem Mut und seiner Tatkraft danke ich mein Leben. Ich bürge für ihn mit meiner Ehre als für den Sohn Don Pedros.«

Lähmendes Schweigen lag über der Versammlung. Carlos de Valla sah bleichen, verkrampften Gesichts vor sich hin. Der Präsident, der inzwischen mit einigen Mitgliedern des Staatsrates geflüstert hatte, sagte: »Wir wollen diesen seltsamen Zwischenfall später klären und jetzt zunächst in der Verhandlung fortfahren.«

Don Alonzo erhob sich; ein wildes Feuer brannte in seinen Augen. Mit weithin schallender Stimme sprach er: »Erlaubt, Señores, dass ich zuvor darauf aufmerksam mache, dass sich innerhalb dieser erlauchten Versammlung ein dem Gesetz verfallener Meuchelmörder befindet. Die Wahl könnte ungültig werden, wenn dieser Mann an ihr mitwirkt.«

Ein ungeheurer Tumult erhob sich. Alonzo, ehernen Gesichts, wartete ab, bis Ruhe eingetreten war. Dann fuhr er fort:

»Vor den Señores dieses hohen Hauses, vor der Regierung des Landes, vor Gott und der Welt klage ich den Minister Carlos de Valla der mehrfachen Anstiftung zum Meuchelmord an. Er hat die Aimaràs vor zehn Jahren gedungen, meinen Vater zu beseitigen; die Räuber haben ihn, ein erbliches Mitglied dieses Hauses und meine Mutter und Geschwister ermordet. Der intellektuelle Urheber dieser Schandtat sitzt hier auf der Ministerbank. Ich klage Carlos de Valla an, dreimal Meuchelmörder nach mir ausgesandt zu haben, denen ich nur durch Gottes gnädige Hilfe entgangen bin. Wollt Ihr, Señores, Euch zu Mitschuldigen eines verworfenen Schurken machen? Alles aber, was ich jetzt gesagt habe, will ich beweisen.«

Aller Augen waren auf Carlos de Valla gerichtet. Der war, wie er da saß, schon ein Gerichteter. Seine gelbliche Haut war aschfahl, in den Augen glomm ein trübes Feuer, sie flackerten unstet. Jeder sah es: In dem Mann lebte kein Wille mehr.

Aber seine Anhänger wussten, dass mit ihm, ihrem Oberhaupt, auch sie verloren seien. Und sie waren noch keineswegs entschlossen, die Ungeheuerlichkeit schweigend hinzunehmen, die dieser junge Mann da auszusprechen wagte. Einer der Staatsräte sprang auf und rief in hoher Erregung: »Ich protestiere gegen den unerhörten Missbrauch dieses Hauses! Wer wagt es, gegen einen Ehrenmann wie Excellenza de Valla derart wahnwitzige Beschuldigungen auszusprechen? Das Ganze ist eine abgekartete Kabale, die Zeugen sind gekauft.«

Die Sicherheit, mit der das vorgebracht wurde, gab den Böswilligen, die weitaus in der Mehrzahl waren, neuen Mut, zahllose Stimmen der Empörung wurden laut, und vor dem Sitz des Ministers bildete sich eine Phalanx.

Alonzo winkte und hereingeführt wurde Sancho Tejada, der mit scheuem Blick um sich sah und sich wenig wohl in seiner Haut zu fühlen schien.

»Hier ist einer der Männer, die als Meuchelmörder nach mir ausgesandt wurden«, rief Alonzo in die lärmende Unruhe hinein, »und hier« - er schwenkte die Schuldverschreibung, die der Minister dem Bandido ausgestellt hatte -»hier ist die verklausulierte Lohnzusicherung, die wir dem Mann abgenommen haben.«

De Valla sah mit leerem Blick auf seine Kreatur; es funkelte matt in seinen Augen, seine Mundwinkel zogen sich verächtlich herab.

»Und hier«, fuhr Alonzo fort. »ist ein eigenhändiger Brief des Ministers de Valla, gerichtet an einen gewissen Gomez, der darin aufgefordert wird, meinen Vater durch die Aimaràs unschädlich machen zu lassen. Wenn die Señores sich überzeugen wollen: die Handschrift Seiner Excellenza. Der Mann dort hat de Valla weitere Briefe an Gomez verkauft, den wichtigsten, entscheidenden, hat er zurückbehalten.«

Und wieder setzte lähmendes Schweigen ein.

»Es ist so, Señores«, sagte Sancho Tejada in dieses Schweigen hinein, »ich habe Carlos de Valla wie einen Bruder behandelt. Er hat mich, einen ehrenwerten Mann, verführt, dann hat er einen Indianer hinter mir hergeschickt, der mich ermorden sollte, wenn Don Alonzo ihm nicht mehr zu schaden vermöchte. So hat dieser Ehrenmann einen Dienst vergelten wollen, den ich ihm aus alter Freundschaft leisten wollte. Als ich dies erfuhr, hörten für mich alle Rücksichten auf.«

Jetzt endlich ermannte sich de Valla. »Ich protestiere gegen die Aussage dieses Bandido«, sagte er matt; »der Mann ist ein Verbrecher und längst schon dem Strick verfallen.« Tobendes Geschrei seiner Anhänger unterstützte ihn.

Da erhob sich abermals der Cura und seine ehrwürdige Gestalt gebot auch den Freunden de Vallas Schweigen. Der Cura entfaltete ein Papier. »Hier«, sagte er, »habe ich das schriftliche Bekenntnis eines Mannes, dem ich selbst die letzte Beichte abgenommen habe. Der Mann hat dieses Bekenntnis in den letzten Augenblicken seines Lebens geschrieben und vor mir mit einem Eide bekräftigt. Danach ist Carlos de Valla der Anstifter und geistige Urheber des Verbrechens, das vor nunmehr zehn Jahren in dem sogenannten Tal der drei Quellen verübt wurde. Den letzten Dienst in diesem Leben erwies dem durch de Valla gedungenen Helfershelfer eines seiner Opfer, der hier anwesende Don Alonzo d'Alcantara.«

Das war eine furchtbare Anklage, doppelt schwer wirkend aus solch ehrwürdigem Munde. Selbst die Anhänger des Ministers schwiegen. Hier war der unanfechtbare Beweis geführt worden, dass die Verantwortung für die dunklen Vorgänge im Tal der drei Quellen in erster Linie Carlos de Valla traf. Die Erregung, die sich dem Hause mitgeteilt hatte, war ungeheuer.

In einem Augenblick äußerster Verwirrung, während zahllose Stimmen durcheinanderriefen, flüsterte einer der Staatsräte einem anderen zu: »Soldados oder wir sind verloren!« Eilig entfernte sich der Angeredete, aber Antonio de Minas, der den Wortwechsel mit angehört hatte, trat an eines der großen Fenster und winkte mit der Hand nach unten.

Der Mann, der nach Soldaten verlangt hatte, sagte jetzt in die tobende Unruhe hinein: »Ich schlage vor, den jungen Herrn, der sich d'Alcantara nennt, bis zur Klärung seiner Ansprüche und bis zur Nachprüfung seiner Beschuldigung in Haft zu nehmen.«

»Ja, ja, ja!« brüllten die in ihrer Existenz bedrohten Anhänger des Ministers. Minas, Fernando de Mosquerra und eine Anzahl junger Hazienderos stellten sich vor Alonzo und nahmen eine drohende Haltung ein. Draußen klangen die Schritte zahlreicher Menschen auf, gleich darauf wurde eine der Saaltüren aufgerissen, eine Schar Soldaten betrat die Sala. Im gleichen Augenblick aber öffnete sich die entgegengesetzte Tür und fünfzig Montaneros traten herein, die Büchsen in der Hand. Unten auf der Plaza hatte sich, wie Minas gesehen hatte, eine starke Schar berittener Llaneros zusammengezogen, die langen Lanzen im Arm; zahlreiche Montaneros flankierten sie mit schussfertigen Büchsen.

Fernando de Mosquerra erhob sich und rief mit weithin hallender Stimme: »Der Friede des Hauses ist gebrochen. Hinaus die Soldados und Montaneros, im Namen des Gesetzes!«

Die Soldaten, denen beim Anblick der offensichtlich zum äußersten entschlossenen Bergbewohner nicht wohl sein mochte, entfernten sich, worauf auch die Montaneros die Sala verließen.

Da erhob sich, leichenblass und am ganzen Leibe zitternd, Carlos de Valla. »Ich will nicht die Ursache des Unfriedens in dieser Versammlung sein«, sagte er, »ich gebe hiermit alle meine Ämter in die Hand des Staates zurück.« Unter dem allgemeinen Schweigen der Versammlung verließ der innerlich und äußerlich gebrochene Mann den Raum. Seine Anhänger konnten nun nicht mehr zweifeln, dass ihre Sache verloren sei.

Und abermals erhob Fernando de Mosquerra die Stimme. »Die Wahlen zu dieser Junta könnten nicht stattfinden«, sagte er. »Die Bevölkerung ist mit ungesetzlichen Mitteln unter moralischen Druck gesetzt worden. Es wird Zeit, dass unser schönes, von Parteien zerrissenes Vaterland eine Regierung erhält, die ausschließlich das Wohl des Ganzen im Auge hat. Ich schlage vor, wir benutzen unser Mandat und ernennen eine vorläufige Regierungskommission, die Neuwahlen ausschreiben wird, damit der Wille des Volkes festgestellt werde.«

Alle, die nicht unbedingte Kreaturen des gestürzten Ministers waren, stimmten zu, die anderen schwiegen. Auf den Vorschlag Fernandos wurde eine Kommission eingesetzt, in der auch die Brüder Vivanda und Antonio de Minas Sitz und Stimme hatten. Die Kommission trat ihr Amt auf der Stelle an und löste die Versammlung auf.

Das Volk von Bogotá nahm die dramatische Wendung der Sache, den Sturz des Ministers de Valla und das Wiedererscheinen eines d'Alcantara, mit stürmischer Begeisterung auf. Die Soldaten bekamen Befehl zum Abmarsch und verließen die Stadt.

Als die gegen de Valla erhobenen Beschuldigungen öffentlich bekannt wurden, bemächtigte sich der Bevölkerung eine ungeheure Empörung. Das Haus, in dem der Minister wohnte und das von Rechts wegen Alonzo d'Alcantara gehörte, musste durch Alguacils vor Zerstörung geschützt werden. Als die Beamten das Haus betraten, um den gestürzten Minister zu verhaften, fanden sie ihn tot; er hatte seinem verfehlten Leben selbst ein Ende gesetzt.

Tejada, dem man für seine Aussage vor der Junta freies Geleit zugesichert hatte, wurde über die Grenze gebracht und erhielt den dringenden Rat, sich anderswo hängen zu lassen. Die provisorische Regierung übte, von einer aus Llaneros und Montaneros bestehenden Miliz unterstützt, die unter Alonzos Kommando stand, ihre Gewalt unter peinlichster Wahrung der Rechte des Einzelnen und der Gesamtheit aus. Alle anständigen Bewohner des Landes atmeten auf. Eine ihrer ersten Maßnahmen galt der Pirateninsel. Als die von Orocue und Cabuyaro aus vorgehenden Truppen die Insel betraten, fanden sie das Nest leer, nur einzelne Leichen, so die eines Zambos und eines Handelsagenten aus Orocue, zeugten von blutigen Vorgängen, die unlängst auf dem Felseneiland stattgefunden hatten. Die Piraten selbst blieben verschwunden und tauchten auch anderwärts nicht wieder auf; der Orinoko war fortan gefahrlos passierbar.

Von Don Eugenio de Valla, den die Nachricht von den Vorgängen in der Junta und vom Tode seines Vaters noch innerhalb des Landes erreicht hatten, trafen Briefe ein, in denen er allen Ansprüchen auf das ehemalige Eigentum des Hauses d'Alcantara feierlich entsagte. An Alonzo schrieb er: »Seien Sie glücklich, Señor, Sie, den ich so gern meinen Freund genannt hätte. Und denken Sie so milde, wie Sie können, von Carlos de Valla; er war mir stets der gütigste und zärtlichste Vater; ich werde mein Leben lang für seine Seele beten.«

Und dann kam der Tag heran, da wieder ein d'Alcantara in das große Haus an der Plaza einzog. Von Otoño waren Elvira de Vivanda und Juana in Bogotá eingetroffen.

Seine Schwester an der Hand betrat Alonzo d'Alcantara die Stätte, in der er seine Kinderjahre verlebt hatte. Das Bild der Mutter hatte sich in einem abgelegenen Teil des Hauses wiedergefunden; nun hing es an der alten Stelle.

»Sieh, wie du ihr gleichst, Juana«, sagte Alonzo, »begreifst du nun, was für Gefühle mich bewegten, als ich dich plötzlich vor mir sah?« Das Mädchen, fassungslos auf das Bild starrend, brach in Tränen aus.

»Weine nicht, Schwester«, sagte Alonzo. »Sie blickt vom Himmel auf dich herunter, suche ihrer würdig zu werden.«

Die Freunde drängten sich um die Geschwister. Da waren Señor und Señora Mauricio, die Pflegeeltern des Mädchens, da waren die Brüder de Vivanda, da war Antonio, der Mestize und Don Fernando de Mosquerra. Und sie alle eiferten, den Wiedervereinten Liebes und Gutes zu tun.

Und da war schließlich Elvira de Vivanda, die Alonzo aus strahlenden Augen anlachte, als wolle sie ihn alles Schwere vergessen lassen. Er nahm ihre Hand und hielt sie, und in seinem Herzen beschloss er, diese liebe Hand nicht mehr aus der seinen zu lassen.

Im Hintergrund stand Maxtla, der Chibchaindianer. Aber er sah gar nicht stumpfsinnig aus in diesem Augenblick. Auf seinem braunen, verwitterten Gesicht stand ein strahlendes Lächeln. Es glänzte wie die Sonne am blauen Himmel eines schönen Landes.

www.ingramcontent.com/pod-product-compliance
Lightning Source LLC
Chambersburg PA
CBHW060805310726
48980CB00002B/235

* 9 7 8 3 8 4 6 0 8 0 6 2 7 *